巻き添えで異世界召喚されたおれは、最強騎士団に拾われる3

CHARACTERS
ロイ・アレクシア
ラディア王国最強騎士団
「竜の牙」団長補佐。
非常に真面目な性格だが、
時折Sっ気が垣間見える。
オウカ・レイ・
カーネリアン
ラディア王国最強騎士団
「竜の牙」副団長。
狼の獣人で、とても一途。
ダレスティア・ヴィ・
ガレイダス
ラディア王国最強騎士団「竜の牙」団長。
普段は冷静沈着だが、
鷹人のことになると——？
四ノ宮《しのみや》 鷹人《たかと》
ブラック企業で働く社畜企業戦士だったが、
ある日目を覚ますと乙女ゲーム
「竜の神子」の世界にいた。
乙女ゲーム「竜の神子」をこよなく愛する夢男子。

アリス・マイヤー・サファリファス
王国随一の宮廷魔術師。
プライドは高いが、
相手が誰でも物怖じしない。
アイル・リー・ラディア
ラディア王国の第三王子。
色気が凄まじいが、たまに子供っぽい。
四ノ宮《しのみや》 貴音《たかね》
神子として「竜の神子」の
世界に召喚された鷹人の妹。
とってもBLが好き。
クーロ
鷹人に懐いている純真無垢な
犬の獣人の少年。

第一章

つくづく、不思議なこともあるものだ。おれは時々そう思わずにはいられない。

ある日突然、人気乙女ゲーム「竜《りゅう》の神子《みこ》」の世界に妹の巻き添えで異世界転移してしまったおれ——四ノ宮鷹人《しのみやたかと》。

転移先の森で奴隷狩りに捕まり貞操の危機に晒されていたところを、ゲーム内で最強の騎士団と名高い『竜《りゅう》の牙《きば》』に助けられた。

その騎士団の団長、ダレスティア・ヴィ・ガレイダスはおれの推し。ほんとカッコいい。

ハプニングによって、ダレスティアと彼の補佐をしているロイ・アレクシアと情を交わすことになり、そして共に過ごす中で愛を育んだ。

そして、副団長のオウカ・レイ・カーネリアンとも……

妹——四ノ宮貴音《しのみやたかね》の巻き添え召喚でこの世界に来ただけのおれが、三人の最上の男達に愛されるだなんて、ほんと、不思議なこともあるものだ。

神子として召喚された貴音が、ゲームのシナリオ通りに行動しようとして起こした『神子誘拐事件』。

しかしシナリオ通りの行動をしたというのに、シナリオ通りの展開にはならなかった。

その理由として、この世界は貴音が好き勝手に書いていた二次創作の要素が混ざっているからではないか、というとんでもない事情があったりする。

そして次にその影響が現れたのは、貴音が助けた猫獣人の故郷だった。

◇◇◇◇

ミレニア地方、アルシャ。

ラディア王国最強の騎士団『竜の牙』による、アルシャを治めるアビアン一族の調査が始まってからひと月ほど。

腐敗した一族そのものを容赦なく丸裸にするような調査が行われ、釈放された者はほんのわずかだったという。

国王陛下の名のもとアルシャの領主に就任したラーニャは、叔父によって変わってしまったアルシャの街の治安を改善するべく精力的に動いている。

ラーニャの手腕もあるが、ダレスティア達、竜の牙も協力しているお陰か、治安については順調に回復しているようだ。

ちなみに一番やる気になっているのはオウカだ。率先して窃盗集団や近くに根城を構えていた奴隷狩りを捕まえているらしい。

獣人が多いこの街では、オウカのような狼獣人などの上位種族は一目置かれるため、治安回復のための作戦会議をするのはダレスティアとロイ。

現場で動くのはオウカという役割分担をしている。

元々はアビアン一族当主の嘆願で、竜の牙は市民の暴動を鎮圧するためにアルシャへと派遣された。しかしふたを開けてみれば、倒すべきはアビアン一族のほうだったのである。

奴隷狩りと癒着し、前当主の甥――ラーニャさえも奴隷として売った非道な一族は、皮肉にも自らが裏切ったミレニア地方の民達と、奴隷に堕としたラーニャによってその悪行は晒された。

ゲームでは滅びていたラーニャの故郷は今、ラーニャの手によって生まれ変わろうとしている。

そして、おれがアルシャに来た目的である、ミレニア地方に出現した神竜のものと思われる古代神殿。

そこでおれは、神竜にとんでもないものを押しつけられた。

それが巻き起こす騒動の予感に、おれは毎日それを見る度に身を震わせている。


今日もまた、眩《まばゆ》い日差しが赤茶の街に降り注ぐ。

そしてその日が射す空を、竜達が背に相棒を乗せて元気に飛び回っていた。

そんな中、おれは竜の牙のアルシャ本部で貴音と話していた。正確には貴音の映像だが。

『じゃあ、そろそろこっちに戻ってくるんだよね？』

「うん。ダレスティア達が戻れることになったから、おれも一緒に王都に帰るよ」

『こっちもあの噂はほとんど下火になってるし、ちょうどいいタイミングね。クーロにも伝えておこうか？　あの子、お兄ちゃんが帰ってくるまでにもっと大きくなるんだって言って、ウィリアムさん達と一緒に毎日訓練してるの』

「毎日？　すごいな」

『それに、リノウの時間が空いたら魔法も教えてもらってるんだけど、魔力も多くて理解も早いって褒められてるよ。これは将来、モテるね』

「剣も魔法も使いこなせるようになったら、竜の牙に入団することもあり得るかも」

『かもね！』

魔道具の通信機を使って王都にいる貴音と会話をするのは、元の世界にいた頃のビデオ通話みたいでなんだか懐かしさを感じる。

王宮で広まっていた噂は、貴音と王子達の尽力で収まりつつあるらしい。

アルシャの件が片付いても、もしかしたらまだ王都には戻れないかもと思っていたから、本当にちょうどいいタイミングだったみたいだ。

『タカネ、少しタカトと話してもいいかい？』

「その声は、カイウス王子？」

顔は見えなかったけど、貴音の後ろに立った人の声と服の装飾で、すぐカイウスだと分かった。

多忙な第一王子が貴音のところにいるなんて珍しいな。

『正解。そこにサファリファスはいるかな』

「おりますよ、殿下」

先日、神竜の神殿と思われる遺跡から見つかった神竜の卵。

この世界の竜の卵を知らないおれからすれば、小さいのか大きいのか分からないダチョウの卵サイズのそれを部屋の隅で飽きずにずっと眺めていたサファリファスは、めんどくさそうに返事だけをして目は卵から離さない。どうやら対面して話す気はないらしい。

サファリファスの返答を聞いたカイウスが苦笑し、その後ろからはウィリアムの「不敬だ！」と怒っている声が聞こえてくる。

「サファリファスさん。そんなに見ても卵は急に変わったりしないと思いますよ。カイウス王子のお話を聞いてください」

「……仕方ないな」

渋々ながらも魔道具の前に来たサファリファスは、またしてもカイウス王子を苦笑させた。

『サファリファス……せめて身だしなみは整えなさい』

「別にボクがどのような恰好をしていようが、問題はないと思いますが」

カイウス王子の指摘を受けて、おれも彼に視線を移す。

今のサファリファスは、初めて会った時のように髪はボサボサで服はヨレヨレ。神竜の卵を連日分析しているから、見た目に気を回すつもりがなくなったようだ。

『そこは君の工房じゃないだろう？　王宮から派遣された魔術師ということになっているのだから、せめて身なりだけはきちんとしてくれ』

「カイウス王子もこう仰ってるんですから、せめて髪だけでも整えましょうよ。せっかくの綺麗なお顔が隠れてしまってもったいないですよ」

サファリファスがおれを見た。正確に言うと前髪で目が隠れて見えないので、『見られている気がする』だけだけど。

『……さりげない言葉で心を掴むなんて、流石《さすが》お兄ちゃん』

「貴音、何か言ったか？」

「なんでも〜」なんて言ってはぐらかす貴音に気を取られている一瞬の隙に、サファリファスは魔法で全身の身なりを整えていた。

うん。整ったサファリファスは眼福だ。

「それで、ボクに何の御用ですか。タカトに話があるのでは？」

憮然とした表情を浮かべるサファリファスは、映像のカイウス王子に向けてそっけなく質問する。

カイウスは軽くため息を吐いて、口を開いた。

「タカトと君に、だ。まず噂の件だが、先ほどタカネが言ったように、王宮内で噂を口にする者はいなくなった。噂を広めていた犯人達には陛下の名を以《もっ》て相応の罰を与えたからね。そんな中でまだ噂の真偽について話そうとする愚か者はいないよ」

以前の通信で貴音から聞いていたけど、噂を広めた令嬢達の家に課せられた罰は、実質的な没落だったらしい。

令嬢達の両親はすぐに王様のところに謝罪に訪れて、娘を修道院に入れると宣言したという。娘よりも家柄を選ぶのか、と少しもやっとしたけど、貴族にとってはそれくらい没落っていうのが不名誉なことだったんだろうな。

王様もそれで手打ちにして、家の没落という罰を少し軽くしたらしい。

『社交界のほうは今アイルが確かめているけど、元からそんな噂はなかったことにするつもりらしい。やはりガレイダス家の名が大きいみたいだね』

「それって、国王陛下が下した罰にビビったってこともあるんじゃ……？」

「それもあるだろうな。この国の貴族にとって没落は不名誉なことだ。処刑されたほうがまだマシだと考える者もいるくらいにな。その噂の元凶も、修道院に追放で済んで良かったと思うか、生き恥だと絶望するか……だろうな」

サファリファスは嘲笑うかのように、ふんと鼻を鳴らした。

『あ、そのことなんだが、噂の元凶は別だ』

カイウス王子の補足に、思わず彼の後ろにいる貴音を見てしまった。貴音も困ったように頷いている。どうやら貴音もつい最近知ったようだ。

前回の通信で、おれと貴音は二人だけで話していた。

アルシャの街でのことや、ラーニャのこと。神竜の卵についてなど、ゲーム『竜《りゅう》の神子《みこ》』の知識を持つ者同士でゲームの記憶を擦り合わせる必要があったからだ。

そこで『不名誉な噂が流れる』という今回の事件は、ゲームの中でも起こるイベントだということを思い出した。

どうやら貴音も推しキャラであるラーニャのルートを多めにプレイしていたから、今回の事件について咄嗟《とっさ》に出てこなかったらしい。

噂の事件が起きるのは、カイウス王子、リノウ王子、アイル王子達やダレスティア、ウィリアム、サファリファスという、いわゆる高貴な血筋で令嬢達からの人気が高いキャラクターの誰かと良い感じになっている時に進むルート。

ゲームでの犯人は、今回と同じくおれ達の噂を流したことで断罪されてしまった令嬢達。ゲームではここまで厳しい罰は与えられなかったんだけどな……

ちなみにラーニャはその事件には関与しない。

とはいえ、おれはダレスティアルートでばっちりそのストーリーをやり込んでいるはずなのに、全く覚えていなかったって、どれだけダレスティアのことしか見てなかったんだ……

「でも、噂を流したのはその令嬢達の意志なんですよね？」

「裏でそそのかした者がいるということだ。しかし、陛下が罰を下したのは令嬢達の家だけ。ということは、簡単には処罰を与えられない相手なのでしょう？」

『その通りだ、サファリファス。元凶はあのゼナードだよ』

ゼナードと聞いて思い出した。

貴音とこの世界で再会したあの日。竜の牙の宿舎に向かう途中で会った、蛇のような目を持つ男。

あの視線を思い出して背筋がぞわっとする感覚に襲われ、鳥肌が立った腕をさする。

どうしてあの男が令嬢達をそそのかしたんだ？

「どうしてあの人があんな噂を？」

『お兄ちゃん、ゼナード伯爵に会ったことあるの？　お兄ちゃん、社交界に顔出したことなかったんじゃ？』

貴音が首を傾げている。とはいえ不思議がるのも無理はない。

神子《みこ》の兄ってことでおれと話したいと思ってる貴族は多いみたいだけど、オウカに追い払われているせいで、並大抵の貴族がおれの前に現れる機会はない。

そんなオウカの鉄壁ガードの頑強さを貴音も知っているからこそ、危険人物リスト（ロイ調べ）入りをしているゼナード伯爵をおれが知っていることに驚いたんだろう。

「貴音とこの世界で再会した日に、たまたま会ったんだ。ダレスティアが一緒にいたから、ちょっとしか顔を合わせてないけど、それでも嫌な雰囲気の人だったよ。ダレスティアも警戒してたみたいだったし……」

あの時のダレスティアもかっこよかったなぁ。そんなことを思い出しているおれとは別に、カイウスは暗い表情で口を開いた。

『ゼナードは奴隷狩り達のボスと言われている。ゼナードの下にタカネを攫《さら》ったあの商人達がいて、その下に奴隷狩り達がいる――という感じでね』

「ゼナードがボス……。あの商人はゼナード伯爵について何か証言しましたか？」

『いや、ゼナードについては何も。よほど弱みを握られているのか、ゼナードのゼの字を言っただけで気絶する有り様だ。やっと竜と獣人に慣れてきたところだったのにと、竜の眼の隊員が嘆いてたよ。取り調べが進まないんだから彼らも可哀想だ』

竜と獣人って、竜の牙の竜達とオウカだよね。同情の余地はないけど、せっかくの情報源がその有り様じゃあね。

『とはいえゼナードを無理に調べようとすると、彼が弱みを握る貴族から妨害を受ける可能性があるから、内密に調査するように指示しているよ。そのせいでリノウの仕事量がすごいことになってて……でも私が手伝おうとすると怒るんだ。自分の仕事を取られるのが嫌みたい』

『リノウ、お兄ちゃんみたいに社畜してるのよ』

「社畜、ダメ、絶対」

貴音のしかめ面を見て、思わず腕でバツを作って真顔で主張してしまった。ほんと、社畜は百害あって一利なし。

ただ、リノウってゲームでは社畜キャラじゃなかったと思うんだけどなぁ？

『うん。だからリノウがクーロに魔法を教えてる隙に、まだ確認してない書類の山からこっそり抜き取ってるんだ』

悪戯《いたずら》っ子のように笑うカイウスだが、その内容が良い子すぎる。なんかぽわぽわとお花が飛んでる気がするし、完全にカイウスは癒し系だな。

『あ、リノウは無理してクーロに魔法を教えてるわけじゃないから安心してね。むしろ息抜きになってるみたい』

カイウスが言うには、リノウのほうが積極的に構いに行っているらしい。貴音も頷いていた。

『私にはもうアニマルセラピーにしか見えないけどね。何か一つできたらわしゃわしゃ撫でまくってるもん』

「クーは癒し効果抜群だもん。本人も真面目で素直だから、余計に褒めたくなるんだと思うよ」

つまりは、クーロは魔法を覚えられる。リノウはクーロで癒される。ウィンウィンな関係だ。リノウにクーロの魔法授業を頼んで良かった。

なんだかクーロのことを話していたら、恋しくなってきた。でも王都に戻ってもおれはなかなか外に出れないかもしれないな。クーロと市場に行く約束をしてたんだけどなぁ。

ほんの少しの希望を胸にカイウスに聞いてみたけれど、やっぱりしばらくは竜の牙の宿舎から出るのは難しそうだ。

『ゼナードはリノウや竜の眼でもなかなか尻尾《しっぽ》を掴めない人物だ。ダレスティアやロイ、オウカが側にいれば大丈夫かもしれないが、どんな手を使ってくるか分からないから、警戒するに越したことはない』

「そう、ですか……」

『それに、狙われるのがタカトだけとは限らない。神竜の卵のこともある』

カイウスに言われて、おれは部屋の隅の日当たり良好な場所に置かれた神竜の卵に視線を向けた。日の光を浴びてキラキラと輝いているその卵は、宝石と言われれば信じてしまうほどに美しい。

『神竜の卵について、サファリファスはどう考えている？』

「あれが竜の卵であることは間違いないでしょう。現代の竜の卵を見たことがないので断定はできませんが、卵としては現代の竜のものと変わらないかと。しかし神竜の卵となると、その性質はだいぶ違うと考えられます」

『そうか……それの存在はまだ公《おおやけ》にされていないとはいえ、ゼナードに勘付かれれば危険だ。ゼナードと神竜の卵については、君達が王都に戻ってきたら国王陛下も交えて対策を練ることにしよう』

「国王陛下も、ですか⁉」

『神竜は竜王の番《つがい》だよ。竜王はこの大陸にとって最も重要な存在。その神子《みこ》の兄である君も神子《みこ》と同じくらい庇護すべき存在だ。陛下が対処してしかるべき案件だよ』

「それに陛下の協力があれば、竜についての機密書類も開示してもらえるかもしれないな。使えるものは使え。そのほうがボクも調査しやすい」

『サファリファス！　貴様っ、陛下に対してなんという不敬な――』

とそこで、通信が終了した。

サファリファスの明け透けな物言いにウィリアムがまた怒り出したことをうっとうしく思ったのか、サファリファスが問答無用で魔道具を停止させてしまったのだ。

隣にいたカイウスはまた魔道具の前で苦笑しているだろう。苦労性の王子様に、何かお土産を差し上げようかな。

「サファリファスさん、勝手に通信切らないでくださいよ」

「口うるさいウィリアムが悪い」

むすっとした顔でベッドに座っているサファリファスは、まるで拗《す》ねた子どものようだ。

この唯我独尊極まる稀代《きたい》の天才魔術師様は、竜に関する文献がなくにっちもさっちもいかなくなった調査にヤキモキしている。頼みの綱の神竜も、遺跡の件のあとはほとんど眠っているから、竜のことも卵のことも、神竜に聞くことができないのだ。

「卵については王都に戻ってから調査するしかないと諦めているが、王都に戻るとなると問題はゼナードだな」

「まさかそんなに厄介な人物だとは思いませんでした」

「昔からゼナード家は狡猾な手段で他家の薄暗い秘密を収集しているというのは有名な話だ。家によっては目を付けられないようゼナード家の機嫌を伺うことすらあるらしい。サファリファス家にとっては縁がないがな」

「それって、サファリファス家にそんな秘密はないってことですか？」

「いや、誰もが知っている醜聞《しゅうぶん》しかない。父上はそれでこそサファリファス家だと笑っているがな」

醜聞《しゅうぶん》があってこそのサファリファス家って……むしろそんな醜聞《しゅうぶん》を気にすることもない天才の家ってことなのかな。その分、オウカのカーネリアン家が流れ弾を食らってそうだけど。

「ボクはそういった社交界には疎い。竜の牙の連中もそうだ。騎士団に入ると必然的に社交界との縁が遠くなる。ゼナードについては、やはり王宮で調査結果を聞いたほうがいいだろう。つまりは、神竜の卵のことにしろゼナードのことにしろ、王都に戻らない限り何もしようがないということだ」

「そうですね……神竜が寝てる限り、おれにも何もできないですし」

「見事な手詰まりだな」

心底退屈だ、と言わんばかりの表情でため息を吐くと、サファリファスは散歩に行くと言って部屋を出て行った。

遺跡の調査もほとんど終わってしまった今、サファリファスの興味を示すものはこのアルシャにはない。卵を眺めるだけの日々は、サファリファスにとって苦痛に違いないだろう。

「せめて、神竜が起きてくれればいいんだけどな……」

そう呟いてみても、おれの中の神竜が返事をする気配はない。過去の通信で貴音を通じて竜王に聞いてみたことはあるけれど、実際に会わなければ分からないと言われてしまった。

卵を見つけるまで元気だったのに、一体神竜はどうしたんだろうか……

◇◇◇◇

「タカト、準備はできましたか？」

「うん！」

貴音達と魔道具で最後に話してから二週間。おれ達は王都に戻ることになった。

帰り支度をしているおれを見に部屋にやってきたロイが、おれの荷物を見て目を瞬かせた。

「タカト、荷物がだいぶ増えていませんか？」

怪訝《けげん》そうに吐かれたその言葉に、おれは目を逸らした。

確かに、おれの荷物はアルシャに来た時よりかなり増えている。およそ、鞄二つ分くらい。

「タカトは私かダレスティア団長の許可を取った時しかこの部屋から出られなかったはずですよね。どう見てもこのお土産の量はそれ以上ですが……いつ買われたのですか？」

「えっとぉ……」

ロイがおれの荷物から手に取ったのは、カイウスへのお土産に買ったルービックキューブ型のカラクリ。カイウスは意外とコツコツやる作業が好きだと貴音が言っていたから、息抜きになればいいと思って買ったものだ。ちなみに、絵柄を完成させるとアルシャの街が現れる。

そしてロイのもう片方の手にあるのはアルシャの赤土から作られた顔料だ。アルシャの女性にとっては身近で泥パックのように使うものだと露店の女性にオススメされて、貴音へのお土産として購入した。

「少しだけなら分かりますよ。ダレスティア団長が市場に視察に行かれた時にタカトも同行したと聞きましたし、その時に購入したとすれば何個かは納得できます」

あの時は他の騎士達が同行するから護衛も十分にできるという理由でダレスティアに連れて行ってもらった。ロイはそのことを言っているのだろう。

「けれど流石《さすが》にこの量となりますと……貴方、私やダレスティア団長に内緒で何度か市場に行っていますね？　おそらくオウカ副団長と一緒に」

にっこりと笑うロイ。その目はしかし、笑っていない。そんなロイを誤魔化そうとする度胸は、おれにはなかった……

「えっと、三回くらい？　だけかなぁ……アハハ」

「ふぅん？　三回も、ですか」

何その「ふぅん？」って⁉　ちょっとゾクッとしたのは気のせいだよね……？

「何度もこの部屋に来ていますが、このお土産にはまったく気付きませんでした。一体どこに隠していたのですか？」

「ボクの魔道具の中にしまっていたのさ」

ロイの視線から逃れていると、部屋に戻ってきていたサファリファスが助け舟を出してくれた。しかしロイの機嫌はむしろ下がっている。

「……サファリファス殿」

「そう怒ることじゃないだろう。市場に行った時はオウカだけではなくボクも一緒に行ったんだ。タカトがお前達に内緒にしていたのもタカトなりの理由がある。ボクは単に息抜きのためだったがな。いくら安全のためとはいえ、部屋に籠《こも》りっきりにさせられるのもなかなかの苦行だぞ」

サファリファスが助けてくれたものの、部屋の雰囲気は明るくならない。

黙っていたのは申し訳ないから素直に謝ろう。ベッドの上に座り込んで荷物を整理していたおれは、そのまま正座の体勢になった。まるで親に怒られた子どもみたいな図だ。

「えっと、ロイ。市場に行ったこと、黙っていてごめん……」

「……はぁ。私達もタカトへの気遣いが足りていなかったことは事実です。しかし、せめて一言でも言ってほしかったというのが本音です」

「うん……ごめん」

そっと頭を上げさせられる。片膝をついて、おれの顔を覗き込んできたロイは悲しそうな表情を浮かべていた。まるで伏せた犬耳と垂れた尻尾《しっぽ》が見えるようだ。

「そもそもタカト、お前が油断しなければバレなかっただろうに。王宮に戻ったあとならボクかオウカに買ってきてもらったと言い訳ができたはずだぞ」

「おれ忘れ物が怖くて、旅行の帰る前日に買った物を確認して詰め直すタイプなんです……」

言い訳をすると、サファリファスに『めんどくさい奴』という感じの目で見られた。いつも冷たい目が更に冷たい……

「まぁいい。それはお前の問題でボクには関係のないことだ。存分に怒られるといいさ」

「冷たい……」

「それよりも神竜の卵を運ぶ方法だが、これに強い魔力を与えるのは止めたほうがいい、ということだっただろう？」

絶対聞こえていたはずなのに、おれの呟きはスルーされた。ひどい。

「竜の卵は竜が魔力を与えることで成長するので、下手に魔力を与えると卵の殻の成長を抜かしてしまい、割れてしまう可能性がありますから」

「ああ。それが理由で転移魔法が使えないということだったな。だから魔力無効化装置を作ってみた」

「……え？」

思わずおれは、ロイと顔を見合わせてしまった。作った、とは？

「魔力感知装置を入れて転移魔法をかけてみたが、この装置の中ではほとんど魔力を感知しなかった。これに入れて転送魔法を使っても、神竜の卵は安全なはずだ」

ドヤっという効果音が出そうなほど誇らしげな顔をして、サファリファスは亜空間に繋げてたくさんのものを収納できる魔道具の中から、ちょうど神竜の卵が入るサイズのケースを取り出した。

「これを、作ったんですか？　いつ？」

「元々構想はあったんだが、作り始めたのは王都に帰る話が出た頃だな。ちょうどいい魔石が旅商人から買えたこともあって、なかなかによくできたと思うぞ」

「これをこの短時間で……」

「天才だ……。流石《さすが》、稀代《きたい》の天才魔術師だね」

「その言葉は嫌いだと言っているだろう」

「いてっ！」

思わず彼の禁句を言ってしまい、デコピンを食らった。

涙目のおれは仁王立ちでおれを見下ろすサファリファスに視線で文句をぶつける。口に出さないのは、またデコピンを食らいたくないから。

でも、結局は視線の中身を読まれたせいでもう一発デコピンを食らうことになり、あまりの痛みにロイに泣きついたのだった。

◇◇◇◇

オウカと一緒にこそこそと市場に行っていたことをチクられて、ロイだけでなくダレスティアにもお説教されたりしていたらもう日が落ちかけていた。

暗くなっていた部屋の灯りがつくと、ラーニャがドアの前に立っていた。どうやらつけ忘れていた灯りを彼がつけてくれたらしい。

「もう帰っちゃうんだね」

「あ、ラーニャさん。なんだか久しぶりですね」

「そうかな。毎日忙しすぎてね」

「うん。ダレスティア達から聞いてます。頑張ってるって」

「はは……あの人達に褒められるなんて、なんか照れるね」

ラーニャはおれ達の帰る日が決まってから更に忙しくなったようで、ほとんど顔を見せることがなくなっていた。どうやらダレスティア達が抜ける穴は大きいらしい。

本当はまだいてほしいみたいだけど、竜の牙はラディア王国最強の騎士団。国にとっても重要な存在だから、王都不在が長くなるのも良くない。

今回の竜の牙の主な目的は、アルシャで起こりそうな暴動を収め紛争を防ぐこと。

その任務を終え、さらにラーニャの当主としての地盤がある程度固まった今、竜の牙がこのアルシャとミレニア地方の再建を手伝う必要がなくなった、という判断が下されたのだと聞いた。

竜の牙の後を引き継ぐのは、獣人の団員が多い竜《りゅう》の尾《お》。

ミレニア地方は獣人が多く、オウカ達獣人の騎士のほうが人間の騎士よりも民衆に馴染《なじ》むのが早かった、ということもあり、竜の尾に決まったらしい。

どうやらこれはラーニャとオウカの意見だったと聞いた。

これを聞いた時、オウカもちゃんと働いていたんだなぁ、と思ったのが顔に出てしまい、サファリファスを笑わせ、不貞腐《ふてくさ》れたオウカにデコピンされたのは記憶に新しい。

「街の様子はどうですか？」

「安心して暮らせるようになるのはまだまだ先かな。それでも裏道の清掃と窃盗団の捕縛はだいぶ進んだよ。それだけでもかなり変わるはずさ」

「お友達も手伝ってくれてるんですよね」

「そうだね。アイツらには本当に感謝しないと。これまでもずっと俺を支えてくれて、これからもずっと一緒にアルシャの街を守っていくと誓ってくれたんだ。そんな友人達は得難いものだけど、なんだか気恥ずかしくてさ」

なかなか言葉にできないんだ、とラーニャは照れるように微笑む。まるで青春だ。おれにもそんな友人が欲しかった……！

「気持ちは分かりますよ。大人になると簡単に言葉にできなくなりますよね。特に身近な人にほど。

ありがとう、なんて、たった数文字の言葉なのに」

「そうなんだよ……どうしてだと思う？」

「どうしてですかね、おれにも分からないです。でも簡単で大事な言葉こそ、ちゃんと伝えないといけないってことに気が付いたんです」

おれはラーニャを部屋に招き入れ、部屋の窓からアルシャの街を見下ろした。この部屋からはアルシャの街が一望できる。沈んでいく太陽に照らされて、赤土の街が更に赤く存在感を放っている。

本当に綺麗な街だ。

「綺麗な街ですね」

「……うん。俺の自慢の街だよ」

「この綺麗な街を仲間達ともっと良い街にしていけるだなんて、羨ましいです。だから気恥ずかしいけど言ってみましょうよ。ありがとうって。これからもよろしくって」

いつの間にかラーニャも隣に立って街を見下ろしていた。静かに街を見るその目は太陽に照らされて、瞳の中で炎が揺らめいているようだ。

「そうだね。うん。これからも、この街を守る仲間として……」

「はい。言葉にするのは大事です。口にしないと伝わらないんですから。それに、ありがとうって言える人ってかっこいいと思うんです。気恥ずかしい言葉こそ、さらっと口にできると大人って感じがして」

おれはこの世界に来る前の社畜の日々を思い出す。何を頑張っても感謝の言葉が返ってくることはなく、むしろ文句ばかり飛んできた。

目の前にある仕事はやって当たり前という風潮だったから、たった一言「ありがとう」すら同僚からかけられたことがなかった。同じ会社に勤める仲間なのに、信頼関係はなかったように思う。

時々営業で出向いた会社の社員達が仲良くしているのを見て、羨ましかった。

結束が強い関係でも言葉足らずで仲違いすることはよくある。だからこそ、ラーニャとその友人達にはそんなことになってほしくない。

「……ラーニャさん？」

「いや……そうか。かっこいい、ね。うん、そうだね。確かにかっこいい」

黙って街を見ていた間に、陽は急ぐように地平の下に沈んでしまっていた。それなのに何故かラーニャの頬は夕日が当たっていた時よりも赤くなっていた。

……働きすぎて熱が出たのかな？　過労、ダメ、絶対。

おれが首を傾げていると、ラーニャは思いついたように猫耳を立てて、おれを見た。

「今日は君達がアルシャで食べる最後の食事だから、いつもより豪華にしてもらったよ。ぜひ、楽しんでね」

「……ワニ肉じゃない？」

「ハハっ、多分違うよ！　でも期待しといてくれって料理長が言ってたから、とびきり美味しいと思う」

おれはしばらくワニ肉生活だったことを思い出してしまう。どうやらそれが顔に出ていたらしく、ラーニャは笑っていた。

そこからもう少しだけ話をして、ラーニャは部屋を出て行った。

途端に部屋は静寂に包まれる。

窓の外を見ると、暗い街並みの中で明るく輝く道が浮かび上がる。一日中灯りが消えることのない市場だ。

ロイには怒られたけれど、市場での買い物はとても楽しかった。

物珍しい品物ばかりで、王都の商人よりも商魂たくましいアルシャの商人の謳《うた》い文句で衝動的に買ってしまいそうになったおれを、オウカとサファリファスが落ち着かせてくれた。

買い食いしたことがないサファリファスが、初めて屋台飯を食べる様子を微笑ましく見守ったりもした。おれ達の視線に気が付いたサファリファスに怒られたけど。

一度息抜きと称したラーニャがついてきて、穴場のお店を教えてもらったこともあった。

ラーニャに話しかける市場の人達はみんな気心知れた仲で、自然に笑っているラーニャを見て、ゲームのストーリーのように街が壊滅する展開にならなくて良かったと実感した。

ダレスティアと市場に行った時も面白かった。

視察をしながらの散策だったからあんまりゆっくり見られなかったけれど。おれに似合うからと目についた物をなんでも買ってしまいそうになるダレスティアを慌てて止めて、なんとか堪えてもらうのが大変だったなぁ。

視察するダレスティア達についてきただけだから楽しむことは一切考えてなかったけれど、おれのために精一杯楽しませようとしてくれたダレスティアの心遣いがとても温かくて、その優しさにまた惚れそうになった。ロイとだけ市場に行けなかったのは残念だけど……

ふいに先ほどロイに怒られたことを思い出す。

……もしかしてあれは仲間外れにされたことに対して怒っていたのかもしれない。

と、そんなことを考えていると、新たな来客が現れた。

ノックされた扉を開けると、そこには今しがた思い返していたロイがいた。

「あの、タカト……」

「ロイ！　どうしたの？　もしかしてもう夜ご飯？」

日が落ちたとはいえ、まだ夜ご飯には早い。

疑問に思いつつロイの返事を待っていると、ロイは何やら言いづらそうに口ごもった。いつもはきはきと話すロイがそうなるのは珍しい。どうしたんだろう。

「いえ、食事はまだです。あの、そうではなくて……」

「ん？」

ロイは何かを言おうとして、またしても口を噤《つぐ》んだ。目元が少し朱く色づいている。恥ずかしがっているように見えるけど、怒ってるのかな。もしかして、オウカがまた脱走したとか？

「ロイ、何かあったの？　オウカがまた逃げ出した？」

「いえ、オウカ副団長はハクを監視役につけたので大丈夫です」

「とうとう監視をつけられたんだ……」

オウカの監視役に抜擢されてしまった不憫なハクくんに、心の中で手を合わせた。頑張れ。

「副団長は関係ないのです。いえ、まったくないと言えば嘘になりますね……。市場に行った件なのですが」

「ああ！　あれは十分反省してます。ごめんなさい」

「そうではなく！　謝罪はもういただきましたし、タカトも反省していることは分かってますから。……私も一方的に怒りすぎました。オウカ副団長が仕事をサボってタカトとデートしていたと思ったら、タカトを責めることばかり口にしてしまいました。申し訳ございません……」

「えっ!?　ロイは何にも悪くないんだから、謝らないでよ！　オウカが仕事をサボったのが悪いんだし……おれこそ、頑張ってるロイのことを考えずに遊びに行っちゃってごめん」

「タカト……」

「王都に帰ったら、ゆっくりデートしよ？」

「……二人だけで？」

「うん。二人だけで」

二人きりのデートを約束して嬉しそうに微笑むロイにきゅんときて、思わず抱きついた。

そうだよ。デートだよ。おれ達、もうちゃんとした恋人だもんね。

おれの彼氏様は三人。いわゆる普通の恋人関係ではないけれど、彼らにとっての恋人はおれだけなんだ。王宮に出回った噂みたいにふしだらな関係と思われても仕方ないけれど、三人におれを選んでくれたことを後悔させないようにおれは誠実に向き合うべきだ。

――つまりは、積極的に愛を伝える！

「ロイ、愛してる！」

「え」

「愛してるよ！」

「……っ！」

おれがじっとロイの目を見つめると、彼の眦《まなじり》が朱に染まり、頬も赤くなっていく。

ロイの貴重な照れ顔、いただきました！

「わ、私のほうが愛しています！」

照れてしまったことの恥ずかしさからか、若干涙目になっているロイの可愛さがヤバい。初めてロイが年下ってことを自覚した。いつも有能なかっこいいロイが可愛い。よしよししたくなる。

「ロイ、真っ赤じゃん。いつもは涼しい顔のくせに」

「タカトがズルいんです！　貴方こそ、いつもは愛してるだなんて言わないのに……なんだか悔しいです」

「あはは、おれはロイの反応が可愛くて嬉しいな」

「……挽回します。かっこいいって言わせてみせますから！　ついてきてください」

揶揄《からか》いすぎたかな？　おれは部屋を出て、ぷんぷんと効果音が付きそうな怒り方をしているロイの後ろを言われた通りついていく。

時々チラチラとおれを振り返るロイがまた可愛い。なんだか今日はロイがめちゃくちゃ可愛い日だな。

ちゃんと飼い主がついてきているか確認する犬のようだと思って和《なご》んでいると、その視線に気が付いたのか、ムッとしながらおれの手を握って隣に並んできた。

「……嫌ですか？」

「嫌じゃないに決まってるだろ」

不安そうにおれを見る目は相変わらず不安そうな犬のようで、おれは笑顔で手を握り返した。手を離すなんてことは、絶対にしない。

いつもと違うロイの姿は新鮮で、これもまた恋人の特権だな、とおれは上機嫌にロイと繋いだ手を振り回して、歩を進めた。


「すご……」

「タカト、あまり身を乗り出しすぎないように。危ないですよ」

おれはロイに連れられて、建物の屋上に来ていた。

ロイが落ちないようそっとおれの両肩に手を置いてくれていたが、そのお礼を言うことも忘れるくらい、目の前の景色に目を奪われていた。

「今日、東西南北の全ての市場の店が営業を再開したんです。暴徒によって破壊されていた店舗もありましたので時間がかかりましたが……」

市場を利用する市民を暴徒から守るために街の外に移動させていた商店が、今日全て、元の場所に戻ったらしい。市場が完全復活したお祝いに、今日は夜通しお祭りなのだとか。

もちろん、羽目を外しすぎないように見回りする人達はいるみたいだけど、それでも楽しそうな雰囲気が伝わってくる。

「屋上って入れたんだね。知らなかった」

「事故が起こらないよう基本的には施錠されていますが、建物の管理者にお願いして鍵を借りました。以前は年に数回、街全体でお祭りをしていて、その時はここからその様子を楽しんでいたと管理者の方が仰っていたので」

「特等席だね。街全体が見渡せるし、綺麗な夜空も近いし」

空を見上げると、元住んでいた場所ではなかなか見られなかった綺麗な星空。視線を下ろすと、市場の灯りで街全体が明るく照らされ、楽しげな笑い声と音楽が至るところから聞こえてくる。

先ほどラーニャと一緒に窓越しに見てはいたが、遮るものが何もないところで見ると、また雰囲気が変わるみたいだ。

「本当は連れて行って差し上げたいのですが……」

「分かってる。流石《さすが》にあんなに人がいたら迷子になりそうだし難しいよね。でも、むしろここからの景色のほうがレアでしょ！」

市場には本当にたくさんの人達がいるのが分かる。おれがあの中に入っていったら迷子は確定。加えて人酔いでダウンしてしまうだろう。だからここから王様気分で楽しむのは、おれ的にも大正解の楽しみ方だ。

おれの言葉に安心したようで、ロイは微笑んだ。

アルシャの任務において、ロイは事務仕事が多かったと聞いている。ダレスティアみたいに市場に行く機会もなく、オウカみたいに勝手に行動することが性格的にできない彼にとって、昨日の今日で精一杯できることがこれだったのだろう。

嬉しさと愛しさで胸の奥がキュウと甘く痛む。思わず、まだ両肩に置かれていたロイの手を引っ張り、体の前に回した。後ろから抱きしめられる形になり、背中にはロイの体温を感じる。

「タ、タカト!?」

「ロイ、ありがとう」

胸の前で握りしめたロイの手を、更にぎゅうっと握り込む。一瞬ロイの手が強張《こわば》ったが、すぐにおれの手を優しく握り返してくれた。

「喜んでいただけたのなら、嬉しいです」

「ロイから貰って嬉しくないものなんてないよ」

「……その言い方はズルいですよ、タカト」

それからおれ達は、おれ達を探しに来たオウカに見つかるまで、二人静かに美しい景色を楽しんだ。

オウカに呼ばれ向かったのは、どんちゃん騒ぎの夕食会だった。ラーニャは竜の牙の幹部だけじゃなく、団員達全員に食事を用意していたらしい。

規律に厳しいダレスティアとロイから放たれた「今夜に限り、迷惑をかけない範囲での無礼講を良しとする」という発言は、団員達のテンションを最高潮まで上げるには十分だったようだ。

あれほど目をキラキラ輝かせるみんなを見たのは初めてかもしれない。

竜の牙がアルシャでの本拠地として使っていた建物の前の広場で行われた食事会は、これまで見たことがないほど盛り上がっていた。

夜通し開いている市場からも酔っ払って怖いものなしになったアルシャの住民が飛び入り参加してきたり、マッチョ団員達の筋肉自慢大会になったり、酔ったロイとサファリファスがオウカに絡み酒したり、おれを見て微笑むダレスティアがエロさマシマシになってしまったり……

その結果、翌日、竜の牙はほぼ全員が二日酔いに悩まされることになってしまった。

「無礼講とは言ったが、まさかここまで悲惨なことになるとは……」

「ま、まぁまぁ。みんな今回の任務頑張ってたし、街全体がお祭りの雰囲気だったから、ちょっと羽目を外しちゃっただけだよ」

翌朝の広場で繰り広げられた惨状を見て、ダレスティア様ご立腹である。

ただ、ダレスティアは昨夜の時点でこうなる予感がしていたようで、既に出発が遅れることは王宮に報告済みらしい。

流石《さすが》仕事ができる男。

……それでも流石《さすが》に本当の理由は書けなかったみたいだけど。

「だとしても、ほぼ全員が二日酔いとは……。ロイまで潰れたのは予想外だった」

「アルシャのお酒、強かったからね。ダレスティアは結構呑んでたけど平気なの？」

「私は酒で酔ったことがないな。身体は熱くなるが、頭は冷静だ」

「流石《さすが》ダレスティア……お酒にも強いんだね」

「私としてはタカトが酒に強いことが驚きだ。結構呑んでいただろう」

ダレスティアが目を瞠《みは》っておれを見る。

ふっふっふー。そこは社畜時代の接待で身につけた技のお陰なのである。

「途中からめちゃくちゃ水入れて薄めてた！」

接待の場ではこっそり従業員に根回ししてたけど、昨日はそんなことする必要もなかったから楽だったなぁ。

「なるほど。それはいい案だな」

ゆるりと細められた眼が、なんとなく甘くて気恥ずかしい。

おれは、照れそうになるのを誤魔化すように、手に持っていた荷箱を荷馬車の奥に思い切り押し込んだ。

「よっと……もうあとこれだけ？」

「あぁ。補給班の仕事を手伝わせてしまってすまないな」

「気にしないでよ。おれも手持ち無沙汰だったし、こうやってダレスティアとおしゃべりできたから、問題なし！」

「……そうか」

ダレスティアの表情が明るくなったのを見ると、おれの気分も上がる。

やはり推しには笑顔でいてほしいからね。これが笑顔かと言われると微妙だけど。ダレスティアの笑顔はレア度高いんで……

その後、なんとか昼前に全員が体調を復活させたことで、アルシャを旅立つ準備が整った。

ダレスティアとオウカ、その他の団員達は竜で王宮に戻り、おれとサファリファス、ロイは転移魔法で帰ることになっている。

転移魔法は魔法陣に魔力をたくさん入れる必要があるのだが、転移する人達の魔力に影響されやすいことが分かった。

極端に魔力が多い人が複数いると、魔法陣に補給される魔力に影響を与えてしまい、座標がズレやすくなってしまうらしい。

サファリファスは外せないため、ロイとオウカで話し合った結果、オウカは竜で帰ることになった。

「先に王宮で待ってるから。気を付けて帰ってきてね。家に帰るまでが遠足だよ！」

「遠足じゃなくて遠征だっての！　俺とダレスティアがいるんだから、安心して待ってろ」

「ふぁーい」

揶揄《からか》ったことへの腹いせか、おれはオウカにほっぺをみょんみょんと伸ばされている。一応返事をしてみたものの、気の抜けた声になってしまった。

それをさせた本人が大笑いしているのがなんだか悔しくて軽くオウカの脛を蹴るも、固い筋肉にバリアされてしまった。

「見せつけてくれるねぇ。お熱いことで」

そんな風に戯れていると、突然見知った声が聞こえた。

「ラーニャさん！　これは虐められてるんです！」

「虐められてるのはどう考えても俺だろ」

「神子《みこ》様と君の世界ではそういうのをラブラブって言うんだろ？」

貴音さん⁉　ほんとに何教えてるの⁉

反論しようにもラーニャはニヤニヤしてるし、ダレスティアとロイは「らぶらぶとは……？」

「あとで神子《みこ》様に聞いておきます」とか不穏な空気醸し出してるしで、場がカオスになってしまった。

「それで、ラーニャさんはどうしてここに？」

「あ、そうそう。忘れるところだった」

おれ達をニヤニヤしながら見ていたラーニャが、二つの小さな巾着をおれに手渡した。

「これ、神子《みこ》様と君にあげるよ」

「なんです、これ？」

「ミレニア地方に伝わるお守り。この真ん中の石が災いから身を守ってくれるんだよ」

受け取った巾着の片方を開ける。

そこには夜空の色をした丸い石が三つ。中央に穴が開けられて皮ひもが通されたブレスレットが入っていた。三つのうち真ん中の石がやや大きく、端のものは小さい。

シンプルだけど綺麗なブレスレットで、貴音が好きそうなものだった。

「ありがとうございます！　貴音も喜びます！」

「君達には本当に助けられたからね。アルシャの街が無事でいられたのも、神子《みこ》様とタカトのお陰だ。こんなものしか用意できなくて、アルシャの当主としては面目ないけど……」

「気持ちだけでも嬉しいです。貴音なんて、喜びすぎて走り回りそう」

「神子《みこ》様にもよろしく伝えてくれ。彼女には返しきれないほどの恩があるのに、俺は失礼な態度ばかり取ってしまっていたから……。本当は直接言いたかったんだけど、伝えるタイミングがなくて」

それは傷心中だったラーニャに構いまくった貴音が悪いんだから、気にしなくてもいいのになぁ。

ラーニャは本当に優しい人だ。改めて、アルシャが滅ばなくて良かった。闇堕ちラーニャはゲームでも見てて辛かったから。

「貴音にしっかり伝えておきます。おれ、アルシャの市場をもっと見て回りたいんです。またアルシャに来るんで、その時は貴方の自慢の街を見せてください」

「……あぁ」

ラーニャは、眩しいものを見るように目を細めた。陽が眩しいのかな。

あれ、でも陽は今は真上に——

そう思っていた矢先、体に強い衝撃が走った。

「ラ、ラーニャさんっ⁉」

つらつらと考え込んでいたおれは、気が付くとラーニャに抱きしめられていた。驚いて、咄嗟《とっさ》に持ち上がった手をどこに置けばいいのか分からず、ワタワタしてしまう。

「はぁ……まったく。本当に良い匂いだね、君。食べちゃおうかな」

「ひぇっ⁉」

耳に直接吹き込まれたセクシーな声に、おれの心臓はバクバクだ。……イケボすぎる！

「そこまでだぜ」

「うわぁっ‼」

すぐに襟元をぐいっと後ろに引っ張られたと思ったら、今度はオウカに後ろから抱きしめられていた。スリスリとおれの頭に顎を擦りつけている。オウカの顔を見上げると、どうやらラーニャを睨んでいるようだ。

「最後の最後にマーキングしやがって」

「ははッ。ちょっとした悪戯《いたずら》と贈り物だよ。口実ができてよかったじゃないか」

よく分からない会話が頭の上で繰り広げられている。どういうことかと首を傾げるも、オウカはそれから黙ったまま不機嫌そうにおれの髪をわしゃわしゃと撫で、団員達が待つ中庭へ行ってしまった。

「もう、なんだったんだ？」

「そのうち分かるよ」

楽しそうな声色に、ラーニャがオウカを揶揄《からか》ったということは分かった。でもおれを使うのはやめてほしい。

反抗するようにラーニャを睨むと、彼はそれはもう楽しそうに笑んでおれの頬を撫でた。

「そんな顔で睨まれても、子猫に威嚇されてるようにしか思えないよ」

「ひどい！」

「タカト、そろそろ私達も行きましょう。貴方も、反応が可愛いのは分かりますが、タカトで遊ばないでください」

知らぬ間にやってきたロイもなんだか不機嫌そうだ。おれの側に来たかと思うと、ラーニャの手を軽くだけどはたき落とした。オウカはともかく、ロイは何がお気に召さなかったんだ？

「イタタ……まったく、お姫様より守りが固いね、タカトは」

ラーニャはやれやれとため息を吐く。

しかしすぐに真面目な表情に戻り、おれに手を伸ばした。

「でも、これまでアルシャを助けてくれるために動いてくれて、ありがとう。タカトが気軽に遊びに来られるようなアルシャにするから、待っててね」

自信に満ちたその言葉に、おれはなんだか感動で胸が詰まって、伸ばされた手に握手して、頷くことしかできなかった。

第二章

「おかえり～」

転移魔法陣の眩《まばゆ》い光が収まり瞑っていた目を開けると、目の前にいたイケおじラーニャが爽やか王子様アイルになっていた。

「アイル王子に直々にお迎えいただけるとは」

「ロイが聞いていたのは近衛騎士団の何人かが迎えるって話だったでしょ？　彼らは今、兄上達の手伝いで忙しくて手が離せないんだ」

そう言うアイルも疲れているように見える。もしかして、無理して迎えに来たのかな。そうだったら申し訳ないな。

でもアイルはそういうの隠すの得意だから、分かりづらいんだよなぁ。そう思って一応聞いてみることにした。

「じゃあ、アイル王子も忙しいんじゃ？　なんか疲れてるようにも見えますけど……」

「いやぁ、参ったよね。リノウ兄上が張り切っちゃってるせいで俺もこき使われてるんだよ。お陰で女の子と遊びに行けなくて俺の心は枯れそうだよ」

泣き真似をしながらよどみなく愚痴を零《こぼ》すアイルに、おれとロイは顔を見合わせて笑みを交わした。

「お元気なようで安心いたしました」

「ロイ、話聞いてた？　全然元気じゃないんだけど」

「これで色ボケが治ると良いですね」

「相変わらずの毒舌だね、サファリファス。タカト～、二人が虐めてくる～」

「たとえ遊びでも貴音に手を出したら許しませんよ」

「……いくら女の子が好きだからってそんなに命知らずじゃないよ!?」

一瞬、返事に間があったのが気になるんだけど？

アイルに「宿舎に戻る前に寄るところがある」と先導されて王宮内を歩いているうちに、おれ達がアイルを揶揄《からか》う遊びに変わっていた。

ロイとサファリファスのSっ気が垣間見えているものだから、可哀想だなとちょっとだけ憐れんでいると、ふいにアイルが振り返った。

分かりやすく拗《す》ねたような表情……おれはこの顔に見覚えがある。

そうだ、これは恋愛ルートか友愛ルートかの分岐点で、友愛ルートを選ぶと見られるスチルの顔だ。

つまり、貴音はアイルとの恋愛ルートは選ばなかった、ということになる。

「……アイル王子、貴音と何かありました？」

「……あったと言えばあったたし、なかったと言えばなかったかなぁ」

つまりは、この王子様はやってくれやがったのだ——夜這い事件を!!

「許すまじ!!」

おれは咄嗟《とっさ》にアイルのタイを引っ張った。

人の妹に何してくれてるんじゃ!!

「ぐぇッ！　ちょッ、首絞まってるからぁ!!」

「タカト!?　急にどうしたのですか！」

「そんなにこの脳みそ下半身王子を消したかったのか？　それならボクに言えばよかったのに。とりあえず不能にしておくか？」

急襲に対応できず酸欠で失神しかけているアイルと、そのタイを引っ張って前後に揺さぶるおれ。荒ぶるおれを止めようとするロイと、ニヤニヤと高みの見物をしているサファリファス。

道中すれ違った人々は、触らぬ神に祟りなしと言わんばかりにおれ達を避けていた。

しかしその冷たい視線などお構いなしにおれはアイルを揺さぶり続けたが、結局問題の事件について一切知ることができなかった。誠に遺憾である。

◇◇◇◇

「アイル。お前は迎えに行くこともまともにできないのですか。子どもですか？　いえ、子どものほうがまだまともに言いつけられたことを実行できますよ。常々考えていましたが、幼児教育からやり直しますか？」

「ごめんなさい」

いつまで経ってもやってこないおれ達に痺れを切らして迎えに来たリノウは、アイルをずっと叱り続けている。アイルはキノコでも生えそうなくらい落ち込んでいる。

「でも兄上。俺もそろそろ休憩が欲しかった、っていうか……」

「忙しい私の時間をこうして奪っておいて、自分の時間が欲しいと？」

「ごめんなさい」

まるで貴音とおれを見ているようだ……。リノウにはカイウスも弱いみたいだけど、それでも兄弟仲がいいのは良いことだと思う。

「さぁ、着きましたよ。アイル、お前はまたあとで話があります」

「う……はぁい」

まだまだお説教から解放されない様子に、アイルのいつもの遊び具合が察せられる。まぁ、それがアイルらしさというものなのだけど。

「私達を呼んでいるのは神子《みこ》様なのですよね？」

「正確には、竜王です。それのことで、話があると」

そう言われ目を向けられたのは、おれの腕の中にある神竜の卵。

サファリファスお手製の魔道具の中に収められている卵は、落とさないように抱っこ紐のようなものでおれの身体に固定されている。

更に周りから見えないように魔道具ごと布で覆われている卵は、傍から見れば本当に赤ちゃんを抱えているようにも見え——いや、そんなことはないはず。

ここに来るまでにすれ違った顔見知りの近衛騎士達の視線がもの言いたげだったのも気のせいだよね？

「神竜が何故か目覚めない今、卵のことを聞けるのは竜王だけと思ってはいたが、まさか向こうから情報をくれるとは。嬉しい誤算だ」

「しかし、アルシャから戻ってすぐとは、些《いささ》か急では？」

「竜王ができるだけ早くということだったので。『情報は早く手に入れるが勝ち』というのはロイ、貴方のほうがよく知っているのでは？」

「……ええ。身に染みて存じております」

情報収集を主に行う騎士団、竜の眼に元々所属していたロイに情報について語るとは。流石《さすが》リノウ、煽りスキルが高いなぁ。でもあんまりロイを虐めないでほしい。

何とも言えない少しの苛立ちを感じているだろうロイの背を撫でて慰める。振り返って微笑んでくれたので良しとしよう。

「いちゃつくのは後にしろ。行くぞ」

サファリファスにとってはもはや見慣れた光景となったらしく、おれ達のいちゃつきに目を向けることもなく、彼はたどり着いた部屋の扉をノックせずに開けた。

扉を開けると、そこは奥行きのある部屋だった。

横幅はそれほど広くはないが、部屋の向こうは結構遠く。

隠し部屋というほどでもないが、あまり使われていないことは部屋の隅に見える埃《ほこり》から察せられた。

窓がないせいか薄暗い部屋には貴音とカイウスがいたが、こちらを向いた二人はアイル以上に疲れた顔をしていた。

なにやら書類を確認していたようで、部屋の真ん中には長い机が置かれているが、その上にはかなりの量の書類が積み上げられ、側にあるサイドデスクの上にも書類が散らばっている。

「お兄ちゃん、おかえり～！　で、それ誰の子？」

「神竜の卵だから!!」

言うと思った!!

本当に期待を裏切らない奴だな。

「まったく。そんなこと言う奴にはお土産あげないぞ」

「うそうそうそ！　お土産欲しいです！」

「ははっ、タカネはタカトと一緒の時が一番元気だね」

貴音が「お土産欲しいだけだから！」とツンデレを発動している隣で、カイウスが笑いながら手に持っていた書類を置いた。

貴音を見るカイウスの目が優しい。

アルシャに行く前も優しい眼差しで貴音を見ていたが、今はその眼差しの中に前より甘さが増しているように思える。

おれがいない間にどこまでストーリーが進んだんだ。

「カイウス王子にもお土産ありますよ。もちろんリノウ王子とアイル王子にも」

「ありがとう。お土産なんて貰えることは少ないから、嬉しいよ」

「そうなんですか？」

「贈り物ならたくさん貰えるけどね。それに、王都の外に行ける誰かさん達はみんなお土産をくれないんだよ」

カイウスの後ろからヒョコっと現れたアイルがわざとらしく肩を竦《すく》めた。誰かさんって、絶対ダレスティア達のことじゃん。

荷物を置いて、サイドデスクに散らばる書類を片付けているロイの手が一瞬止まったよ。

「こら、アイル。ダレスティア達は任務で出かけているのだから、そんなことを言うな」

「はーい。でも俺、ダレスティアって言ってないよ？　それってカイウス兄上もそう思ってるってことだよねー」

「い、いや！　そんなことはないぞ！」

「アイル、兄上で遊ばないように。兄上もすぐに乗せられないでください」

「はーい」

「ごめんなさい」

「三兄弟、尊い……」

相変わらずの三兄弟の様子を見ていたら、最後にオタクの鳴き声が聞こえてきた。

思わず横にいた貴音の頭を軽くはたく。

静かだなと思ってたら、ただオタク感情が溢《あふ》れていただけのようだった。相変わらず貴音もちゃんとオタクしてて安心したよ。

「それで、アルシャから戻った我々を、荷物を下ろす間もなく連れてきた理由を早くお聞かせ願えますか？」

ちゃっかり椅子に座り、どこからか取り出したティーセットで紅茶を飲みながらくつろぐサファリファスに、リノウがため息を吐いた。

サファリファスの苦言にシュンとしたのはカイウスだけだったが、怒られた子犬になっている彼を見て、貴音は「きゃわいい……」と手を合わせていた。

ただのオタクになっている貴音の頬を突《つつ》いて意識を呼び戻す。拝むのはあとにしなさい。

「貴音。おれ達を呼んだのは竜王なんだろ？　お前が間に入らないと話ができないじゃん」

「はっ……！　そうだった！　えーと、ちょっと待ってね」

まったく。感情が昂《たかぶ》りすぎるとポンコツになるんだよなぁ。

貴音は慌てて竜王の宝玉を自身の体から出現させて、机にセッティングしていく。そんな貴音を見ながら、おれもダレスティアに萌えてる時とかあんな醜態を晒さないようにしよう、と誓いを立てた。

「ヴァルシュ。起きて」

貴音が竜王の宝玉に手を触れそう呼びかけると、宝玉が淡く輝き始めた。

貴音が言うには、神竜と一緒で竜王は基本的に宝玉の中で寝ているらしい。大昔にあった大天災からこの大陸を守る時に負った傷を治すためだという。

しかし貴音はその竜王を起こすために大声で宝玉に呼びかけている。

「おーい。神竜の卵でなんか言いたいことがあるんでしょ？　呼び出しといて寝てるとか何様よ」

「竜王様だろ」

「お兄ちゃんは黙ってて」

ラディア王国で敬われる竜王に対してはとても不敬な扱いに、王子達とロイはそわそわと落ち着かない様子だ。サファリファスだけは面白そうに紅茶を飲んでいる。

しかし竜王、なかなか返事がない。

ちょっとせっかちな貴音は、とうとう宝玉をぺちぺちと叩き始めてしまった。

カイウスとロイは心なしか少し青褪《あおざ》めている。おれは漆黒の宝玉から放たれる光が強くなったり弱くなったりしている様子が綺麗だなぁと癒されていた。

「おーい！　おーい！」

『……うるさいぞ』

貴音が宝玉を叩いていると、腹の底に響くような低い声が脳裏に響く。

「やっと起きた！　お待ちかねの神竜の卵だよ！」

『む。やっとか』

人を呼び出しておいて寝坊して、更に謝る気すらない傲岸不遜なところは神様だなって思う。

おれは竜王に指示されて、机の上に移動用の魔道具に入ったままの神竜の卵を置いた。

『何に入れている？』

「転移魔法陣の魔力から守るための魔道具です」

ふむ……と言う声が聞こえ、ふいに魔道具の側に何かを感じた。

竜王の姿は見えないが、彼がそこにいる気配のようなものを感じる。

『魔道具から出せ。もともとコレが入っていた器に入れたほうがコレもより安定する』

「ヴァルシュ。貴方やっぱり神竜の卵のこと知ってたのね？」

『知らないとは言っていない。それに何度もいちいち説明するのは面倒だ。どうせならまとめて話すほうが効率がいいだろう』

「……はぁ？」

確かにそのほうが効率はいい。でもせめて貴音には言っておいてほしかった。見るからにご機嫌斜めになっちゃったよ。

『セフィはずっと寝ているのか？』

「……え？」

「神竜のことだよ、お兄ちゃん」

「あぁ、神竜のこと……。神殿の遺跡から卵を持ち帰ってからはほとんど寝てますね」

聞き馴染《なじ》みのない名前に、質問に答えるのが遅れてしまった。そういえば神竜は、竜王には『ハクロ』じゃなくて『セフィ』って呼ばれてたんだったな。

親しい相手だと呼び方も変わるのは分かる。おれもクーロをクーって呼んでるし。でもなんでハクロとセフィだなんていう関係性が全然ない呼び方なんだ？

『セフィが寝ているのは魔力をできるだけ貯めておくためだろう。今、この卵には、お前の体内にいるセフィから魔力が流し込まれている』

「卵に、魔力を？」

サファリファスの目が魔力の流れを見ようとしているかのように、おれと卵の間を行ったり来たりしている。

おれも神竜の魔力が注ぎ込まれているという卵を見る。

ロイによって慎重に魔道具から取り出された神竜の卵は、薄暗い室内を照らすランプの灯りを反射して、煌《きら》めいているだけだ。

竜王の宝玉のように自ら光を発することはない。

『卵に注ぐ魔力と自身の生命活動のための魔力を確保するのに精一杯で、お前達で遊ぶ余裕もないのだろうな』

「おれ達で遊ぶって……。いや、それって頭の中で会話することができないほど魔力が足りてないってことですか？」

『それくらいならできると思うが、おそらく卵に魔力を注ぐことに集中しているのだろう。儀式の失敗は許されないからな』

なんだか不穏な言葉が聞こえてきた。

「神竜……ハクロ様が行おうとしていることは、タカトに影響があることなのでしょうか」

見上げたロイの表情は穏やかながらも、その目は心配そうにおれを見ていた。神竜が何かをしようとしているのなら、おれにも関係があると考えるのは妥当だ。

『もし仮にセフィが失敗した場合、何が起こるか分からぬ。しかし、宿主にも相応の影響があることは間違いない』

「神竜がしようとしていることは、それだけ危険なことなんでしょ？　お兄ちゃんの承諾なしにそんなことしないでほしいんだけど」

竜王の宝玉を睨みつけて指先で弾いている貴音の言葉が、どこか他人事《ひとごと》のように思っていた自分に突き刺さった。

『承諾の有無は必要ない。セフィにはしないという選択肢がないだけだ。これほどの絶好の機会はないのだからな』

「もし……もし失敗したら何が起きるんですか」

心臓が痛いくらい速く鼓動を打つ。

『安心するがいい。お前が死ぬことはない。精々、ほんの少し寿命が縮まるくらいだ』

「なら、ハクロは？」

竜王の返答には、一拍の間があった。

『良くて再び長い眠りにつく。最悪の場合は今度こそ二度と蘇らない死を迎える』

誰も声を上げることができなかった。

おれと神竜、どちらのリスクのほうが高いかと言われれば、神竜が負うリスクのほうが高いけれど、神竜にやらない選択肢はないという。

そもそもおれには神竜を止めることはできないのだけれど、それでも何をするのかくらいは教えてくれてもいいじゃないかと怒りが込み上げてくる。

おれと神竜は一心同体なんだから。

『お前達はセフィが何をしようとしているのかを知りたいのだろうが、それも含めて後で説明してやる。今日はセフィとコレの様子を確かめたかっただけだからな。戻っていいぞ』

「……だから何様よ」

貴音の弄りも覇気がない。それもそうだ。貴音は死ネタバッドエンドが地雷だからな。おれも苦手だけど。

だからこそ神竜の手伝いをしたいのだけど、神竜はやっぱり返事をしてくれないし、竜王はまた寝てしまったようだ。

おれにできることは心身を健康に保つことと、体内の魔力を減らさないようにすることだけ。

「気になることはたくさんあるけれど、タカト達は各々やらなければならないことがあるだろう？ゆっくり気持ちを整理しながら荷解《ほど》きでもするといい」

カイウスの柔らかい微笑みと温かい言葉が、じんわりと凝り固まっていた思考を柔らかくしてくれる。

「陛下やガレイダスには私が報告しておきましょう。そのほうが話し合いも進みやすいでしょうから」

「じゃあ俺はこれから頑張るために女の子達に癒されてもらいに行ってくるよ」

「アイル。お前の仕事はここの報告書の整理です。仕事が捗るようにウィリアムをつけます」

「リノウ兄上！　それは酷すぎるよ‼」

王子達が作ってくれたほのぼのとした明るさが、重苦しかった部屋の雰囲気を和らげてくれた。

貴音の口元にも笑みが浮かんでいる。

おれは静かにホッと息を吐いた。

「タカト……」

「ロイ、大丈夫だよ。とりあえず詳しいことが分かるまでは一旦忘れよう。急に死ぬとかじゃないみたいだし。ね？」

「そんな可愛らしい顔で縁起でもないこと言わないでください」

クーロがお願いしてくるときみたいに首を傾げて上目遣いで見たけれど、ロイに効果はなかったみたいだ。真面目な顔で怒られてしまった。

「どちらにしろ、今分からないことを考え続けるのは時間的にも体力的にも損でしかない。ボクは工房に戻る。調べることも増えたことだしな」

サファリファスは呪文一つで紅茶セットを片付けると、さっさと部屋を出て行ってしまった。ほんと、興味のあること以外は塩対応だよなぁ。

「私達も、部屋に戻りましょうか」

「そうだね」

「あ、お兄ちゃんの部屋はまだ神子《みこ》の宮だから。ゼナード伯爵に狙われてること、忘れてないでしょうね」

「あ……」

あぁ、そうだった。ゼナード伯爵の件もあったんだった！　気が休まる時がないな……

「まったく。お兄ちゃんはもっと自分が狙われてる自覚を持って。あの蛇男。なかなか尻尾《しっぽ》を出さないから調査も大変なんだよ！　抜け殻の一つくらい落としてくれてもいいと思わない⁉」

おれは今にも手に持った書類を破きそうな貴音の肩を宥《なだ》めるように叩く。

しかし後ろに立つおれの顔を見上げた貴音の目力の強さと手首を掴む力の強さに、思わずビクついた。頬までひくついてしまう。

「お兄ちゃん。今夜は寝かさないからね」

「いや、あの、お兄ちゃんは神竜のために早めに寝ようかなぁって……」

「妹がお兄ちゃんのために頑張ってるのに、愚痴の一つも聞いてくれないわけ？　ひどーい」

「う……」

縋《すが》るようにおれは視線だけでロイに助けを求める。

が、ロイは苦笑しておれから目を逸らした。ガーンという効果音が頭の中で鳴った気がした。

◇◇◇◇

「タカト！　おかえり～！」

「クー！　ただいま！」

ぴょんと飛びついてきたクーロを抱きしめた。

クーロはもふもふな尻尾《しっぽ》をぱたぱたと左右に振っている。おれはわしゃわしゃと彼の頭を撫でて、さりげなくお耳をもふった。

あぁ、癒される……!!

「リノウ王子に魔法いっぱい教えてもらえた？」

「うん！　今は基礎をちゃんとやる時なんだって！　だから色んな魔法の基礎を教えてもらったんだけど、すごい分かりやすかったよ！」

流石《さすが》、インテリなリノウというわけか。

クーロはオウカにも魔法を教わっていたが、天才肌なせいかオウカの場合いくら教育本を参考にしたところで微妙に伝わってない部分があった。

けれどリノウならクーロに合わせて分かりやすく教えてくれるはずだ、と勝手に期待してたけど、上手くやってくれたようで安心した。

「魔法は大人になるほど感覚で使うものです。だからこそ大人が子どもに教えるのは難しいのですが、流石《さすが》はリノウ王子ですね」

「うん。頼んで良かったよ。これがアイル王子だったら、基礎を無視してすごい魔法ばかり教えそうだしね」

「実際、リノウの隙をついて変な魔法を教えようとしてたよ。すぐに見つかってお仕置きされてたけど」

アイルの悪戯《いたずら》癖はなかなか治りそうにないな。同じ感想を抱いたのか、ロイも呆れたように笑んだ。

「しかしクーロ、本当によく頑張りましたね。魔力量が大幅に上がってますよ」

「ほんと!? どれくらい? どれくらい増えてますか!?」

ロイに魔力量が増えたことを褒められたのが本当に嬉しいらしい。目をキラキラさせて今にも飛び跳ねそうだ。

クーロは嬉しくなると何度もジャンプする癖がある。いわゆる、わーいわーい、というやつだ。とても可愛い。

「詳しくは検査しないと分かりませんが、ダレスティア団長の三分の一くらいでしょうか……」

「団長さんの三分の一！ ……ってどれくらいですか？」

少し分かりづらい例えに首を傾げているクーロの横で、おれは別のことで首を傾げていた。

ダレスティアの魔力量は多くはないと聞いたことがある。

でも、いくら才能があるといってもまだ子どものクーロに、三分の一も追いつかれるほど少ないのか？

おれの疑問を察したのか、ロイが先手を打って答えた。

「ダレスティア団長の家系は少し特殊なのです。団長が戻られたら、直接聞いてみてください。私が知る以上のことを教えてくださると思いますよ」

確かに、そういったことは本人のいないところであれこれ話すことでもないか。

「それでは私は宿舎に戻ります。夕方に一度こちらにお邪魔しますね」

「うん。クーはどうする？」

「タカトと一緒にいたいけど、僕も今お手伝い中なんだぁ……。宿舎のお掃除してるの」

「そっか。偉いな、クーは」

「えへへ」

おそらく竜の牙の団員達が戻ってくるから、宿舎中の大掃除をしているのだろう。部屋数も多いから、宿屋で働いていたクーロは大きな戦力になっているはず。

あとでいっぱい甘やかしてあげよう。

「では、私と一緒に行きましょうか」

「はい！」

「ガイヤ卿、よろしくお願いいたします」

「あぁ」

いつの間にか側にいたウィリアムに驚いたのはおれだけだった。貴音はおれが驚いたことに気が付いたのか、笑いを堪えようとしている。

お前、分かってたなら教えろよ……！

「タカト、あとで」

「あ、うん！　またあとで」

「お部屋綺麗にするからね！」

「うん。頑張って！」

時々振り返っては手を振ってくるクーロに手を振り返す。花壇の先を曲がって二人の姿が見えなくなってから、手を下ろした。

「あの二人、髪色が似てるからか、犬属性だからか、親子に見えなくもないよね」

「ロイとクーなら年齢的に親子じゃなくて兄弟だと思う。親子ならオウカじゃない？」

「じゃあダレスティアとだったら？」

ダレスティアとクーロが並んでいる姿を思い出す。ダレスティアは初めてクーロに会った時よりも態度や雰囲気は柔らかくなっているが、クーロのほうはまだ少し緊張気味だ。

「うーん……それこそ飼い主と迎えられたばかりの子犬じゃない？」

「それってダレスティアはクーロに懐かれてないってこと？」

「いや、クーは密かに懐いてる感じ」

クーロの憧れはダレスティアだと思うんだよね。なんかダレスティアを見てる時だけ一段と目がきらきらしてるんだよなぁ。

ダレスティアはそんな視線に慣れてるせいか、まったく気が付いてないけど。

「じゃあ王子達とだったら？」

「従兄弟」

「分かる～」

きゃっきゃと楽しそうな貴音と一緒に、久々の神子《みこ》の宮に入る。相変わらず真っ白な建物は汚れの一つも見当たらない。

ぐるっと床から壁、天井を見てからなんとなしに今通って来た扉を振り返ると、ウィリアムがおれ達の後ろで何かしているのが目に入った。扉に何やら魔法をかけているように見える。

「あぁ、あれ？　結界張ってるの。神子《みこ》の宮全体にね」

「結界？　そんなのおれがいた時にもあったっけ？」

「一応あったのよ。だけど突然アイルが夜中に来たときに結界を突破されちゃってね。まぁ、アイルにあの程度の結界なんて意味がなかったってだけなんだけど、それからウィリアムが結界の重ねがけをするようになったの……って、お兄ちゃん？　顔色が悪いよ？　疲れた？」

おれは貴音の肩に手を置いた。

「貴音。その話、詳しく聞かせなさい」

貴音の部屋に入ったおれは、すぐに椅子に腰を落ち着かせて、貴音に事の顛末《てんまつ》を聞いていた。

「アイルのあれは王族ルートに入ると絶対あるイベントなんだよ。三つの選択肢があって、恋愛ルート、友情ルート、バッドエンドになるやつ。カイウスとリノウのルートに行きたい人はここで友情ルートを選ぶ必要があるわけ」

「何でアイルだけ強制イベントになってるの？」

「有志の考察では、アイルが王族ルートの鍵になってるんじゃないかって。ほら、王子兄弟仲良しじゃん」

つまり、末っ子がおれ達のことを認めてくれないと、兄王子とはお付き合いできないってこと？アイルってそんなブラコン仕様だったっけ？

「色々とストーリーが変わってるから、いくら強制イベントって言っても流石《さすが》に起こらないと思ってたんだけど……。ここでは強制力が働いたみたいなんだよね。でも私は正直に伝えたよ。アイルのことは友達として好きだけど、それ以上の関係になるつもりはないって」

「……それって、主人公の台詞？」

「ちゃんと私自身の言葉だよ。ゲームだともっと思わせぶりだけど、そんな気持ちもないのに希望持たせたらダメじゃん」

私はそういう恋の駆け引きみたいなのあんまり好きじゃないんだよねー、だなんて笑っている貴音の様子を見て、おれは肩の力を抜いた。

「そっか。でもほんとに何もなかったんだよね？」

「ないない！　恋愛ルートの夜這いもキスくらいだったから大丈夫。お兄ちゃんが心配するようなことは何もなし！　むしろ珍しく怒ったウィリアムさんに引きずられてくアイルをお兄ちゃんにも見てほしかったなぁ」

　王族第一主義のようなウィリアムがアイルに怒ったというのも珍しいことだ。そこはゲームでは表現されてなかった気がする。

　それにしても、強制力か……

「お兄ちゃん、どうかした？」

「ん？　いや、なんでもない」

「そう？」

　貴音は知らないけど、カイウスは貴音のことが好きだ。そしてそれを、アイルも知っているはず。それなのにあのイベントは起きてしまった。

　もしかしてカイウスに発破をかけるため？

　でもさっきのカイウスとアイルの様子を見るに、そういった様子は見られなかった。

　ということは、アイルの感情も無視した強制力なのか？　でもこれは王族ルートに入らないと起きないイベントだって言って――あ。

「なぁ、貴音」

「なに？」

「アイルが来る前、カイウスと何かあった？」

「カイウス？」

　貴音のキョトンとした顔を見て、おれは確信した。

もしや無意識下でカイウスルートを選んだな？

「なにか誘われたとか」

「あ、そういえば。今度一緒にお茶を飲もうって誘われたけど」

それだー!!

確か王子との二人きりのお茶会には特別な意味があるって設定があったはず。ダレスティアが報告のためにそのお茶会に現れるシーンがあったから覚えてるぞ！

「でも、これまでにもお茶会は何度もやってるから特別なことじゃないよ。リノウとアイルも一緒だったから二人きりではないし」

いや、確実にそのお誘いは二人きりのやつだろう。

アイルのイベントが起きたってことは、カイウスかリノウのルートに入っていることは確実。それでいてカイウスの貴音を見るあの眼差し。

……間違いない、貴音はカイウスルートに入っている。

「……まぁ。貴音の自由にしたらいいけど、気を付けてね、色々と。お兄ちゃんは心配です」

「なにそれー。この見た目だけど中身はちゃんと成人済みなんだからね！　それに、トラブルメーカーのお兄ちゃんに心配されてもねぇ？」

「う……それは否定できない」

おそらく貴音は、アイルのイベントは単にこの世界の決められたストーリーを進めるための強制力で起きたものだと思っていて、何か特別な意味があって起きたとは認識していない。

別に貴音の恋愛事情に踏み込もうとは考えていないけど、カイウスが貴音に惹かれている以上、このままカイウスルートのストーリーが進んでもおかしくはない。

さて、カイウスの気持ちが貴音にバレないようにこの事実を伝えるにはどうすればいいのか。

おれは新たな問題に心の中で頭を抱えてしまう。

しかしおれのそんな気持ちさえ知らず、貴音は「そういえば」と話題を変えた。

「ところでお兄ちゃん、お土産は？」

「あ、そうだった！　えーっと……これ！」

貴音の声に急かされつつ、おれは魔道具の中に収納していた小箱を取り出し、貴音に手渡した。

小箱に描かれている模様に目を輝かせ、開けて良いかと聞いてくる貴音に頷く。

いくつになっても嬉しそうな顔を見せるから、買ってあげたくなるんだよなぁ。

「これなーに？」

「アルシャの赤土で作られた顔料で、泥パックみたいに使うんだってさ。アルシャの女性にとっては必需品らしいよ。お前、そういうの好きだろ？」

「流石《さすが》お兄ちゃん！　よく分かってるじゃん！　ねぇ、アルシャってこの赤土みたいに赤い街だった？」

「うん。夕日に照らされるとほんとに真っ赤になるんだ。すごく綺麗だったよ」

沈みゆく夕陽によってさらに赤く染まった街の景色を思い出す。

どこを見ても真っ赤なせいで不吉にさえ思えてくるのに、どこか懐かしさを感じる眺め。何度か同じ景色を見たけれど、やっぱり最後に見たのが一番記憶に鮮明で、とても美しかった。

「そういえば、ラーニャからプレゼント貰ったんだった」

「え、なにそれズルい！」

「ちゃんと貴音のもあるよ。帰る時にくれたんだ。お守りみたいなやつなんだってさ」

帰り際ラーニャに渡された巾着を取り出し、貴音に手渡す。ワクワクした顔で巾着を開ける様子を微笑ましく見守っていたが、ブレスレットを取り出した貴音は即座に固まった。

「貴音？　どうかした？」

「……お兄ちゃんのも見せて」

「え、うん」

よく見ると、貴音にと渡されたブレスレットとおれへのブレスレットでは、使われている石が違うようだった。おれのブレスレットは夜空のような石。貴音のブレスレットは澄んだ濃い紫色の石。

それを認識した瞬間、貴音は変な呻きと共に天を仰いだ。

「ま、負けた……」

「どういうこと？」

「これ、ラーニャの好感度で石の種類が変わるの。私のアメジストは友情。そしてお兄ちゃんのラピスラズリは恋人にあと一歩及ばずっていう友愛。お兄ちゃん、ラーニャと夕陽見た？」

「……見ました」

「それ、トゥルーエンドのスチルだよ。お兄ちゃん、いつの間にラーニャも落としたの？　しかもハッピーエンドじゃないとはいえ、私よりも好感度高いのちょっとムカつくんだけど～。この天性の総受けめ」

そんな称号いらない。

というかラーニャ。お前を奴隷狩りから助けたのは貴音だろ！　なんで貴音のほうが好感度低いんだよ！

「貴音、その……ごめん。多分ラーニャは発情のフェロモンにつられただけだから」

「なんかその台詞は私が彼氏を寝取られた感あるからやめて。それに、謝ることでもないでしょ。あくまで私にとってラーニャは『推し』だし。そりゃあ結婚してもいいくらいの推しだけど、そういうつもりもなかったしね」

だから謝られても何様って感じ～、と笑う貴音のデコピンを大人しく受け入れた。

これは『推し＝恋』と無意識に思い込んだおれが悪い。

おれも推しと恋は別物だったのに、ダレスティアへの感情が恋に変わってから、おれの知らないうちに意識改革が行われたようだ。恋は人を変えるんだな……

貴音の文句を聞きながら、今も騎士団の指揮を執っているだろうダレスティアのことを思い浮かべていた。

SIDE　ダレスティア

「このペースで順調に行けば、王都まであと二日くらいだな」

「ああ。天候も安定している。予想外の戦闘がなければ昼には着くだろう」

「あー、やっと王都に帰れるぜ」

予定していた休息地点に着いたのは、アルシャを発った次の日。

行きは情報を収集しながらアルシャに向かったため進みが遅く二日半もかかったが、帰りは魔獣の心配をするだけなので、一日しかかかっていない。順調すぎるほどの良ペースだ。

南側の気候は合わないと零《こぼ》すオウカの後ろで、団員達が苦笑した。

「副団長は俺達よりもあとに来たじゃないですか」

「それなのに私達よりも街の人達と馴染《なじ》んで、羨ましいったらないですよ」

「俺達は警戒されて話を聞くのも大変だったってのに。なぁ？」

「うん」

顔を見合わせ頷いている団員達の言葉に、口に出さずに私も同意する。オウカが来たことでアルシャの住民達と意思疎通がしやすくなったことは事実だった。

おそらく本人以外の全員が感じただろう。

竜の牙にはオウカ以外にも何名か獣人の騎士がいるが、大型肉食動物系の獣人はオウカのみ。

獣人の世界は本人の実力だけでは埋まらない本能的な種別の差があると聞く。

先にアルシャに到着した者達は小動物系の獣人だったためか、竜の牙の団員といえど街の住民達からは格下に見られていたようにも思える。

それが、オウカが現れたことで確実に力関係が変化した。

この任務において、オウカがいなければ上手く行かなかっただろう場面はいくつもある。

「これを機に竜の尾に何名か移籍の打診をしてみるか」

「あ？」

「これからもアルシャのように獣人の住民が多い地域の任務に当たった時に、今回のようにお前がいないと作業が進まないという問題が起きないとも限らないだろう。それなら竜の尾から何名か大型肉食動物系の獣人を移籍することも考えないといけない」

「竜の尾、ですか……。あそこは獣人騎士団だけあって、血の気が多い奴らが多いイメージがあります。元々の仲は悪くないですが、こちらの獣人の奴らと上手くやっていけますかね」

「ハクとか逃げ出しそう。あいつ、鷲《わし》なのに弱々しいからなぁ」

竜の尾はオウカと同じくらいの問題児だらけの騎士団だ。

たとえ竜の牙の騎士であっても、この二人のように共に任務をこなすことを不安に思う者は少なくないだろう。

しかし獣人が多く住む地域での任務は彼らに任せたほうが良いと今回ではっきりわかった。やはり獣人特有の上下関係があるからだろう。

「竜の尾なぁ。結局、アルシャにいくらか団員を派遣してきただけで来なかったな」

「他に任務があり、団長も副団長も手が離せないとのことだった」

「それでこっちの要請よりも送られてきた人員が少なかったのか」

少ないとは言っても、竜の牙と同じくらいの人員は送られてきた。

しかし、竜の尾は王室に仕える騎士団の中でも随一の所属団員数を誇る。通常ならこちらの要請よりも多い応援人員が送られてくるはずなのだが。

「珍しいですね。あそこはいつも暇な奴らが呼んでもないのに応援に来るのに」

「詳細はまだ私も知らない。が、もうじき我々も忙しくなる」

「もう次の任務ですか!? しばらく長期任務は行きたくないのですが……」

「任務先は王都だ。しかし帰還が遅れれば、その分休暇も短くなる」

言外《げんがい》にそろそろ出立作業に戻れと言えば、賢い二人は慌てて自分達の持ち場に戻った。

長期任務が終わったためか、気分が浮ついている者が多い。気持ちは分かるが、王都に着くまでに何が起きるか分からない。無事に宿舎に到着するまで気を引き締めてこそ騎士だ。

ふと、別れ際のタカトの言葉を思い出した。

家に帰るまでが遠足とは、タカトの世界の言葉だろうか。タカトのほうが騎士らしい精神の持ち主だ。

「なぁ、もうじき忙しくなるってどういう意味だ?」

オウカが訝《いぶか》しげに聞いてくる。まぁこいつには言ってもいいだろう。

「……竜王と神子《みこ》の儀式の時期が決まった。王宮からの書簡に『神殿からの任務として各騎士団は竜王の儀が終わるまで王宮と神殿の警護に当たるように』と」

「随分と急だな。それに時期も早い。これまでの記録には夏に行われたことが多いってあったはずだが」

オウカの言う通り、これまでの記録では竜王の儀は夏に行われることが多かった。

しかし、今回は暖かくなってきたとはいえまだ春よりも冬に近いこの時期。前例が少ないために混乱が生じる可能性が高い。

「その理由までは知らされていない。だが王都に戻れば分かるはずだ」

今代の神子《みこ》はタカトの妹。タカトが国王陛下に食ってかかるほど大切に思っている家族だ。彼が悲しむようなことが何もなければ良いが……

清々しいほどに綺麗な青空を見上げるが、嫌な予感の騒《ざわ》めきは消えることはなかった。

◇◇◇◇

「あ、帰ってきた！」

おれはクーロが指差す空を見上げたが、なんだか米粒よりも小さな点々がたくさんあるなぁくらいにしか見えない。

「ロイ、見える？」

「いえ、私にもまだ見えません」

「強い生き物がたくさん近付いてくる気配がするの！」

なるほど、獣人の動物的直感みたいなものか。それは人間のおれ達にはない。

おれはロイと目を見合わせて笑った。

「まだまだ小さくてもクーロはやっぱり獣人なんだな。こういう時に実感するよ」

「訓練をつけてくれていた待機組の団員によれば、もう身体能力は人間の大人と同じくらいだそうですよ。本来、獣人の成長は人間よりも早いのですが、クーロは少々遅めです。ただあと二年もすれば、二次性徴期が来て見た目も人間の大人と変わらないほどに成長するかと」

「二年で⁉」

まだ旋毛《つむじ》が見下ろせるくらいのクーロが、あとたったの二年で大人に⁉

以前から成長が早いと聞いていたけれど、想像以上だった……

本当だったら今の時点でクーロは大人の身体に成長してるってことだよね？

大人のクーロ……絶対イケメンだと思う。可愛い系のイケメンだよ、うん。

「大人と言っても十八歳くらいですから。ただ、精神の成長速度は人間と変わらないので色々と気をつけて接しないといけません……タカトは子ども扱いしないでと怒られそうですね」

「えぇー……」

そんなことはないと思いたいけれど、貴音に言われた記憶があるだけに言い返せないのがちょっと悲しい。

「ねぇ、タカト！　竜に乗って飛ぶのって怖い？」

ロイと小さく笑い合っているとふいにクーロが質問してきて、おれは視線を下ろした。

「ん？　おれは生き物に乗って空を飛ぶなんて考えられない世界から来たから、そりゃ怖かったよ。しかもすごく寒いし」

「でもでも！　空を飛ぶって気持ちいいんでしょ？」

空を見上げたクーロは、手を広げて羽ばたかせながら空を飛ぶように走り回る。その目はキラキラ輝いていて、そういえばクーロは騎士や竜に憧れていたんだったなと思い至った。

「竜は鳥みたいには飛びませんよ。クーロは竜騎士になりたいのですか？」

「うん！　騎士には絶対なりたいし、竜も乗ってみたい！」

思っていたよりも力強い返事に、またもロイと目を見合わせた。

おれに出会ったことで村を出て王都に来たクーロは、文字通り生きている世界が変わったようなものなのだ。

騎士団の宿舎に住み、彼らの訓練にも見習いとはいえ参加している。しかも騎士の中でも最優秀と言われている竜騎士が多く集う竜の牙だ。憧れるのも自然なことだ。

しかし、ただの憧れだけではない決意がその目には現れていた。

ロイが片膝をついてクーロと目を合わせる。

「騎士になることは大変です。それは分かっていますよね？」

「はい！」

「竜騎士は騎士の中でも最優秀の成績を収めた者にしか与えられず、国内中の士官学校の卒業生でも毎年数名しか認められません。それほど過酷な訓練と試験を突破しなければ得られないのが竜騎士の称号です」

竜騎士ってそんなにすごい職種だったのか……そりゃ竜の牙は最強って言われるわけだよ。しかも最強の中の最強がダレスティアってことでしょ？

流石《さすが》おれの推し。推せる要素しかない。

「オウカ副団長からは聞いていないかもしれませんが、地に足をつけて生きる種族の獣人が竜騎士になるためには、人間と同じ訓練とは別に本能的恐怖心に耐える試練が必要です。そして何よりまず騎士になるには、人を守るために人を傷つける覚悟も必要です」

真剣な顔でロイを見つめるクーロは、幼いながらに賢い頭で理解しているのだろう。だからロイもあえて騎士になることへの厳しさを伝えている。

おれやオウカだと、騎士のかっこよさと竜に乗って戦うことのすごさしか伝えられないだろう。ロイとしては、優しい性格のクーロが任務のためとはいえ人を傷つけることもある騎士には向いていないと思っているのかもしれない。

「ロイさん、僕ね、どんなに遠くの村から助けてって言われても、すぐに助けに行けるようになりたいんです。竜なら僕が走るよりも、馬車よりも、ずーっと早いでしょ？　それにね、魔法もたくさん学びたい。どんな病気でも、大きな怪我でも治せるようになりたい」

「クーロ……」

思わず名前を呼んでいた。クーロの考えは子どもの大きな夢だと言うこともできるけれど、彼が両親を流行病《はやりやまい》で亡くしていることを思うと、ただの子どもの夢だとは考えられなかった。

何より、本人の目には強い決意が込められている。本気で、そうなりたいと思っているんだ。

「……竜騎士にも魔術師にもなりたいだなんて、目指す先は第二のオウカ副団長でしょうか」

あんな問題児にはなってほしくありませんがと、呟いたロイだけれど、クーロの頭を撫でる手つきは優秀な生徒を褒めるように優しいものだった。

ロイに決意が伝わったのが分かったのか、クーロは尻尾《しっぽ》を振りまくって嬉しそうだ。

「治癒魔法ならサファリファス殿に聞くのが一番適任でしょうね。教え方は別として」

「あはは……」

◇◇◇◇

クーロがダレスティア達を見つけて少しして、後続組も全員が無事に王都に帰還した。

しかし彼らを労《いたわ》る間もなく、おれとロイ、サファリファスはアイルに呼ばれとある一室にやってきていた。

「ここは？」

「応接室のようなところだよ。個人的なお客さんが来た時とか、遮音魔法を使うくらい重要な話がある時に使われる特別な部屋。謁見の間だとちょっと広いからね」

何か命令を下すときには謁見の間でないといけないらしいけど、ただ会話をするだけならこのそこその大きさの部屋に通されるらしい。

アイルに説明してもらったところで改めて部屋を見渡していると、王様とアイル、貴音、ウィリアム、そしてダレスティアとオウカが入室した。

おれはひとまず王様に挨拶しようとしたが、それを遮るように王様は片手を挙げた。開きかけていた口を閉じ、礼をするだけにとどめた。何やらまだ話しかけてはいけないらしい。

「リーネス」

扉を閉めたオウカが呪文を唱えると、部屋中の壁に光が走った。目には見えないけれど、何かで部屋が覆われたことを肌で感じる。ちなみにリーネスは転移呪文というわけではなく、オウカが魔法を使う時の呪文らしい。

「遮音の魔法をかけました」

「ついでに先ほど、魔道具の使用を妨害する魔法もかけておきました。最近は盗聴用のものが出回っているようですので」

オウカとサファリファス、二人の強力な魔術師の魔法によって、この部屋の音が外部に漏れる可能性はほぼゼロになった、というわけだ。

アイルがサッと部屋中を確認するように視線を巡らせ、王様を見て一つ頷いた。それに頷き返してようやく、王様は口を開いた。

「アイル、説明しておきなさいと言っただろう」

「あ、忘れてた」

反省の色がないアイルにやれやれとため息を吐いて、王様は部屋の中でも一際立派な椅子に座った。

アイルは遮音の魔法をかけるまでは挨拶をしないようにと伝えられていたらしいのだが、おれはそんなこと聞いていない。思わずアイルを睨んでしまったのは仕方ないだろう。

「まず、ダレスティア。竜の牙の者達には近々褒賞を贈ろう。通常の任務とは違うために、普段よりも苦労したことだろう。感謝する」

「もったいないお言葉です。我々の使命は我が王国の国民を守ること。どのような任務であっても、その根底は変わりません」

流石《さすが》ダレスティア、かっこいい……。

騎士としての鑑《かがみ》すぎる。これに憧れないわけがないだろ。

ダレスティアを尊敬の眼差しで眺めていると、視界の端でリノウが紙束をカイウスに手渡していた。どうやら報告書のようだ。眉根を寄せたカイウスが口を開いた。

「こちらでも改めてミレニア地方とアルシャの統治状況について調査したところ、ミレニア地方の民からの嘆願書がもみ消されていたことが発覚した。さらに問題のあった前領主は、領民が領地から出ることも厳しく制限していたようだ。そのせいで、領民が王都に出向き直訴することもできなかったようだ」

「そんなことまで……」

思わず口をついて出た言葉には、無意識に怒りが籠《こも》ってしまった。それに同意するようにカイウスは痛ましそうに目を伏せた。

「領主は俺達が身柄を拘束してアルシャの地下牢に投獄している。もみ消した者もすでに王城の地下牢に投獄済みだが、指示を出した者について聞こうとしても酷く怯えて話そうとしない」

オウカは苛立ちを滲ませながらも淡々と報告するが、その内容にリノウが纏う雰囲気が更に冷たくなっていく。

「人質を取られている可能性もありますね」

「あぁ。だが、我が身可愛さで多くの国民の苦しみを無視した責任はちゃんと取ってもらわないといけないよなぁ」

部屋にオウカの声が低く響いた。

おれの斜め前に座る彼の顔をそっと見遣ると、不機嫌さを隠そうともせず眉根を寄せた。

「アルシャの獣人達に聞いたんだが、ミレニア地方を狩り場にしていた奴隷狩りには各領地の領主と繋がっている奴らが少なからずいたらしい。領主が領民を売る。獣人が獣人を売る。そんな状況は何年も前から続いていて、アルシャの一部で治安が悪くなった理由は自分達の身を守るためでもあったんだと」

アルシャで住民と一番仲を深めていたのはオウカだ。

獣人には人間にはない特殊なコミュニティがあるってロイに聞いたことがある。他の団員達じゃ得られなかった情報をオウカは知っているのかも。

「陛下、この件は根が深い。あと一つ何かが違っていれば、アルシャの街はなくなっていたかもしれないし、ミレニア地方に住む獣人達が反乱を起こしていたかもしれない。そうなれば獣人と人間との争いになっていた可能性すらある。……徹底的に調べて、被害にあった奴らが納得できる罰を与えてくださいよ」

「……もちろんだ。あの歴史を繰り返させるわけにはいかない」

オウカは王様の言葉を聞くと目を閉じ、息を一つ吐いて、王様に礼をした。

王様はそれに頷き、何かを呟いたように見えた。おれには何も聞こえなかったけれど、オウカの耳はその呟きを拾ったように反応していたから、オウカだけに宛てた王様からのメッセージだったのかもしれない。

「そのミレニア地方の領主一族についてだが、オウカが言ったように奴隷狩りと密接な関係があったことが発覚している。残念なことに獣人の子どもは性別問わず奴隷として人気が高い。領主達は親を亡くした子ども達を救済していると見せかけて、裏では奴隷狩りに売り渡していたらしい」

「わざわざ偽装したのは、神殿と王宮が共同で打ち出していた孤児救済計画の給付金目当てだろうね。この計画に賛同して何かしらの活動をしている領地には、定期的に実施調査として神殿から調査団が派遣されているはずなんだ。けど、問題の領地の報告書には問題なしとしか記されていない。つまり、神殿の中にも悪いネズミがいるってこと」

アイルの声色は沈み、隣のカイウスは見て分かるほど怒りで目元を険しくしている。

愚かな領主と領民のイザコザだと思っていた件の裏には恐ろしい事実が隠されていた。それを自分達で根こそぎ引っ張り出して白日の下に晒したんだ。気持ちが落ち込んでも仕方がない。

でもその事実から目を背けないところは、すごく立派だ。

「私に使えるものは何でも使って、全てを明らかにします」

固い決意を口にしたリノウの肩に、王様が労《いたわ》るように手を乗せた。

「儂《わし》は貴族院を使って関わりがある者達の気を引き付けることしかできぬから、ほとんどを息子達に任せることになってしまう。本来は国王である儂《わし》が全て対処しなければならぬというのに、不甲斐ないことだ……」

「無理をして相手を逃がしては元も子もありません。これは王室の威信に関わるのです。陛下には陛下にしかできないことがございます。それこそ、数多《あまた》の貴族の気を引き付けておくことができるのは陛下だけです」

「そうそう！　リノウ兄上が仰っていたじゃないですか。こういう時こそ使えるものは何でも使えばいいんです。ちょうどすごく使える息子が三人もいるんですよ？　使わなきゃ損でしょう」

「兄上はともかく、お前を使えると思ったのは魔法の腕だけだ」

「ひどいっ！」

リノウとアイルのじゃれ合いに、しんみりしていた雰囲気が和《なご》やかになる。同じような表情で落ち込んでいた王様とカイウスも顔を綻ばせた。

カイウスは自分にできることはないと感じていたんだろう。

なにせカイウスの得意分野は剣術。今のところ、その力が振るわれる予定はない。

この事件においては書類整理くらいしかできないと思っているのかもしれないが、王様にしかできないことがあるように、カイウスにしかできないこともあるのだ。

それにおれにはカイウスに頼みたいことがあった。

けれどそれはあとでリノウの許可を得てからにしよう。

奴隷狩りについてはまだまだ話し合うことがたくさんある。でもこの和《なご》やかな空間に割り込むのはちょっと気が引けるな……

と思っていたら、パン、と軽い音が部屋に響いた。

「はい、みなさん！　そろそろ本題に移りましょう！」

手を一つ打ったのは貴音。「まずはゲス貴族代表のゼナード伯爵について」と続けてにっこり笑った。

……ちょっと認めたくはないけど、おれよりリーダーシップはあるんだよなぁ。

「ゼナード家の先々代は真面目な性格が災いして、金策に苦しんでいた節はあったが、実直な当主だった。しかし先代から少しずつ変わり始めた」

「たった二代で変わりすぎでは？」

貴音さん、感想が素直すぎです。ゼナード家について説明してくれている王様が苦笑しちゃってるよ。

「正直私も同じ感想を抱きましたよ」

リノウは真面目な顔でそう言うと、王様から説明を引き継いだ。

「金策が上手くいかないまま先々代が亡くなり、先代はその問題を受け継ぐことになった。そして先代は貴族達の〝秘密〟を握り脅すことで金を集めるようになった。そして現当主であるエイデン・ディ・ゼナードはそれに加えて奴隷売買に手を染め始めた……と見られています」

「すぐにでも捕縛したいところだけれど、問題は決定的な証拠がないことだ。皆も知っている通り、ゼナードは狡猾な男だ。ミレニア地方の奴隷狩りの基盤を崩した今、こちらが焦って下手に動けば逃げられる可能性もある」

カイウスによれば、すでにゼナードは隣国に近い別荘への移住計画を他の貴族に話しているらしい。勘付かれれば逃げられる、というのは言葉通りということだ。

「念のため、ユダの森の周辺に騎士団員を何名か配置いたしましょうか？　ちょうど野生の竜達の生態調査のために派遣する予定です」

ダレスティアの言葉で、ふと思い出す。

そういえばユダの森は隣国と接してたな。

貴音を誘拐した商人が、隣国の取引相手と交渉するための拠点を置いていたくらいだし、ゼナードもユダの森を抜けて隣国に逃げる可能性がある。

しかし、ダレスティアの提案にカイウスは首を横に振った。

「いや、今はできるだけ王都に騎士を留めておきたい。ただでさえアルシャに竜の尾の団員をかなり送っているのだ。竜王の儀に行うに際し、城と神殿の護衛をこれ以上減らすわけにはいかない」

「え？」

思わず口を挟んでしまったけど、それは仕方ないと思う。

だって今、超重要事項をさらっと言われたから。

「竜王の儀？」

「え、竜王の儀があるの!?」

「貴音も知らなかったのか？」

「初めて聞いたんですけど」

まさか儀式を行う張本人が知らないとは。

貴音は竜王が眠る宝玉を両手でぎゅうっと握りしめて「どういうこと？」と睨みつけているけれど、竜王はうんともすんとも言わないようだ。

……あ、貴音の怒りの籠《こも》った目がカイウスに向かい詰め寄っていく。

「どうして当事者の私が、竜王の儀のことを知らされていないのでしょうか？」

「えっと……」

貴音は現世での仕事でとばっちりを受けてから、『報連相』を守らない人には一等厳しい。

「つい昨日決まったことなのだ。あまりカイウスを責めないでやってくれないか。神子《みこ》よ」

「……陛下がそう仰るなら」

しぶしぶではあるけれど、王様の一声でカイウスに詰め寄っていた貴音は身を引いた。ほっと息を吐くカイウスを面白そうに見ているアイルは、あとで彼を揶揄《からか》うと思う。

「それで、竜王の儀があるから王都の外に多くの人員は回せないってことですよね？」

おれの質問にカイウスは頷いた。

「あぁ。もちろん何も考えていないわけではないよ。国境がある領では、領主が抱えている騎士団に国境で検問を行ってもらうつもりだ。ミレニア地方のように領主と癒着している可能性があるから、王宮の事務官を監察官として派遣する。ユダの森には国境を許可なく超えた場合に発動する魔法を宮廷魔術士にかけてもらう予定だ」

「ほんと、王族の皆様は人使いが荒くていらっしゃる……」

「久々の仕事らしい仕事でしょー？　ちゃんと実力見せてよね。いつも工房にいて姿もなかなか見せない奴らが多いんだから、こういう時くらいすごいとこ見せて、合法的に工房費をリノウ兄上に認めさせてみたら？」

「……………ちっ」

なるほど。宮廷魔術士は活躍の場が少ないから工房費が削られてるんだな。そしてそれを盾にサファリファスを煽るアイルは良い笑顔ですごく楽しそうだ。

対するサファリファスは、その眼力で人を追い払えそうなくらい超不機嫌だけど。

サファリファスの怒りが舌打ちだけで収まったのは王様がいたからだろう。王様がいなかったら、ここは地獄絵図になっていただろう……

「国境についてはカイウスの言った方法で対応します。ですが、しばらく……少なくとも竜王の儀が終わるまではゼナードも王都からは出ないでしょうし、できればそれまでに何かしらの証拠を手に入れたいところです」

「竜王の儀までが行われるまで、ゼナード伯爵は王都にいるってことですか？」

「ええ。貴族は竜王の儀を見る権利があるのです。むしろ、見ないと損、でしょうね」

竜王の儀ってもっと秘匿された感じだと思ってたけど、案外オープンなんだな。

「じゃあ、ゼナード伯爵についてはその方向でいきましょう。ミレニア地方の奴隷狩りについては、竜の牙が対応しているんでしたっけ」

「はい。作戦中、騎士団宿舎で待機させていた者達と竜の尾から新たに派遣していただいた騎士を、現在ミレニア地方に向かわせています。アルシャの件から引き続き対応している者達と交代して引き続き奴隷狩りの捜索と捕縛を行う予定です」

「首尾はどうだ？」

奴隷狩りは全て捕まえられそうか、と問うカイウスに、ダレスティアが机の上に広げられていた地図を指さした。

「つい先ほど届いた報告によると、アルシャ周辺の奴隷狩りのグループを五つ捕縛。そして三つの中核的な組織を潰しています。我々がアルシャを離れるまでに捕縛した者達も含めると、ミレニア地方を中心に活動していた組織の大半は潰すことができたかと」

「他の地方や他国に逃亡しようとしていた者達も、先にアルシャに到着していた竜の尾の隊員達が率先して見回りを行って捕縛を進めています。ただ、我々がアルシャに向かうという情報を得て既にミレニア地方から離れた組織もあるようです」

「それって多分、アルシャの前当主と繋がっているかもしれない奴隷狩りの組織ってことだよね」

ロイの話に出た、他国へ逃亡した奴隷狩りの組織。

彼らがアルシャに騎士団が来ることを事前に知っているのだとすれば、その情報は騎士団と連絡が可能な者に限られる。

とはいえゼナードがそんな分かりやすい証拠を残さないはず。

だとしたら、奴らを逃がしたのはアルシャの前当主ということになる。

おれの推測は、おれと視線が合ったロイの頷きによって事実であると分かってしまった。

「ええ。そして、あの城には対竜用武器がありました。皆様ご存知の通り、ミレニア地方には野生の竜はほとんど生息しておりません。砂漠地帯に時折現れる地竜は例外としてありますが、地竜は飛べないうえに臆病な性格ですから、人が多く住む地域にはまず近付きません。都市の中心にある城になんて、なおさらです」

地竜については教えてもらったことがある。

竜というよりはオオトカゲのような地を這う生物で、竜と呼べるのはその背中にちょこんとある翼くらいなもの。その翼も、自身の姿を隠すために砂を巻き上げる時にしか使われない。

「対竜用武器は飛竜を対象にしたやつだ。仮に地竜対策だったとしても、飛竜と地竜はその力に圧倒的な差がある。飛竜用の武器を地竜に使うのは過剰すぎる」

「オウカの言うとおり、アルシャにあることが不自然なもの。何より、アビアン一族は捕縛時に竜の牙の飛竜を狙ってその武器を使おうとしたと発言をしていることからも、アルシャに我々の派遣を要請したこと自体にも裏があると思われます。陛下、この件についても再調査を行っていただきたい」

「……承知した。しかし、アルシャに件《くだん》の武器を与えた者の見当はもう皆ついているだろうな」

全員の頭の中に一人の人物が浮かび上がったことだろう。

やはり騒動の中心にいるのは、ゼナードに違いない。

思わずため息が漏れる。

ゼナードを捕まえられれば全てがまるっと解決するのに、厄介すぎて捕まらないとかラスボスかよ。だったらゲーム本編にも出てくれればと思ってしまうのも仕方ないことだと思う。そしたらまだこの事件の解決方法が分かったかもしれないのに。

「最後はやはりゼナード伯爵に行き着きますが、これだけでは足りません。もっと直接的に彼を捕縛できる証拠がなければ……」

リノウの言った通りだけれど、ままならない状況に焦燥感が生まれてくる。

とはいえ残念なことにおれにできることは限られている。

ミレニア地方の奴隷狩りのことも、ゼナードに関する調査も、おれに手伝えることはないだろう。

貴音みたいに社交界に出ることもないんだから仕方ないんだけど、ね。

「結局奴隷狩りのことも振り出しかぁ。じゃあもうこの件は一旦終わりましょう。また整理し直さないと新しい糸口は見つけられなさそうだし。成果と言えば、アルシャの前当主とゼナード伯爵が繋がっている可能性があるってことね。また頑張りましょ、カイウス、リノウ、アイル」

貴音の言葉にあからさまに顔を顰《しか》めるアイルと、疲れた雰囲気を漂わせるカイウスとリノウ。もしかしてこの集団、貴音が指揮を執ってるのか？

リノウがリーダーだと思ってたけど、いつのまにか貴音が尻に敷いてるな……

そんなことをぼんやりと考えていたのが悪かったのか。貴音の目がにんまりと笑みを浮かべたことに気が付いた時には、もう遅かった。

「それじゃあ次は、お兄ちゃんの卵について」

空気が固まる中、たまたま水を飲んだところだったオウカの咳き込む音だけが聞こえた。

おそらく三秒ほどの沈黙。

ようやく動き出した空気の中で、王様とカイウスとリノウは気まずい表情で咳払いし、貴音とアイルはそっくりな悪戯《いたずら》っ子の笑みでおれを見ている。

おれ側にいるダレスティアとロイの表情は見られないけど、視線は感じる。

多分ダレスティアは気遣わしげな視線、ロイは苦笑しているのだろう。

オウカはまだ咳き込んでいて、サファリファスは声を出さずに大笑いしている気配がする。

そして、おれの顔はおそらく真っ赤だろう。

「だから!! おれの卵じゃないってば!!」

『そうだ。それはセフィの卵だ』

おれが叫んだ直後に突然聞こえてきた身体の奥底に響くような声に、全員がハッと視線を貴音に向けた。

貴音は竜王の宝玉を手のひらに出した。

「ヴァルシュ、起きたの？」

『卵について自分で全部説明しろと言ったのはお前だろう。まったく、これほどまでに不敬な神子《みこ》は初めてだぞ』

「だって私は貴方に敬意なんて抱いていないし」

『なんだと⁉』

この国の神様みたいな存在に対しての貴音の態度は相変わらずだ。おれにとってはいつも通りに見えるけど、周りの面々の表情は貴音の竜王に対する無礼な発言に少し顔色が悪いようにも見える。

「えっと、ヴァルシュ様？　この卵について教えていただけますか？」

相性が良いのか悪いのか、貴音とガルガルし合っている竜王におれは恐る恐る話しかける。

竜王は、ふんっと鼻を鳴らし、貴音との舌戦を中断してくれた。おれが割り込んだことで少し冷静になってくれたようだ。

『これはセフィの卵だ。セフィが蘇るために存在を保ち続けていた、セフィのための卵』

「……ん？　つまり、神竜が産んだ卵じゃないってこと、ですか？」

『違う。お前たちが大天災と呼ぶあの時よりも前に、セフィと私の子を育むためにセフィが産んだ卵だ』

「…………んん？」

ちょっとよく分からないんですが……これってもしかしてこの世界の常識だったりする？

そう思って解説を頼もうとロイに声をかけようと彼を見ると、彼も困惑の表情を浮かべていた。

ちらっと辺りを見渡してみると、竜に詳しいはずのダレスティアもオウカも、なんならカイウスや貴音達全員が頭の上にクエスチョンマークを浮かべていた。

やっぱり、これって常識じゃないよね……

「すいません、ちょっと意味がよく分からないというか……」

『意味もなにも、言葉通りだ。前にも説明した通り、この卵にセフィの魂が入る。それが理解できていればいいだろう』

「……タカト、今日は竜に詳しい専門家を呼んでいます。どうやら我々の知識では理解が追いつかないようですので、その方達にあとで確認してみましょう」

「うん……そうだね」

すっごく気になるところなんだけど、そもそもの認識がずれてる中で話し合うのも無駄だよなと思い、ロイに頷いた。そういえばそれを会社でやらかしてよく怒られてたや、おれ……

『今、セフィは魂をその卵という器に移すための準備をしている。自分の中に魔力の塊を作っているのだ。お前達が宝玉と呼んでいるものは魔力の塊であり、その中には魂がある』

「つまり、今のヴァルシュの状態ってことでしょ？　魂そのまんま」

『そうだ。私もこの大陸を守るために一度肉体を捨てるしかなかったからな。無防備とも言えることのような状態になることは不本意だったが……幸い、私は人間達のお陰でこうして何事もなく傷を癒すことができたのだ』

「無防備な魂の状態となっている貴方を守る、仮の肉体が神子《みこ》……ということでしょうか」

『当時の人間達が考えたことだ。大陸を守った私達への礼だとしてな。この卵があった神殿もそうだ。……ただ、誤算があったとすれば、異世界の人間しか私の魂と魔力に耐えられなかったことだ』

最後に少し言い淀んだように思えたのは、気のせいじゃなかった。

貴音がちらっとおれを見る。それに頷くと、貴音もおれに頷き返す。思うことは同じだった。

「前にも言ったけど、私はこの世界に連れて来られたことに恨みはないよ。あ、嘘。お兄ちゃんは連れて行かないって言ったときは恨んだ」

「おれも。貴音が神子《みこ》だって知らなかった時までは、どうしておれがこの世界にいるのかもわからなかったし、貴音を独りぼっちにしちゃったって思ってすごく悲しくなった。けど、生きる世界は変わっても、おれ達は一緒にいるし」

「そうそう！　育ててくれた伯父さん達にこれまでのお礼をちゃんと言いそびれたことと、あっちの世界で頑張って来たこととかも全部なくなっちゃったけど、お兄ちゃんがいるから全然平気！」

「おれにとっての心残りは貴音だけだったから。その貴音がいるからこそ、神竜に魂を融合されても、この世界で生きる決心がついた。そりゃ、過去の神子《みこ》たちはたった一人でこの世界に放り込まれたんだから謝罪の心は持っていてほしいけれど……」

「要するに、私達に関しては気にしなくても大丈夫ってこと！」

胸を張るように主張する貴音に、おれも同意して力強く頷く。

ヴァルシュの言葉で少し落ち込んでいた雰囲気が浮上したように感じた。

特に、王様とカイウスは、どこか救われたように少しだけ晴れやかな顔をしていた。

王様はおれに詰め寄られたとき、厳しい表情をしながらもその眼には懺悔《ざんげ》の色が浮かんでいたし、カイウスも貴音の状況を知ろうと過去の神子《みこ》についての記録を図書館で読み漁っていたのだろう。

本当に、良い王様と王子様だと思う。

竜王と神子《みこ》については神殿の管轄になるが、王族も神子《みこ》の召喚に携わるから関係がないわけではないのだ。そして、過去の神子《みこ》が元の世界に帰りたいと願ったとき、その願いを叶えてやりたいと国中の魔術師を動員して帰る方法を探したという当時の王様の話と、気遣いを見せる竜王の姿で分かったのは、昔からこの国の王族は神子《みこ》と竜王に対してとても真摯に接してきたのだということ。

そりゃ、神子《みこ》の結婚相手に王族が多いのも頷けるな。

「ただ……この前聞いた話だと、魂を移すのに失敗したらお兄ちゃんの寿命が縮まっちゃうんでしょ？　それは流石《さすが》に嫌なんだけど」

「はぁ!?」

オウカの叫び声に思わず肩が跳ねた。

その肩に手を置かれて、くるっと横を向いた先には、険しい顔をしたダレスティア。そういえばこの二人は知らないんだっけ。

王様は王子たちから聞いたんだろうけど、ダレスティア達に伝える機会はなかったな。

「ダメだ、危険すぎる」

「でも神竜はこの卵が見つかった時から準備を始めてるらしいんだ。それに、失敗した時の代償は神竜のほうが大きいんだよ」

『失敗すればセフィは今度こそ死ぬ可能性が高い。神子《みこ》の兄が受ける代償は、儀式が失敗した際にセフィの魂が負う傷の巻き添えを食らうものだ。影響も、すぐに死ぬというほどでもない』

「これに対する主導権は神竜にある。神竜は止める気がないみたいだし、おれも失敗する可能性を下げる努力をしたほうがいいと思うんだ。だから、その方法を竜王に聞こうと思って」

ダレスティアはおれと竜王の話を聞いてもなお、その端麗な顔の目元を険しく歪めている。何も言わないのは、状況は変わらないことを理解しているから。

それでも、おれの両肩に置かれている彼の手はぎゅっと力が込められているし、おれを見つめる眼は何よりも雄弁だ。

「ダレスティアも、協力してくれる?」

ダレスティアの気持ちも分かる。だから、せめて受け入れてくれやすいようにおれは彼に『お願い』をする。ズルいとは思うけど、こういう甘え方は恋人特権なんだし許してくれないかな。

恋人特権とは言ってもいつもは恐れ多いから、こういう使い方しかできないけど。

「……はぁ。お前は甘え方を学んだ方がいい」

「ひどっ!」

引き結ばれていた口元を緩めて言われた言葉に、おれは笑顔で返す。多分、全部納得してくれたわけじゃない。でもそれでいい。おれはそっと小声でありがとうと呟いた。

「私達はタカトの意志を尊重します。『しない』という選択肢がない中でも、貴方が最善を尽くすと言うのなら、貴方を支えることに尽力しましょう。陛下も、殿下方も、同じお気持ちですよ」

「アレクシアの言う通り。儂《わし》にできることがあれば遠慮なく言いなさい。息子達も同じだ。存分にこき使うといい」

「もちろん助力するつもりでしたが、父上……その言い方はあんまりです」

ロイの言葉と王様の冗談なのか本心なのか分からない発言を受けたカイウスのなんとも言えない顔に、思わず笑いが零《こぼ》れた。

「ボクも忘れてもらっては困るな。魔術に関してはボクに言え」

「意外だな、坊ちゃん。いくらタカトの危機とはいえ率先して声を上げるとは思わなかったぜ。どんな風の吹き回しだ？」

オウカの疑問に対するサファリファスの答えは、彼らしく、加えてシンプルだった。

「こんなに面白いことはないだろう？」

「はは……」

その好奇心……せめて少しはオブラートに包んでほしかったな……

「ボクとしては、お前のほうが意外だよ、オウカ。お前こそ率先してタカトに協力すると思ったんだが……浮かない顔だな」

「……まぁな」

オウカの表情は、サファリファスの言う通りなんだか浮かない。考え込んでいるのか、声にいつもの覇気がない。

「オウカ……」

「心配するな。お前のことはもちろん支えるつもりだ。だけどよ、今の時点で成功率がどれくらいか分かってないのがちょっと気になっちまって……」

「……確かに」

「そもそも、お前の魂は神竜の魂と融合してるんだろ？　それを引き離すのは簡単じゃないはずだ。すぐにとはいかないだろうから、長期間にわたる可能性もある。そこんところも説明していただかないと安心はできませんよ、竜王」

オウカが言ったことは、みんながあえて避けていた話題だ。

どれくらいの時間がかかるのかも、成功率はどれくらいあるのかも、知らなきゃいけないとは思いつつ、知りたくなくて聞かないでおこうとしていた。

多分ダレスティアもロイも気になっていたはずだ。でもおれの気持ちを察して聞かないでくれていたんだろう。二人とも、優しすぎるくらい優しいから。

オウカの察しが悪いということではない。オウカは目で「お前も分かってるんだろ」とおれに問いかけていたから。おれの恋人への甘えを、オウカは自分の気持ちに従って無視した。

まったく……そういうところが男らしくて憧れるんだよね。

『セフィの魂を卵に移し替える期間は、竜の子が卵から生まれるまでとそう変わらない。今、セフィは卵に魔力を送り、自身の魂が定着しやすいように整えているが、もうじき魂を少しずつ離す段階に入るだろう。今はセフィ自身の魔力しか必要としていないが、癒着した魂を引き離し移すとなると相当の魔力が必要となる。その時に失敗すれば、セフィと神子《みこ》の兄、双方の魂に反動が来るのは道理だろう』

「竜の子が卵から生まれるまでの期間はおよそ七十日と言われていますね」

「意外と早いな」

「生物としても謎が多い存在ですから……それももしかしたら今回分かるかもしれません」

カイウスの呟きは、まさしくおれが感じたことそのもの。

子どもが卵から生まれるまで約二か月って早くないか!?

「今から二か月後といえば、竜王の儀があるが……もしや竜王よ」

『察しが良いな、国王よ。儀式はセフィの魂が移る時期に合わせさせた。周囲の環境も整える必要があったのでな』

「どういうこと?」

『竜王の儀というのは、私の魂と神子《みこ》の魂を魔力によって結びつける儀式のことだ。これを行うことで神子《みこ》から私の傷を癒すための魔力を効率良く受け取れるようになる。そして神子《みこ》に私から無病息災といった恩恵を与える。加えて、私と魂が繋がった神子《みこ》がこの地で生きることで、この地にも加護を与えることになる』

つまり各地で起きている異常気象は竜王の加護が薄れてきているためで、竜王の儀を行うと神子《みこ》を通じてこの国にも竜王の加護が与えられるってことか。

「竜王の儀を行うことで頻発している異常気象も収まるため、魂移しへの影響も少なくなるということでしょうか」

『それもあるが、儀式を行う前後はこの国に生きる竜達の繁殖期にもなる。私の魔力が一番高まる日であり、この地に魔力が満ちる日であるため影響されやすいのだ。竜は魔力の濃い場所で主に繁殖する生物だからな。お前達がユダの森と呼ぶ森は、大昔に私とセフィが創った森だからか魔力が濃いために竜が集まりやすく繁殖場所になりやすい』

「繁殖……」

微妙な雰囲気が漂う。

え、環境ってそういうこと？

『竜は群れで繁殖し、そのまま卵を孵《かえ》すまで共に協力し合う。無事に魂を移せたとしても、卵が孵《かえ》らなければ意味がない。そのための環境作りだ。お前達では竜の卵を孵化させることは難しいだろう。神子《みこ》の兄はセフィの影響で竜の声が聞こえるのだから、竜達に直接学んだ方がいい』

「そっ……か。確かに卵は孵《かえ》らなきゃ意味がない」

「孵化の仕方を学ぶというだけなら、貴方に教えてもらうこともできるのでは？」

『私がこうして神子《みこ》以外と会話をすること自体が異例なのだぞ。それに竜の繁殖は特殊だ。実地で学んだほうがいいと私は思うぞ』

基本面倒くさがりだという竜王だけど、神竜が関わっている以上、大事な卵の孵化の仕方の説明を面倒がることはないはずだ。つまり竜の卵の孵化は、言葉では説明が難しく特殊だということ。

「確かに、竜の人工繁殖はとても難しいことで知られています。実地で竜から孵化の方法を学んだほうが失敗の可能性も低いでしょう」

『この王子の言う通りだ。まぁ、しばらくはセフィのために魔力を溜めることに勤しめよ。魂を移す時が来れば、セフィが教えてくれる』

「はい」

自信満々にとは言えないけれど、おれは精一杯の決意を込めて竜王に頷いた。

SIDE　貴音

最近、よく思うことがある。

お兄ちゃんをこの世界に連れてきて、本当に良かったのだろうか。

私が存在しなくなった世界ではお兄ちゃんが生きられないと知って、どうにかしてお兄ちゃんを助けたくてこの世界に連れてきた。最初は、そうしたことに後悔なんてなかった。

いや、後悔は今もしたことがない。お兄ちゃんが死ぬよりは断然マシなんだから。

それでも、時々思わずにはいられなくなる時がある。最近は、特に。

『後悔しないという答えが出ているのに、何をそんなに堂々巡りをしているのだ、お前は』

「それでもふと思っちゃうの！」

間食のおやつのように、私の魔力をもぐもぐとつまんでいる竜王は、相変わらず嫌味を吐く。番《つがい》が頑張っているというのに、呑気なことだなぁ。

『こればかりはセフィが頑張るしかない。私がセフィのためにできることなどない。それならば、私は私にできることをする。それだけのこと。お前も、お前の兄も、そうだろう』

竜王の言うことも分かる。正論だ。

でも、この世界に来てから、お兄ちゃんにばかり大変なことを押しつけているような感じがする。

奴隷狩りもそう。

私が攫《さら》われたのは自業自得でお兄ちゃんには申し訳ないと思ったけど、お兄ちゃんと奴隷狩りの因縁がずっと続いているのは、これもまた私のせいだと考えてしまう。

『奴隷狩りはセフィのせいだろう。召喚の途中でユダの森に引き寄せられていったのはセフィなのだから』

「妻の非を庇《かば》わないところは良いポイントだと思います」

物事の正否がはっきりとしている竜王は、違うことは違うと堂々と主張する。

「でも、アルシャの件もお兄ちゃんが関わることはなかったはずなのに」

『あの猫のことか。いくらお前が悔いようともお前はアイツを助けただろう。そうなれば結局は兄と接触するのは必然のこと。それにあの猫が故郷に戻ろうとすることは予見できても、お前の兄までついていくことになるなど想像もできんだろう。あれは、セフィがかの地に眠っていた卵に引き寄せられた可能性がある』

「いや、それ以前におかしいのよ。私の知識では、そもそもアルシャは地名が違う。それに騎士団が到着した時には街は壊滅状態のはずなの。それなのに、アルシャという街はまだ無事だった。神竜の卵もそう。あそこにそんな物があるなんて知らなかった」

『お前にも絶対はないのだから、忘れているのではないのか？　そもそも、私はその知識というものは信憑性に欠けると思っているのだが』

「ラーニャに関することで私が間違えるとでも？」

『前から思っていたが、お前はあの猫のことになると恐ろしくなるのは何故なんだ……』

それはもちろん、ラーニャは私の最推しだから。

お兄ちゃんの最推しがダレスティアで、お兄ちゃんが彼のルートばかりやっていたように、私もラーニャのルートを一番多くプレイしていた。もちろんバッドエンドまでちゃんと確認済み。

だけどやっぱり、どのルートでもアルシャは絶対壊滅しているし、神竜の神殿の情報もなかった。卵なんてなおさら。

それなのに今、その卵に神竜の魂を移すというイレギュラーにも程があるイベントが起きている。

あれは簡単に言えば神竜の転生。魂の再生だけでも長い年月が必要だったのだから、肉体の再生をしようと思ったらまた千年は必要になる。

でも卵に魂を宿せば、新しい肉体を早く手に入れることができる。

古代竜という存在が絶滅したと言っても過言ではない今、神竜という古代竜の中でも上位の存在の魂を宿すことができるのは、彼自身が過去に産んでいた卵だけ。自分で産んだ卵で生まれ変わるだなんて、とんだ母胎回帰だと思ったけど、神竜にとってはそれも問題ないってことかな。

「それにしても、なんでお兄ちゃんだけこんなに問題が降りかかるんだろ……やっぱり私のせい？

この世界は私が『竜の神子《みこ》』を元にした二次創作だからズレが生じるのは覚悟してたけど、まさかそのしわ寄せがお兄ちゃんに行ってる？　二次創作の挙句に腐向けにしたから？　つまりやっぱり私のせい……いやでもそもそも神竜の存在自体がイレギュラーだから――」

『また始まったな……』

これまで何度もゲームのストーリーを思い返してきた。

紙に書き起こしたりしたし、お兄ちゃんの記憶とも照らし合わせたりもした。お兄ちゃんはダレスティアルートの記憶に偏ってたけど、それでも私の持つ記憶と違うところはなかった。

だから今度は、違う視点から考えてみよう。

ストーリーが変わる、もしくは追加ストーリーが発生。

そして新キャラクターが現れるのはどんな場合か。

「でもいくら私の原作改変が入ったとしても、ここまでストーリーが変わったり新キャラが登場するなんて、それこそ追加コンテンツや大型アップデートじゃないと――」

……ん？　私今、何て言った？

「アップデート……そうだ、アップデート‼」

◇◇◇◇

「アップデート？」

「そう！　確か、私達が転移した時期に大型のアップデートがあったはずなの！　お兄ちゃん、何か覚えてない!?」

そう言われてもなぁ……。まったく記憶にないんだけども。

今後についての話し合いが終わった翌日。

朝からおれの部屋に飛び込んで来た貴音が言うことには、この世界の原作のゲームがアップデートして、追加の要素が加わっていた可能性があるということだった。

「あの時は確か、ただでさえブラックな弊社が繁忙期で更に真っ黒になってたから、あんまり記憶がないんだよな……。どうにかして勝ち取った休みに『竜の神子《みこ》』をやろうとしてたのは覚えてるんだけど」

「それ、なんで貴重な休日にゲームやろうと思ったのか覚えてる?」

「……癒しを求めて?」

「気持ちはめちゃくちゃ分かるけど、多分アップデートが入ったからだと思うの」

「貴音の中で結論出てるじゃん」

確かに、何であれほどあの日に休みたかったのか、『竜の神子《みこ》』をやりたかったのかの理由が思い出せないけども。

貴音の言っていることが本当だとしたら、神竜の存在はゲームのアップデートで新要素として生まれた可能性はある。ただ、おれの魂と神竜の魂が融合してる時点で、追加イベントやストーリーはおそらく軒並み変わっているはず。

「神竜の特性がＢＬ仕様なのは、お前の原作改変のせいなのは間違いないとして……」

「うん。それは間違いないと思います」

「あっさりと認めすぎでは？」

「だって、原作がこんな成人向けＢＬゲームみたいな設定をぶち込むわけないもん」

「ドヤ顔で言うな」

しかし、それなら卵の設定はどうなっていたんだろう。神竜の魂は元々竜王が持っていたから、竜王の番《つがい》を復活させるストーリーが追加されたんだろうか。

「いくら大型アップデートとはいっても元はパソコンゲームだから全部のシナリオを書き換えるのはないだろうし、神竜と卵は追加ストーリーかもね。神竜の魂がお兄ちゃんと融合したことがイレギュラーってだけだと思う」

「でもそのイレギュラーのせいで、魂の移し替えの難易度が上がってるのはバグだよもう……」

多分、魂が融合さえしなかったらもっと簡単だったんだろうなぁ、って考えちゃう。どうしようもないんだけどね……！

「私はもっと気になることがあるんだよね」

「おれの寿命が縮まる可能性より気になることって何」

「いじけないの！　そうならないように頑張ってるんでしょ？」

机に突っ伏して、のの字を書いていたら旋毛《つむじ》を押されて諭された。

妹に諭される兄……ううっ……情けない……

「ごめん。昨日オウカとちょっと揉めちゃって……そもそもテンションが低くて」

「オウカと!?　珍しいじゃん」

「その、魔力供給のことで……」

あぁ……って顔をした貴音にはこれだけで何があったのか分かるんだろう。

昨日、宿舎に戻ってからダレスティアとロイ、オウカと共に、魔力供給と、竜の卵の孵化方法について話し合った。

卵については専門家の到着が今日にずれ込んでしまったことで進展はなかった。ダレスティア達は竜を扱う騎士といえど生態については詳しくないらしい。

竜騎士用の竜は専門の育て屋みたいな人達が育てて、騎士団の中で相性の良い騎士を探すんだとか。昨日来る予定だった専門家は、この竜を育てるプロらしい。

「だから、卵については今日来る専門家と竜達に聞いてからってなったんだけど、魔力供給のことで意見が割れちゃって……」

「なるほどね。オウカはただの魔力供給ならキスだけでいいとか言ったんじゃない？」

「なんで分かったの!?」

貴音の言う通り、身体を重ねるほうがいいのではと言うダレスティアとロイに対立するように、オウカはキスだけでいいのではと言ったのだ。

ダレスティアとロイが魔力供給を理由に性交渉したいだけということはもちろんない。おれの意志を尊重して、良いと思った時にやればいいと。

本音を言えば毎日愛し合いたいのですがと、揶揄《からか》ったロイと、それに真顔で頷いたダレスティアに真っ赤になったのは、貴音には秘密だ。

しかしオウカは、神竜の魂とおれの魂が離れようとしている時に身体に負担をかけないほうがいいのではという意見だった。

もちろん身体を繋げるほうが魔力供給としての効率は良い。まだおれと身体の関係を持つことに決心がつかないのかと思ったけど、おれの身体のことを心配して言っているのだということは、彼の目を見れば分かることだった。

「だけどさ、ダレスティアって意外にも魔力量が少ないんだよ……」

「ダレスティアが？　あんなに魔力ありそうなのに？」

「うん……家系に理由があるんだって。なんか、ご先祖様が剣の道を究めすぎた代償に魔力量が上がりにくい体質になっちゃって、それが遺伝してるとかなんとか」

「でもゲームだと魔力量も上げられたじゃん」

確かにゲーム内には魔力量をあげることができるミリアムの実という小さな果実があった。

このアイテムをキャラクターにあげると、魔力量が増えるだけではなく、キャラクターのちょっとえっちな姿の差分が見られるという、大変〝美味しい〟アイテムだったのだけど……

「聞いてみたよ。ただロイが言うにミリアムの実は合法なものじゃないって……」

「ヤバいお薬ってこと？」

「食べると魔力量を無理矢理上げるだけじゃなく、性的興奮ももたらして最悪トリップするヤバい果物なんだってさ。食べるのは魔法の研究に変態的な情熱を注いでる魔法使いくらいだって」

その時思い浮かんだ魔法使いがサファリファスだったのは言うまでもない。

「ロイにどこでその知識を知ったのか問い詰められるくらい危険な物、ダレスティアに食べさせられるわけないじゃん。だからってまたロイ一人だとどんな事故が起きるかわかんない。そうなるとオウカも一緒にってなったのは必然なんだけどさ」

「オウカは嫌がったと」

「嫌がったって言い方はおれが傷つくからやめて……。というよりも、オウカの中では順序があるらしいんだよね」

確かにおれはオウカの気持ちをまだちゃんと聞いてない。今更って感じだけど、本人としてはちゃんとした決意を持てたあとに言いたいらしい。

でもなかなか言う決心がつかないらしい。ヘタレめ。

「オウカは狼の獣人だから、慎重になるのも分かるんだよ」

狼の伴侶に対する愛の強さは有名だ。その特徴は狼の獣人にも受け継がれているらしいし、生涯の伴侶を決めることへの慎重性も理解してる。

「加えてサファリファスのお姉さんでのトラウマ的なのもあるのは分かる。だけどさ、もうキスもしといて告白するのはまだ無理ってどういうことだよ……！　って言っちゃったんだよねぇ」

「純情通り越してヘタレだよね」

あの時のオウカの傷ついたような顔が忘れられない。黙ってそのまま出て行ってしまったオウカを追おうしたけれど、ダレスティアに止められてしまった。

おれの言いたいことは正当で、オウカの問題だから気にするなとダレスティアは言ったけど、やっぱりおれが言いすぎたと思う。

確かに既にイケメン二人侍《はべ》らしてる奴にとやかく言われたくはないだろう。

またしても後悔と罪悪感が押し寄せてきて、机に額をゴンっとぶつけて懺悔《ざんげ》する。

「オウカ、ごめんなさい……こんなビッチが告白迫ってごめんなさい………」

「お兄ちゃんはビッチじゃないよ！　たまたま好きな人が三人いただけなんだから！」

世間ではそれをビッチというんだよ妹よ……

「でもおれ、気付いたことがあってさ……」

「この流れからの気付きは絶対に気付かなくて良かったやつでしょ」

「それが結構重要なことなんだよ。ダレスティアとオウカって、かなり良いお家の跡継ぎじゃん。だから、さ」

「あぁ、後継者問題ね」

そう、後継者。

おれ達だけの話し合いのときにダレスティアが言っていたのだが、普段は王都から離れた領地で過ごしているダレスティアとオウカの両親が、おれ達がアルシャに行っていた間に王都に帰ってきていて、たまたまあの噂を聞いてしまったのだという。

「そういえばお兄ちゃんはまだ会ったことないんだっけ。私は王様から紹介してもらったよ。めっちゃ美形だった。本当は召喚の時に王都に戻ってくる予定だったんだけど、ダレスティアのご両親は領地で起こった問題を処理してたら遅くなっちゃったんだって。オウカのご両親は、サファリファスのお姉さんに会いに隣国に行ってたら、なんか発情期？　にあてられたらしくて動けなくなっちゃったって」

「その情報、もうちょっと早く欲しかった……！」

貴音の教えてくれた内容とダレスティアが言っていたことは一緒だった。両親が王都に戻ってきているから、一度会ってほしいという要望付きだったけど。

ダレスティアの両親というだけではなく恋人のご両親でもあるのだから、ぜひお会いしたいと思ったのだけれど……気付いてしまったんだよね。

おれの交際状況について。そしてダレスティアとオウカの身分について。

「よりにもよって、あんな噂が流れてる時にっ！」

「タイミングは、最悪だったね」

「ダレスティアが言うには、ご両親はあの噂を笑って相手にしなかったらしいんだけどさ」

「まぁ、気まずいことに変わりはないよねぇ」

ロイはおれの気持ちを察して、会う前から決めつけるような人達じゃないと言ってくれた。

けれどダレスティアは、両親は国に関すること以外はあまり気にしない性格だから気にすることはないという、慰めなのかよくわからないことを真顔で言うだけだった。

『いや、流石《さすが》に一人息子のことは気になるでしょ？』

『興味は持つだろうが、それはタカトが心配するようなものではない。あの人達は私を揶揄《からか》うために、わざわざ神子《みこ》召喚からかなり経つ今になって王都に来たんだ』

脳内でリプレイされる昨夜の会話。両親のことを語るダレスティアは、遠い目をしていた。

「でも、あんまり考えすぎても良くないよ。お兄ちゃんの悪い所」

思考の海に沈んでいた意識が浮上する。おれをじっと見る貴音の真っ直ぐな目は、父さんによく似ている。その言葉も、父さんによく言われたことだ。

「堂々巡りになって大事なこと忘れちゃだめだよ。お父さんにもよく言われてたでしょ。マイナスなことばかり考えすぎるのは禁止！　お母さんが泣いちゃうよ」

「……鷹人は顔だけじゃなくて性格まで私そっくりになっちゃって～って、母さん、よく笑ってたけど」

「それを言うなら私は、気の強さは俺に似なくてよかったのに！　ってよくお父さんに泣かれたよ」

「それは貴音が父さんを口喧嘩で負かしちゃうからだろ」

「じゃあお兄ちゃんが私に弱いのはお父さん譲りだね」

「貴音の甘え上手なところは母さんそっくり」

「…………」

「……………ふっ、ふふ」

「あははっ」

もし、母さんと父さんが生きていたらなんて言っただろう。

写真も何もない異世界に来てしまってから、記憶が薄れつつある二人の顔が浮かんだ。

「お母さんは天然なところがあったから、イケメンな息子がたくさん増えて嬉しいとか言うんじゃない？　お父さんは考えることをやめる」

「おれもそう思う」

「でも私も含め、やっぱりお兄ちゃんの幸せを願ってるよ。そりゃ普通の恋愛ではないけど、納得して付き合ってるんだし。むしろお兄ちゃんはもっと自信持たないとダレスティア達に失礼だよ。自分だってダレスティアもロイもオウカも愛してるんだって、相思相愛でラブラブなんですって全世界に見せつけるくらいでいかないと！」

「そ、それはハードルが高い……」

でも確かに、ちょっと後ろ向きになってたかも。

大事なのは、おれも彼らのことが大好きで大好きでたまらなくて、最高に愛してるってことだ。

◇◇◇◇

夜。ダレスティアとロイと「そういうこと」をするための部屋で共に過ごしている時、後継者の話を振った。ムードがないとか貴音に言われそうだな……

ロイは虚を突かれたような顔をしたけれど、ちょっとした好奇心だと言うとあっさり答えてくれた。

「私は元々父が爵位を得ただけの平民ですから、後継者という話題が家族の間で出たことすらないですね。陛下のお心で父の爵位が上がったとして、仮に今後跡継ぎの話が出たとしても、私は父の爵位を継ぐつもりはありませんよ。自分の価値は自分で上げたい性格なので」

どうやらロイは、かなり上昇志向が強いタイプらしい。狙い目は竜の牙の副団長ですかねと笑顔で宣言する彼の目は本気だ。オウカはそろそろ勤務態度を改めないと、ロイにその座を奪われそうだな……

「ちなみに私の両親は大陸旅行中のため、転移魔法を使わない限りあと二年は王都には帰ってこないかと。しかし先日タカトのことを報告した時、お前の好きなようにすればいいと言われました。なのでタカトが気にすることではございません」

「もし私の家のことが気になるのなら、私はいつでも籍を抜くが」

「恐ろしい冗談はやめて⁉」

冗談ではないのだが、という呟きは聞かなかったことにしよう。

そんなことになったら、あの噂以上の混乱と騒ぎを引き起こしてしまうに決まっている。

「ダレスティア団長の仰る『籍を抜く』という選択は最良ではありませんが最終の手段にはなるでしょう。我々の想いは本気だと分かっていただけるでしょうから」

「そうだな」

「そうだな、じゃないってば！」

「しかし、そこまで悲観的にならなくてもいいと思いますよ。血筋の問題は分家から養子をもらうことで繋いでいくことも可能です」

「養子……」

「貴族にとってはよくある話だ」

全然思いつかなかった……。養子かぁ。

「でも、やっぱり話し合う必要はあるでしょ？　その子の今後の生き方にも関わることだし」

「そうですが、分家から本家に養子に行くことは光栄なことなんです。タカトの世界の考え方とは違うかもしれませんが」

「タカトがそこまで気負うことではない、ということだ」

考え方の違い。確かにそう言われてしまえば、おれは何も言えない。考え方ってのはなかなか変えられるものじゃないから、慣れるしかない。以前オウカにも言われたことだった。

「それにタカトはある意味、神子《みこ》と同じ立場とも言えるわけです。竜王と同格である神竜の魂を宿しているのですから」

「神子《みこ》と結ばれることは栄誉あること。つまりタカトとの関係が公《おおやけ》になっても目立って批判する者はほとんどいないはずだ」

なるほど。やっぱりおれが一人でグダグダ考えるのは良くなかったな。視野が狭まってた。

「多少の否定的意見は仕方ありません。それこそ、考え方は人それぞれ違うのですから」

「おれだって、全員から認められるとは思ってないよ。そもそも、おれがいたところは同性で付き合うこともあまり公《おおやけ》にしない世界だったんだし」

「そうですか……それも、考え方の違いですね。しかし、あまりにも度が過ぎるようでしたら、我々が対処いたします。理想は、タカトの耳に入る前に話し合いをすることですね」

その話し合いで具体的に何をするつもりなのかを聞くことは流石《さすが》にできなかった。ロイがちょっと闇を背負ってる感じの笑顔の時は絶対穏便な話じゃないからね。

「ロイ、そろそろ良いだろう」

「えぇ。そのようですね」

どうやら、準備ができたらしい。

ダレスティアとロイが見下ろしているのは、シーツに魔法陣が光り輝くベッド。おれの部屋のベッドではない。そもそも、おれ達がいる部屋はこの場にいる誰の部屋でもない。

「ではタカト、こちらに」

「うん」

ロイに促されるままに、大人三人乗っても余裕があるほど大きいベッドに横たわる。すっと伸びてきた手の持ち主はダレスティア。相変わらず少しひんやりとした彼の手が、おれの服を脱がしながら肌に触れてくる度に、身体がビクついてしまう。

「もう身体が熱いな」

「ダレスティアの手が、冷たいだけ……んっ」

敏感な脇腹から腰を撫でられて、恥ずかしいくらい身体が跳ねてしまった。かあっと顔に熱が集中する。

「確かに団長は少し体温が低めだと伺っていますが、しかしタカトも身体が火照《ほて》ってきているのは事実でしょう？」

「んっ！　そこはまだダメ、だからっ、はぁ……ッ」

服が開けられ晒された胸にぽつりと浮かぶそこを、ちゅうっと吸われると甘い快感が走る。

思わず漏れた喘ぎ混じりの吐息が恥ずかしくて口元に手を当てるが、その手もダレスティアに掴まれてしまう。

「聞かせてくれ。お前の声を」

「隠さなくていいんですよ。そのために用意した部屋です。ここには私達しかいないのですから」

それが恥ずかしいんだって！　と訴えたくても、顔が良すぎる大好きな二人にえっちな視線を向けられては堪らない。おれの負けだ。

「ぁ、あ……んぅッ！」

「ここも、かなり敏感になりましたね」

「あぅッ……！　乳首強く引っ張っちゃ……っあぁ！」

ギュウっと摘まれた乳首は、この世界に来た頃には想像もできないほど立派な性感帯に育ってしまった。育てたのはこの二人です。

「考え事か？　余裕だな」

「うわぁっ⁉」

ズボンを勢いよく脱がされた。驚いて色気も何もない悲鳴を上げたおれを見て、二人が虚をつかれたような顔をする。

「ふふっ……」

「ロイー？」

「すいません。ふ……っ、まさか団長がそんなに勢いよく脱がすとは思わなかったので」

「それはおれもちょっとびっくりしたけどさぁ……ははっ」

「そんなに笑うほどではないだろう」

ダレスティアの拗《す》ねたような言い方に、ロイは珍しいものを見たような顔をし、おれは推しのギャップに萌えた胸を押さえた。不意打ちの供給は心臓に悪い。

「ダレスティア団長は、変わられましたね。あ、もちろん良いほうにですよ」

「確かに、感情表現が豊かになったというか……」

「アルシャに滞在していた頃からでしょうか。更に人間味が増したように思います。以前の団長は、氷像と言われていたこともあるくらいでしたから」

「なんだそのよくわからない呼び名は」

氷像はおれも初めて聞くんだけど……言いたいことは分かる。

おれがこの世界に来たころのダレスティアは、クールビューティという言葉は彼のためにあるほどだった。氷のように冷たく、美術品の像のように完璧な美しさということだろう。

「私自身は変わった認識はない。しかし、お前達がそう思うのなら、変わったのだろう」

「団長を変えたのは、タカトでしょう」

「おれ？」

「お前以外に誰がいるんだ」

「そうですよ、タカト。私達がこうやって肌を重ねるのはタカトだけなのですから、団長が変わったきっかけもタカトに決まっているでしょう」

こうやって、という言葉を示すように、無防備に晒されたおれの肌を胸から撫でおろしていく手によって、一度は去ってしまっていた官能の気配が戻ってくる。

脚の付け根まで下りた悪戯《いたずら》な手は、そのまま内腿を何度か撫でると、再び兆し始めていたそれの根本の双球を優しく揉み込んできた。

急所を直に触られていることへの本能的な恐怖心と、それを越える甘い快感。

「ちょッ……ロイっ」

「大丈夫。身体の力を抜いて、私に委《ゆだ》ねてください」

「でも……ッぁ……っ」

「タカトはここも、好きだろう？」

「ひあッ……‼」

いつのまにか後ろに移動して、おれを抱え込むように座っていたダレスティアによって、きゅっと摘まれた胸の頂は、どちらもコリコリと捩じるように弄られて赤く染まっていく。

同時に既に性感帯に開発されてしまった耳を舐められ、柔らかい耳朶《じだ》を甘噛みされては堪らない。

感じるままに全身をひくつかせ、腰を跳ねさせる。その浅ましさを覚えるほどの痴態を眺める二人の視線すらも快感に変えて、おれの身体は愛しい恋人達のために丁寧に蕩《とろ》けさせられていった。

「タカト」

「んうッ……」

噛みつくように荒々しく、しかし愛しさを感じさせる口づけに、おれは頭の中までとろとろにされてしまった。

「んぁ……は、ぁ……ダレスティア、あ、んんッ！」

「団長ばかり気にされては、妬《や》いてしまいますよ」

冗談っぽく言っているが、本気の目をしている。そして、おれの中に入り込ませてきた指の動きが大胆なことも、ロイの心情を素直に表しすぎていた。

神竜の発情によるものなのか、おれ自身の身体の変化なのかが分からないが、今では彼らに触れると中でも快感を得てしまうということははっきりとした事実だ。

ロイの指が快感の塊である箇所を擦る。

快楽中枢を集めたようなそこを弄られて、おれは喘ぐことしかできない。

「ぅあッ、ひ、ああっ、ン――ッ!!」

ひっかくように曲げた指で容赦なく遊ばれたことで軽く絶頂してしまった。

しかし、硬く屹立した陰茎の先端は絶頂の証を零《こぼ》すこともなく快楽に震えるだけ。解放されることのなかった熱が、お腹の底に溜まって煮えている。

「今、軽くイキましたね。だけどここは精液を出していないということは」

「……雌堕《めすお》ち」

「え？　んあっ⁉」

「神竜は竜王との番《つがい》関係で言えば雌ですから、身体が影響を受けていても不思議ではないですね」

ダレスティアの口から出たとは思えない言葉に思わず正気に戻りかけた。

しかし察知したのか、すぐさまロイが中を指で広げるように動かしてきて、戻りかけた理性が遠のいていった。いや、それにしてもダレスティアが雌堕《めすお》ちって言葉を言うのは、なんというか、衝撃が強かった……

「身体に影響があるほど魂が馴染《なじ》んでいるのでは、引き離すのはやはり危険だと思うが」

「馴染《なじ》んでいたのは間違いないでしょう。しかし、これはおそらくこれまでの我々との行為の影響もあるかと。神竜による発情で受け入れやすい身体になっていたことは違いありませんが、ここまで抱かれることに慣れた身体になったのは、私達がこれまでタカトを愛した結果なのだと思います」

「……そうか」

「なんか、嬉しそう、だね……んッ」

「恋人が自分の手で変わっていたことの喜ばしさを体感した。自分に愛されるための身体になったことを喜ばない男はいないだろう？」

「う……そ、っか」

「私だって喜んでいますよ。私達に身体を許してくれていたと分かったのです。ここも、随分と柔らかくなりました。今は神竜による発情もないのに、中も欲しがって堪らないのでは？」

ロイの言う通りだった。ダレスティアの雄っぽい言葉に胸だけじゃなくお腹の奥もきゅんきゅんして堪らなくなっていた。ロイが服を脱いで逞《たくま》しい身体を曝《さら》け出し、昂《たかぶ》った男根を『ここ』に擦り付けたときも、欲しくて欲しくて抑えられない衝動が溢《あふ》れていた。

「うん……欲しい。ダレスティアのも、ロイのも、欲しくて堪らない。愛して、くれる？」

その問いかけに、二人は揃って頷いた。満足そうな目で。それでいて飢えている獰猛な雄の気配を纏った笑みを浮かべながら。

傍から見れば、おれはこれから食い荒らされる兎だろう。けれど、おれにあるのは大好きな彼らに求められることの喜びだけ。

その夜行われたのは魔力供給と言いながらも、彼らに与えらえる甘い快楽に身を浸らせる様は、まさしくただの恋人達の情事に違いなかった。

SIDE　ロイ

ダレスティア団長のもとに書類を届けに行く途中、窓の外から聞こえてきた声に気付き、廊下の窓から中庭を見下ろす。そこではオウカ副団長がクーロに剣の稽古を行っていた。

騎士団にやってきた頃よりも成長したとはいえ、クーロはまだ子ども。体格の良い副団長に挑みかかっては躱《かわ》されている様子は大型犬にじゃれかかる子犬のように見えて、思わず笑みが浮かんだ。

「魔法の訓練だけではなく、剣の稽古までつけてほしいとねだられたようだ」

「っ！　ダレスティア団長！」

気配を感じることなく側に現れた団長に思わず驚いてしまった。湧いた羞恥心を誤魔化すべく咳払いした。

「クーロの夢は魔法も剣も使える竜騎士になることらしいな」

「ご存知でしたか」

「本人が決意表明とばかりに私に宣言してきた。竜騎士としてこの騎士団に入団し、団長になるのだと」

「それはまた……」

大きく出たものだ。

魔法と剣の両方で優秀な成績を取ることの大変さ、竜騎士として認められることの難しさを私から聞かされたというのに、その障害さえ見えていない。

しかしそれもまた無謀と言えないのは、彼が本気だということを知っているからだ。

「あの眼で決意を語られては、無粋なことは何も言えませんね」

「ああ。それに才能はある。素直な性格も、それでいて負けず嫌いなところも、竜騎士になるには欠かせない要素だ」

「獣人としての種族も近く、魔法の才能もあるオウカ副団長に教えを受けるとなれば、本当にいつか竜の牙の団長になるかもしれませんね」

「そうだな」

今は副団長に果敢に挑んでは躱《かわ》された挙句に転んでいるクーロだが、あのダレスティア団長が一目置いているほどだ。その将来に期待を寄せてもいいだろう。

「クーロが騎士を目指している理由には、タカトも入っているのでしょうね」

「アルシャに行く時も、当然だがクーロは王宮で留守番だった。タカトを守れる存在になりたいと強く思ったからこそ、騎士という夢ができたと言っても過言ではないだろう」

「一人の子どもの運命を変えてしまったとは、タカトは露ほども思ってはいないでしょう」

「その道を決めたのはクーロだ。そして、最終的に目標点に達することができるのかもクーロ自身の努力が決めること。……しかし、タカトに導かれているように思うのは、私も同じだ」

「進むべき道は己で切り開け」といつも言っているような方が導きという言葉を口にするなんて、以前までの団長からは想像できない。

「導きと言うよりは、支えかもしれないな。私とて迷うこともある。しかしタカトは、私の選択を否定しない。そのうえで私が迷っている原因を考え、その解決となることをさりげなく伝えてくる。タカトは私達が自分を支えてくれているとよく言うが、私の方こそ、彼に支えられている」

ダレスティア団長は愛しげに笑んで、眼下の訓練を見つめていた。

彼の言葉は本当なのだろう。私は団長を補佐する立場だが、支えることができていたかと問われると口を噤《つぐ》んでしまう。

団長は完璧な方。そういった認識でいたのだから、支えるだなんて考えもしなかった。団長の指示に意見を持つこともなかった。その指示は常に誰もが納得のいくものだったから。

「私は以前まで、団長は全てにおいて完璧な方だと信じて疑いませんでした。的確な指示。素晴らしい剣術。竜との信頼関係においてまで、実質全て完璧だったからです」

「魔術や魔法に関してはお前に劣るが」

「しかしご自身の魔力量で行えることは全て完璧に実行しているではありませんか。ですから私達はよく団長は竜王の生まれ変わりではないかと語り合ったものです」

「そんなはずはないだろう」

呆れたように呟く団長に、本気で信じていた団員がいたことは黙っておこうと考えながらも、神《み》子《こ》が召喚されるまでは裏で団長を褒める言葉として定着していたことを思い出した。

「もちろん冗談ですが、それほど完璧な方だと思い込んでいたのです。団長だって人間で、私と歳も少ししか違わない。迷うこともある。そのことを失念し、補佐として未熟な仕事をしていたことを、実感しました。……これでは、オウカ副団長を怒れませんね」

俯《うつむ》いた先には団長の脚と並ぶ自身の脚がある。

団長と、団長補佐。並び立っていると思っていただけで、実際は全ての裁量を団長に任せていただけだった。その事実が私を苛《さいな》む。

もっと早く、気付くべきだった。

「その考えの全てが間違っているとは言わないが、認識がずれているところがあるな」

「え……？」

団長のつま先が私のほうを向く。顔を上げると、団長が私をその強い意志を秘めた目で真っ直ぐに見ていた。

「まず、団長補佐というのは文字通り団長の補佐をするのが仕事だ。しかしそれはあくまで私の仕事を軽くすることであって、私と同じ仕事をすることではない。指示を出す過程でお前に意見を求めることはあっても、最終的に決定し指示を出すのは私だ。その責任について補佐であるお前に任せるなど考えたことはない」

「で、ですが、その意見を団長にお伝えすることすら私はしてこなかったわけで……」

「それは私が意見を求めなかったからだ。求められてもいないことをするほどお前は暇でもなかっただろう。それに本来、私に意見するのは副団長の仕事だ。補佐の仕事ではない」

しかし、最近は意見を求められることがある。副団長にだけ意見を求め、そしてそれに答えるのが副団長という立場ならば、どうして――

「――最近、考えていたことがある。副団長がアレでは、やはり心配だと」

「は……」

「もう一人、副団長を増やそうと思っている。副団長より立場が下の団長補佐が、アイツより優秀なのだからな」

「……よ、ろしいのですか？」

「副団長は一人だけという規則などない。そうだろう？」

そう言って口角を上げた団長の姿に、タカトの笑みが重なる。昨日タカトが嬉しそうに私達を見ていた理由はもしかして……

その答えが分かった瞬間、嬉しさが身体を駆け抜け、私の口は動いていた。

「っ、はい！　そのお話、喜んでお受けいたします」

「そうか。それで、新しい副団長は、あの相棒をどう躾けてくれるのだ？」

団長が指さす先には、私達に気が付いて顔を青褪《あおざ》めさせているオウカ福団長。

彼の視線を辿って同じく私達に気が付いて嬉しそうに手を振るクーロ。彼に手を振り返し、私は答えを返した。

「竜の牙の副団長として、クーロの師として、そしてタカトの恋人として恥ずかしくない狼になるよう、あの根性を叩き直して差し上げましょう」

――まずは、最近オウカに避けられて悲しそうにしているタカトの前に引きずり出します。

私の答えに、団長はただ、面白そうに眼を細めた。

◇◇◇◇

「ロイが副団長に？」

「あぁ。だが、オウカを降格させるわけではない」

「副団長が二人になるってことかぁ。それって珍しいことなんじゃないの？」

「確かに通例では副団長は一人だが、オウカがああなのだ、簡単に上の許可は下りた。ロイは副団長になることで仕事量が多少増えて裁量も大きくなるが、人を適材適所に扱うことに長《た》けている彼のことだ。今より上手く動けるようになるだろう」

「おれもそう思う。仕事ができる部下がいて羨ましいよ」

おれが働いていた会社はブラックすぎて有能な新人はことごとく辞めていったからね。残るのはどこにも行けない子か、お人よしな子だけだったのさ……

「昇格ってことは、なんか儀式的なことをやるの？」

「着任と違って特別なことはない。しかし、隊長以上への昇格の際は親しい者達と祝うことはよくある。ロイもタカトに祝われたら喜ぶだろう」

「ロイならおれだけじゃなくて、みんな祝いたいと思うだろうけど……というか、この買い出しってもしかしてそのお祝いに関係してる？」

おれとダレスティアは、いつも行く市場に来ている。

たまたま起きた神竜が魔力をバクついている気配を感じて文句を言っていたところにダレスティアが来て、買い出しに付き合ってくれと言ってきたのだ。

クーロは何やら張り切って厨房に行ってしまい、特にやることもなく神竜に文句を言うしかやることがなかったおれは、すぐさま了承した。

ちなみに、神竜は魔力を食べるだけ食べてすぐに寝てしまった。どうやら起きる時は、おれから自然に流れていく魔力じゃ足りなくて空腹になった時らしい。

オウカの魔力をねだられたけれど、それは黙殺した。

しかし買い出しに誘われたものの、先ほどから買っているのは料理の材料ばかり。いつもは騎士団の備品を買うことが多いのに……と不思議に思っていた。

「以前ロイが、タカトの作る料理が食べたいと言っていた。もちろん私も同じ気持ちだ」

この団長様、ちゃっかり自分の願望も叶えようとしている。

でも、料理と言ったって元の世界にある材料がこの世界にもあるか分からないしなぁ。日本食だと下味が大事だし。

「メニューはクーロとうちの宿舎の料理長に決めてもらった。材料もここに書いてもらっている」

「完全におつかいじゃん……最強騎士団の団長がおつかいに行かされてる……。材料なら厨房にいっぱいあるし、わざわざ買いに来なくても良くない？」

「買い出しは私が行くと言ったんだ。久々にタカトとデートできる機会だからな」

「デッ……な、なるほど」

直球な言葉は、ただの買い出しだと思っていたおれを意識させるには十分だった。

なんだか気恥ずかしくなってダレスティアから顔を逸らす。しかしダレスティアの視線はそのまま、じっとおれの赤くなっているだろう耳に注がれているのを感じる。

「えっと、次は何を買うんだったっけ？」

「ストラス商店で香辛料を買う。いくつか必要らしい」

「ストラス商店か。あそこだよな……って、なんか揉めてる？」

今いる場所から少し先。市場の中心となっている広場の脇に店を構えるストラス商店の前で、何やら騒ぎが起きていた。怒鳴り声と悲鳴が聞こえ、人垣の隙間から見えたのは穏やかではない様子で飛び散る火花。青や黄、赤の色が入り乱れるように光っている。

「あれは、目くらましの魔法――」

光を見て険しい表情になったダレスティアのその言葉に驚いて聞き返そうとしたとき、件《くだん》の人垣の一角が崩れ、そこから駆け出していく数人の背に浴びせかけるように叫び声が上がった。

「強盗だ!!　誰か！　騎士団を呼んでくれ!!」

駆け出していった男達の後を追うように人垣の中からよろめき出てきたのは、ストラス商店の息子――ユニア・ストラス。

乙女ゲーム『竜の神子《みこ》』でラーニャとは違った魅力を持つ異色の攻略対象であり、一族専用の秘密行路を大陸中に持つ、ネズミ獣人の商人達の総本家であるストラス商家の次期後継者。

ちなみに以前、ダレスティアやロイ達と広場に行った時にユニアとは合ったことがある。

丸みを帯びた大きい耳が可愛らしく市場のみんなから人気の彼は、今は全身傷だらけで人混みを抜け出た途端に倒れ込んでしまった。

「ユニアさん！　大丈夫ですか!?」

慌てて駆けつけると、ユニアは辛そうな表情でおれを見上げた。けれど、目の焦点が合っていない。周囲を見渡すと、ストラス商店の前で人垣になっていた人達はほぼ全員目を押さえている。みんな、あの目くらましの魔法を食らったのかもしれない。

「そのお声は、タカト様？　すいません、あいつらが放った魔法の閃光で目をやられてしまって……」

「強盗と言っていたが、何を盗まれたか分かるか？」

「ガレイダス団長様もいらっしゃるのですね！　あいつらは店の奥にいきなり押しかけてきて揉み合いになったのですが、狙いはお金ではなく扱いが難しい薬草が入った金庫でした」

「毒草か」

「扱いを間違えば毒薬にもなり、正しく使えば良薬にもなるものです。南方より取り寄せたばかりの珍しい薬草で、これから研究するところでした。団長様、どうかあいつらを……！」

「分かっている。既に近くにいた団員に追わせている。見回りをしている者達にも召集をかけた。すぐにこちらに合流するだろう」

いつの間に召集なんてかけたんだろう。その疑問の視線に気が付いたのか、ダレスティアはいつも付けている片耳の竜のピアスに指を当てた。

「このピアスは魔道具だ。騎士団員が持つ団章のブローチが受信の魔道具となっていて、ピアスに内蔵されている魔石に魔力を流せば、近くにいる騎士団員に連絡が取れる。こちらの声は相手の脳内に直接届くため、仮に拘束されて口を塞がれようとも関係ないということだ」

そのピアスにそんな機能があったなんて初耳なんだけど!?

代々の騎士団長が受け継ぐ団長の証だと聞いてはいたけども！

「強盗犯はこの人混みの中でも魔法を使うことに躊躇がなかった。下手に捕えようとすれば被害が拡大するだろう」

「しかし、それでは逃がしてしまうのでは……。犯人は三人いました」

「追跡のほうにも応援を向かわせている。被害が最小限になる場所まで誘導し、捕縛するよう命じた。犯人は捕まるだろうが、他に協力者がいたとなれば面倒なことになるやもしれない」

険しい表情になるダレスティア。そこに「団長！」と駆け寄ってきたのは見覚えのある顔の男性。休みだったのか制服を着ていないが、彼は竜の牙の団員だ。

ストラス商店の前にある広場には、他の騎士団の騎士と思われる数人が目くらましの魔法を食らった人達の介抱を始めていた。

「せっかくの休暇中に悪いが、強盗被害の対応に当たってくれるか」

「もちろんです！　そのために団章はいつ何時も肌身離さず持ち歩いてるんですから！」

誇らしげに手に持っているのは、おれもよく目にする竜の牙の団章。いいなぁあれ。かっこいいし、おれも貰えないかなぁ……流石《さすが》に団員じゃないと無理か。

「逃走した強盗犯はハクに追わせている。向かわせた応援の者達と共に奴らを捕縛する手はずだ。それまで、この場の混乱を収めることに努めろ」

「了解。そちらの方はストラス商店の方ですね。すぐに治癒師が来ます。どうぞこちらへ」

治癒師とは、魔術師の中でも外傷回復魔法に特化した人達のことだ。魔力が一定より多くないとなれない特別な職業らしい。

しかしユニアは首をふるふると横に振った。

「でも今、みんなはお昼の休憩に行っていて誰もいないんです。商売できる状況ではないとはいえ、せめて戻ってくるまでは店にいないと」

「しかし、ここでは治癒の魔力で商品に影響が出てしまう可能性がありますし……」

店先には香辛料に混ざって薬草も売られていて、種類によっては魔力を受けて薬効が変わってしまうものもある。ちなみにこれはゲームで得た知識だ。薬草に魔力を込めて薬を錬成するミニゲームもあったから知っている。

「じゃあ、治癒師が来るまでおれがユニアさんについていています。それなら大丈夫でしょ？」

「ですが、タカト様を置いて団長がお側を離れるわけにはいきませんし……」

困った顔をする彼は、ダレスティアをちらっと見上げた。

おそらく彼からすれば、他の騎士団員もいるからダレスティアに統率を執ってほしいんだろう。

今この場にいるトップは間違いなくダレスティアだ。

ダレスティアからすれば、広場と店はほんの目と鼻の先くらいしか離れていないとはいえ、おれが離れてしまうのは心配なんだろう。

けれど負傷者を抱えて広場の中央に向かう騎士達は、ダレスティアにちらちらと視線を向けている。彼らだけでやれないことはないけれど、この場をまとめられる存在が側にいて、事態が素早く収拾されるのならば指示が欲しいというところか。

「ダレスティア、おれは大丈夫だから行ってあげて。ここでユニアさんと大人しくしてるから。周りにも人はいるし」

「たった今、白昼堂々と強盗が発生したばかりなのだが」

「うっ……確かに説得力はないけども、これだけ騎士がいる中で何かやろうってバカはいないって」

なにしろ警察の前で罪を犯すようなもの。だから安心してくれと、ダレスティアの背を押した。

「ユニアさんも、おれがいれば目の代わりになるので！」

「で、ですがタカト様を団長様から離してしまうのは……」

「おれがあそこに行ってもやれることはあまりないんだし、せめてユニアさんの役に立たせてよ」

「う……団長様」

「……すぐに戻る。絶対にこの場から動くな」

「分かってる」

渋々広場の中央に向かったダレスティアは、すぐに騎士達に囲まれてしまった。流石《さすが》、竜の牙の団長様だ。他の騎士団員達からの人望は厚い。

「あの、タカト様、申し訳ありません。私のわがままで……」

「大丈夫ですよ！　それより他に大きな怪我とかしてないですか？」

「目以外は大したことありません！　それよりもタカト様です！　先ほどは私も店番のために必死でしたが、タカト様を団長様からお預かりするなんて荷が重すぎです……」

だって私はただの商人。猫に噛みつくこともできなかった、ただのネズミですもの。

そう言いながら、しゅん……、としているユニアの服についていた砂をはたき落としながら、なるほど、犯人の一人は猫獣人か、などと考えていた。

窮鼠《きゅうそ》猫を噛むができなかった、このネズミさんはそんな気弱なところがゲームユーザーのお姉さま方に人気だったのだけども。

「大袈裟だよ。すぐにダレスティアも戻ってきますから」

「でもでも！　タカト様、今日は副団長様の匂いがされないのです！　そして何やら魅力的な、とてつもなく良い匂いがするのですよ！」

「え？」

副団長……つまりオウカの匂いがしないとは？

「あ、もしかしてあの尻尾《しっぽ》ストラップのことか？」

オウカに貰った、彼の尻尾《しっぽ》の毛で作られたもふもふのストラップ。

市場に出る度に獣人に絡まれるおれを見かねて作ってくれたもので、外に出る時は身に着けておけと言われて、王宮の外に出る時はいつもポーチに付けているのだが……

今日はそれが、付いてなかった。

「……あれ？」

脳裏に過《よぎ》ったのは、ダレスティアに買い出しに誘われる直前の光景。

おれはやることもなく暇で、たまたま起きた神竜に愚痴を言いながら……ポーチの金具から外したストラップの毛並みを整えていた。そしてダレスティアが来て、すぐにポーチを手に取った。

でもストラップは――

「――置いてきちゃった……」

オウカの尻尾《しっぽ》の毛っていうとあれだけど、あるのとないのとでは全然違うのだ。あれがないとすぐに獣人に絡まれてしまう。さっきまではダレスティアが一緒だったから大丈夫だっただけ。

「あれ～？　ユニアちゃん、どしたの？　なんかボロボロだけど。あと、隣の彼からすっごい良い匂いするんだけど、新作の香水入荷した感じ？　めっちゃ好みの香り～」

思わず「嘘だろ」と呟いたのはしょうがないと思う。まさかの事態に固まっていた数秒の間に、さっそく獣人ホイホイが発動してしまったらしいのだから。

「えっと、実は今しがた強盗に入られてしまいまして……騎士団の方々にお世話になっているところです」

「強盗ぉ～？　こんな真っ昼間から、そんなことするバカがいるんだねぇ～」

ふらっと現れたこの狐の獣人。大きな耳と大きな尻尾《しっぽ》は魅力的なのだが、お近付きになりたくない感じだ。その原因は、彼の目と雰囲気、そして漂う匂いで明らかだった。

「あの、お客様……結構呑まれていらっしゃいます、ね？」

「あ～、そこの酒屋が珍しい酒を仕入れたっていうからさ、ちょっと呑んできたんだよね～。まぁ、美味しすぎて、ちょっとじゃ止まらなくなっちゃったんだけどぉ～」

ふらふらと身体が揺れ動く男の目はとろんとして理性が感じられず、顔も火照《ほて》っているように見える。真っ直ぐに立っていられないほど、彼は相当お酒を呑んでいるらしい。

話し方も雰囲気も酔っ払いのそれで、口を開く度に漂う酒の臭いに思わず顔を顰《しか》めてしまいそうになる。真っ昼間から飲みすぎ！

大丈夫と言った手前面目ないけど、ダレスティアにこの酔っ払いから助けてもらおうと思って広場に目を向ける。しかし先ほどよりも増えた野次馬が壁になってしまって見つからない。

応援で来てくれた騎士達がなんとか広場を規制しようとしても、事件があったのが商店街をまとめるストラス商店だったことが注目を集めてしまったようだ。

「それにしても良い匂いだねぇ。なんか色んな欲をそそられそうになるっていうかぁ……」

——食べたくなっちゃう。

細身ながらも大きな体を折り曲げて、目を覗き込まれながら言われた言葉にゾクっと悪寒が走る。言葉通りの意味ではない欲を、彼の目からは易々と読み取れてしまった。

欲情されている。その視線に晒されていることに鳥肌が止まらない。

「あ、あのっ！　店がこのような状態ですので今は営業停止中なのです！　申し訳ございませんが、お買い物は後日お願いいたします」

目が見えなくても不穏な気配を察知したのか、ユニアが懸命に男を立ち去らせようとする。

しかしそこは酔っ払い、おれが引いてるのもユニアが追い払おうとしてるのも察しないし、空気も読めない。おれに顔を近付けて執拗《しつよう》に匂いを嗅いでくる。

騎士の誰かに助けを求めようにも、増え続ける野次馬の対処で忙しそうだ。それに、店の周りにいる騎士達は、ダレスティアがおれから離れたあとに来た竜の牙以外の騎士団の所属で、おれのことを髪と目の色以外で神子《みこ》の兄と認識できていなかったのも運が悪かった。

今のおれは変装魔法で髪も目の色も変えている。

……詰んでいる。

「ねぇ、ちょっと舐めてもいい？　もう我慢できない……」

「え」

遠い目をして現実逃避していたが、聞き捨てならない言葉に男を見上げたおれは、さっさと誰でもいいから騎士を捕まえれば良かったと後悔した。

息を荒らげ、さも興奮していますと言わんばかりの男の様子に、冷や汗が背中を流れる。隣でユニアが変に固まっているのは、男が威嚇したからか。おれの身体も、混乱からか威嚇にあてられたのか、上手く動かすことができない。

まさか、ダレスティアと離れたほんの少しの間にこんなことになるとは思わなかった。

後悔している間に、段々近付いて来る男の口が目の前に迫り、おれはせめてもの抵抗に目を閉じた。

「おいおい。気持ち悪い口説《くど》き方してんじゃねぇぞ」

突然、少し渋みのある誰かの声が聞こえたと思ったら、肌に感じるほどになっていた不愉快な吐息が一気に遠のいた。代わりに、ふわっとしたものが頬に触れる。

目を開けると、おれ達と男の間には、見覚えありまくりな狼の獣人によく似た背中が立ちふさがっていた。

「いってぇな〜、なにすんだよ……っひぃ⁉　あ、あんたはこの前の⁉」

後ろから掴まれた肩を突き飛ばすようにしておれから引きはがされた男は、足をもつれさせて転んでいた。

立ち上がろうにも深く酔った身体では難しいらしく、もがきながら目の前に現れた狼獣人の男性を睨み上げた……かと思えば、赤らんでいた顔を一気に真っ青に染めて怯え始めた。

「この前？　俺が首都に着いたのは今しがたなんだがな。それにお前みたいな変態の知り合いなんかいねぇよ。獣人にしても人間にしても、あの口説《くど》き方はねぇだろ。鳥肌が立ちすぎて鳥の獣人になるかと思っちまったぜ」

「な、なんだとっ‼」

「なぁ、お前もそう思わないか？　リュシアン」

喚《わめ》く男を無視して人混みの中の誰かへと声を上げた男性は、ついでとばかりに近くにきた騎士の一人にこの酔っ払いを連れて行くようにと指示を出している。

声をかけられた騎士はその男性の顔を見て驚いた表情のまま敬礼をすると、すぐに狐獣人の男を引きずっていった。つまりこの人は、騎士に指示を出せる地位にある人ということだ。

「ラシュド。まったくお前は。護衛対象を置いていく護衛など聞いたことがないぞ」

人混みの中から抜け出てきたのは、アイスブルーの髪が綺麗な四十代後半くらいの男性。彼がリュシアンだろうか。

貴音がナイスミドルだと喜びそうな外見の彼は、自身がラシュドと呼んだ狼獣人の男性を見て呆れたようにため息を吐いた。

初めて見た人なのに、その表情に既視感を覚えた。ドキドキと鼓動が高鳴る。

「こんなに騎士が集まっているところで狙われる心配をする必要はないだろう？　この子みたいに特別体質でもない限り、な」

振り向いた狼獣人の男性が、おれを見下ろす。大柄なその背中にずっと既視感を抱いていたが、その顔を見てふと頭に浮かんだ名前が口から零《こぼ》れた。

「……オウカ？」

いや、オウカじゃない。目の前にあるのは両目とも橙色で、オウカのようにオッドアイじゃない。だけどその顔立ちはオウカにそっくりな彼は、目を瞬かせると破顔した。

「お？　この歳になっても息子と間違えられるなんて嬉しいねぇ。なぁ、リュシアン。俺はまだまだ現役だろ？」

「安心しろ。よく見ればちゃんと歳相応に老けてる」

「まったく安心できない言葉だぞ！」

オウカのことを息子と言っている……ってことは、この狼獣人の方はやっぱりオウカのお父さん⁉

オウカのお父さんとのエンカウントはゲームにもない展開なんだけど‼

気の置けないやり取りをしているイケおじ二人を前に、突発イベント発生の衝撃から戻ってこられず呆然としていると、彼らの後ろにいた騎士達が騒《ざわ》めいた。

道を空けるように移動した彼らの間を通って走って現れたのは、ダレスティアだった。

「ダレスティア！」

この場で一番安心できるダレスティアが戻ってきてくれたことで、先ほどの変態に絡まれたことによる緊張がようやく和らいだ。思わず目が潤んでしまう。

「タカト！　無事か!?」

集まっていた騎士達に広場のほうへ行くように指示を出していたダレスティアは「遅くなってすまない」と謝りながら、存在感マシマシのイケおじの間を素通りして、おれの前に来てくれた。

頬を撫でるように触れてくる、少しひんやりとした手のひらに自分から摺り寄る。

一気に安心感がおれの全身を駆け巡る。ダレスティアの手からは癒しのオーラでも出ているのかもしれない。

「おいこら、ダレスティア。俺達を無視してイチャつくとはいい度胸じゃねぇか。そんなに特別な子ならちゃんと守れ。俺が変態から助けてやったんだぞ」

和《なご》やかな雰囲気を壊すように聞こえた、変態という言葉に、ダレスティアの手がぴくりと跳ねた。

あの男が引きずられていった時この場にいた騎士がダレスティアに視線で説明を求められ、冷や汗を額に垂らしながら先ほどのことを報告している。

その中で、特におれに絡んだ獣人がいたようだ、と聞いたところで、苦虫を噛み潰したような表情になってしまった。ぎゅっと寄せられた眉根の間を、そっと指で伸ばすように触れると、ダレスティアはまたしても、すまないと謝罪を口にした。

「大丈夫。おれがオウカのストラップを置いてきちゃったのが悪いんだ。ダレスティアは悪くないよ」

「わ、私もまったくお役に立てず……！」

獣人族の中ではヒエラルキーの上位にいる狼の威嚇を浴びたせいか、さっきからぴるぴると小刻みに震えているユニアが、それでも責任感からか声を上げた。

彼には何の落ち度もないうえに、完全に巻き込まれただけなのだけど、根が素直で真面目なのだ。

「ユニアさんは今、目が見えてないんだから仕方ないですよ」

「ラシュド様の仰るとおり、私が離れずに側にいるべきだったのだ。獣人を引き寄せやすいということを失念していた私の責任だ」

「ダレスティアは獣人じゃないんだから仕方ないよ。おれだってユニアさんに言われるまで忘れてたくらいだもん」

頬に触れているダレスティアの手を慰めるように撫でると、ぎゅっと握りしめられた。

オウカのストラップはすごく良く効くお守りみたいなものだったから、おれも自身の獣人ホイホイの体質を忘れかけていた。お互い様だ。

ふぅと息を吐いたダレスティアは、おれ達を見守っていた二人に向き直ると、狼獣人のラシュドに礼をした。

「彼を助けてくださり、感謝いたします。ラシュド様」

「お、おう……なんかお前、聞いてた以上に変わったなぁ。ついでに言っとくが、俺にはその子のフェロモンは効かないから安心しろよ」

「はい」

淡々と返事をしたダレスティアに微妙な表情を見せたラシュドは、やっぱりオウカにそっくりだ。

「なぁ、ラシュド。あれはお前の知り合いじゃなかったのか？　お前のことを知っているようだったが」

「あんな変態の知り合いはいないっての。前にオウカがぶちのめした奴が、俺とアイツを勘違いしたんだろ」

「……オウカとラシュド様を間違えたその変態というのはおそらく、先日、オウカが店を半壊させてまで抑えた酔っ払いでしょう。それでまた、オウカは謹慎の罰を受けたのですが」

謹慎という言葉にラシュドは「バカ息子が」と天を仰ぎ、リュシアンは笑いを零《こぼ》した。

「くっ……お前の息子は謹慎しすぎだろう。謹慎の回数を増やすのが趣味なのか？」

「んなわけあるかよ」

「あの……」

「ん？」

口元に拳を当てて上品に笑っていたリュシアンが、おれの呼びかけに首を少し傾ける。おれは、緊張で乾いた喉を開いて質問した。

「あの、貴方はダレスティアの、お父様……です、か？」

リュシアンは、おれを見つめる目を笑みに緩ませて、ゆったりと手足を動かし、優雅な礼を見せてくれた。

「まさしく。そこのダレスティアは私、リュシアン・ヴィ・ガレイダスの息子。はじめまして、息子の可愛い恋人さん」

——どうぞ、よろしく。

微笑みながらそう告げた口に、いつの間にか持ち上げられていたおれの手の甲が触れ……ようとした瞬間、おれの手はこれまたいつの間にかダレスティアの手の中にあった。

「へ……？」

「おっと、ダレスティア。父に向かってそのような目を向けるのはやめなさい」

「父であっても、タカトに勝手に触れることは許しません」

「お前にそんな過激な独占欲があったことに父は驚きだよ……」

推しのお父さんが外見だけでなく中身もイケメンで、おれのことで推しと言い争いをしている……。なにこれ、突然のご褒美じゃん!?

キャパシティを越える萌えで呆然としているおれの目の前で、イケメン親子の言い争いは少しの間続いたのだった。

第三章

おれ達はユニアを治癒師に預け、騎士団の宿舎に戻ることにした。

もちろん、リュシアンとラシュドも一緒だ。

「タカト！　大丈夫でしたか⁉」

おれは宿舎の玄関扉を開けるや否や、宿舎で待機していたロイに抱きつかれた。

「大丈夫だよ、ロイ。オウカのお父様が助けてくださったんだ」

「オウカ副団長の……？」

しかしおれの言葉に、やっと二人の存在を認識したらしい。抱きついたままの身体が、ピシッという幻聴が聞こえた気がしたくらい、固まってしまった。

「ラシュド様、リュシアン様……」

「やぁ、ロイ。久しぶりだね。色々と大変だっただろう」

「あ、え、い、いえ！　ダレスティア団長との任務で大変だと思ったことはございません！」

「違う違う。オウカの後始末をさせられて大変だっただろう？　ってことさ」

「おい、リュシアン。俺の息子をあんまり揶揄《からか》ってくれるな」

「ラシュド様、オウカ副団長にはお貸しした借りがいくつもあるのですが」

「ロイ、お前まで……いや、アイツが悪いんだがなぁ」

ラシュドはもうため息しか出ないみたいだ。

てか、ロイは二人のこと知ってるんだな。

「リュシアン様は数年前までは王都に本邸を置かれていらっしゃいましたし、何より国王陛下の御友人で信頼の厚いお方として有名でしたので、宮中で知らない人はいないくらいです。ラシュド様は元々、竜の尾の騎士団長をされていて、引退後も各騎士団の円滑な関係を築くために手助けしていただいて、その際にお世話になったんです」

こそっとロイに聞いてみたら、誇らしげに教えてくれた。なるほど。ロイにとっては、この二人もダレスティアと同じくらい尊敬する人達なんだな。

「リュシアンさんは、今は領地で過ごしてるんだったよね」

「その通り。だけど息子の噂とは思えない話を聞いたものだから、妻が怒っちゃってね」

こそこそ話していたはずなのに、後ろから会話に参加する声にそろっと振り返ると、にこにこと笑っているリュシアンがおれ達を見ていた。

さっきまで二人と話していたダレスティアの姿がない。

目を動かして彼を探しているのを察してか、「ダレスティアなら応接室の手配に行ったよ」とリュシアンがこれまた微笑みながら教えてくれた。

というかその笑顔、なぜかロイに似てるんですけど……

「リュシアン様、タカトが怯えているのですが……」

「ん？　私は何もしていないよ？」

「お前の笑顔が怖いんだろ。便利だからってロイに笑顔で圧をかける方法を教えたのはお前じゃないか。そりゃあ、いくらロイで見慣れていても、師匠と言うべきリュシアンにやられたら怯えることもあるだろうな」

「ラシュド、お前は私のこの笑顔が怖いと？」

「正直に言って、本能的に恐怖を感じるぞ」

ラシュドはリュシアンの顔を見てドン引きしているように見える。でも確かに、ずっとあの笑顔で話されていたら圧から逃げ出したくなるな。

「タカト、リュシアン様も悪気があったわけではないと思うので、許していただけないでしょうか」

「え、ああ、うん。それは大丈夫だよ、うん」

リュシアンがロイに笑顔の圧という武器を授けたのなら、リュシアンの笑い方がロイに似ていたのも納得できる。リュシアンがロイに似てるんじゃなくて、ロイがリュシアンの笑みを真似ていたんだ。

「……タカト？」

おれは、じっとロイの顔を見つめた。見続けているとロイは眉尻を下げ、おれの名前を呼びながら困ったように微笑んだ。

「うん、可愛い」

「え？」

圧がある笑みより、こういう柔らかい笑い方のほうがロイに似合っている。それに、照れながらも笑うロイが可愛い！

おれはロイにぎゅっと抱きついた。

ラシュドに頬が赤くなっている様子を揶揄《からか》われて慌てるロイは、やっぱり可愛かった。

「何を騒いでいるんだ」

「だ、団長」

ダレスティアが戻ってきて、ロイはあからさまにホッとした表情になるが、その頬はまだ赤い。

ダレスティアはロイとおれを順に見ると、不機嫌そうな顔になってしまった。そしておれとロイの側に来たかと思うと、ぐいっとおれを引き離し、おれを抱き寄せた。

「いつまで抱きしめ合っているんだ」

むすっとした顔でそんなことを言うダレスティアに抱きしめられながら、思わず目も口もポケっと開いて彼を見上げてしまった。

え、拗《す》ねてる？　あのダレスティアが？

思わぬ発言と行動に、おれの思考は緊急停止中だ。ロイも黙っているということは、彼も固まっているんだろう。

ダレスティアのあからさまに拗《す》ねた言動はそうそう見られない。固まったままのおれ達を余所《よそ》に、この二人は流石《さすが》というべきか何も変わらなかった。

「お前の息子、ちょっと見ないうちに随分と人間らしくなったな。部下の前で感情を曝《さら》け出すとは」

「これには私も少々驚きだ。妻でさえ、なかなか見ない一面だろう。ふむ、あとで自慢してやらねば」

「……お二人とも、団長室にどうぞ」

リュシアンとラシュドに揶揄《からか》われたことが不愉快だったのか、さらに険しい顔になってしまったダレスティアだったが、移動している時もおれの肩に手を回して横を歩かせている。

肩をぶつけそうな程近い距離だが、それがロイへの嫉妬心から来るものだと察してしまっているおれは、さっき揶揄《からか》っていたロイよりも自分の顔が赤くなっていると思うと、ちょっと恥ずかしかった。

ロイ、揶揄《からか》ってごめんよ……

「応接室は使えなかったのか？」

「ちょうど、神殿からの使者が竜王の儀についての資料を運び込んでいるところでした。各騎士団と警備について話し合う場に提供することにしていたのですが、これほど早く資料が届くとは予想外でしたので、団長室に変更しました」

そういえば、しばらく他の騎士団の人達が出入りするから、あまり部屋の外に出ないようにしてくれって言われてたな。

「なるほど。確か今回の儀式の開催はこれまでよりも早いのだったな。つまり準備に割《さ》ける時間が少ないために、神殿側も焦っているのだろう。もし、騎士団との間で連絡を取り合うことが困難になったら言いなさい。いつでもラシュドを貸し出そう」

「カーネリアン家の主人はサファリファス家であって、ガレイダス家ではないんだが？」

「そのお前の主人から貸し出し許可を得ている。留守の間、好きに使ってくれとな」

「なんだと⁉　あの人でなしめ‼」

「主人のことを人でなしとは。あとでちゃんと伝えておこう」

「やめろやめろ‼　本当に昔からお前達は俺で好き勝手遊びやがって！　お前は息子を少しは見習え！」

オウカも大体同じ扱いを受けているとは、言わないほうがいいかなぁ。

ダレスティアは、あの二人はいつもあんな調子だから気にするなと呆れたように呟いて、団長室の扉を開けた。

いつも通りの団長室だけど、なんだか少しすっきりしているように見える。

「ここにあった書類も運んだの？」

「ああ。儀式に必要なものは全て応接室に持っていった。運び終えたら部屋に入室できる者を制限する魔法をかけることになっているから、そのほうが安全だろう。資料室にあるものも含めると、相当な量になるだろうからな」

「そちらはオウカ副団長に任せています。今頃、文句を言いながらも働いてくださっているかと」

「部下に指示を出されているのか、アイツは。威厳も何もないな……」

「あ、ロイは副団長に昇進したんですよ！」

勝手知ったるといったようにソファに腰を下ろしていたリュシアンとラシュドだったが、おれが言ったロイの副団長への昇進については驚いたようで、目を見開いた。

そのままリュシアンは「おめでとう」と拍手しているが、ラシュドは顔を青褪《あおざ》めさせている。

「ロイが副団長に昇進ということは、オウカはとうとう降格されたのか……!?」

とうとうって言うことは、いつか降格させられそうだと思ってたんじゃないか。

父親でもオウカの問題児っぷりはどうにもできないことだったんだなぁ。

「ご安心を。オウカはまだ副団長です」

「そ、そうか……いやしかし、まだということはそのうち降格処分を下される可能性があるんだろ？」

「ロイが副団長になったということは、オウカが降格させられても有能な副団長が一人残るということだ。今の内に覚悟しておけ」

「……そうだな」

あ、完全に諦めたな。でも心配しなくても、ダレスティアはオウカを降格させないと思う。オウカは問題児だけど、実力は本物だし。隊員達から不満が出ない限りは、ダレスティアから降格させるようなことにはならないだろう。

おれが一人で納得していると、扉をノックする音と元気な声が部屋にやってきた。

「ダレスティアさんー！　お茶をお持ちしましたー！」

クーロの声だ。立ち上がろうとするロイを制したダレスティアが扉を開けると、お茶を載せたワゴンを引いたクーロの姿が見えた。ダレスティアに頭を撫でられてご機嫌に尻尾《しっぽ》を振っている。

「厨房の者達に頼んだはずだが……」

「昇降機を使ってみたかったから、僕が頼んだの」

「そうか。調整が終わったのだったな。不具合はなかったか？」

「うん！　あまり揺れなかったし、ちゃんと止まりました！」

「何か異常があれば、すぐに報告しなさい。命に係わるからな」

「うん！」

昇降機はエレベーターのような大型の魔道具だ。この世界では、大きなお屋敷や飲食店で食事を載せたワゴンを運んだり、大きい荷物を運んだりする時に使われる。

この宿舎にも厨房から各階に止まる昇降機があった。

昔は衛生管理が甘かったことで感染病が広まりやすく、自室待機を命じられることも多かったらしい。その時に各階に直接食事を届けるために急遽設置されたのだとか。

最近はとんと使われなくなっていたが、おれやダレスティア達が部屋で食事を取ることが少なくないため、調整が行われて久々に使用されたのだ。

おれが部屋で食事を取ることになる原因は、言わずもがなだ。

「僕がお茶を入れるから、ダレスティアさんは座って！」

「ああ。ありがとう」

クーロは手伝うことは好きだけど、手伝われるのはちょっと苦手らしい。ここで無理に手を出すと申し訳なさそうにしてしまうから、見守りに徹するのが正解だ。

ダレスティアに扉を押さえてもらってワゴンごと入ってきたクーロに、ラシュドが興味津々な様子で声をかけた。

「おー、ここに似合わない可愛い子犬だな」

「こ、こんにちは……！」

クーロはそこで初めて、この部屋に知らない人がいるのだと気が付いたらしい。驚きで犬耳の根本が上がって、尻尾《しっぽ》の毛が少し逆立った。……可愛い。

「彼は騎士見習いです。王都から少し離れた村の子なのですが色々とありまして、我々が特別保護しております」

「あ、もしかしてコイツか？　隠し子の噂の種は」

とんでもない発言に、思わずクーロからコップを受け取り損ねるところだった。

「オウカが積極的に直接指導している子なので、そう思われたのでしょう。貴族が多い王宮の表側には出していませんが、裏側にも貴族の爵位を持つ侍女や騎士達はいますので、二人を見て誤解した情報が社交界に流れてしまったのかと」

「親子だと思われるほど仲が良いのだろうな。君、こっちにおいで」

おれ達にお茶を配り終えてワゴンを引いて出て行こうとしていたクーロは、呼び止められて不安そうにおれを見る。頷いてあげれば戸惑いながらもリュシアンの側に寄っていった。

「こんにちは。君の名前は？」

「えっと……クーロ、です」

「うんうん。私はリュシアン。こっちの狼はラシュドだ」

にこにこと微笑んでいるリュシアンの横から、ラシュドが顔を出してニカッと笑った。二人の友好的な雰囲気に緊張が解けたのか、クーロは尻尾《しっぽ》をゆらゆらと振っている。

「リュシアン、様。ラシュド様」

「オウカと訓練しているらしいが、アイツの教え方はどうだ？　下手な教え方なら、師匠を変えたほうがいいぞ。ここには優秀な騎士が他にも多くいるんだから」

そう言ってダレスティアとロイを見るラシュド。父親にも信頼されてないオウカが少し可哀想にも思えてくるが、言っていることは正論だ。

でも、その心配は無用だった。

「オウカさんは、僕にはもったいないくらい良い師匠です！　時々言ってることが分からないこともあるけど、次の訓練の時にはちゃんと分かるように説明してくれるんだ！」

図書館で借りた本は、感覚を言語化するために使っているのか。本に載っていないはずの難しいことを教えてるなぁとは思っていたけれど。

「魔法も剣術も一緒に教えてくれるオウカさんはすごい人なの！　僕の憧れなの！　リノウ王子様に教えてもらった時に魔法を褒めてもらえたのも、剣術を騎士団のみんなに筋が良いって褒めてもらえるのも、オウカさんが教えてくれるお陰！　だから、僕の師匠はオウカさんしかいません！」

言い切ったとばかりに、ふんすっと胸を張っているクーロに、思わず拍手しそうになった。まさかオウカがここまでクーロに尊敬されていたとは。

「クーロの師匠役をオウカに持っていかれたな、ロイ」

「そうですね、団長。ただ、あの人に憧れるのは……あぁ、失礼を、ラシュド様」

「言いたいことは分かるぞ、ロイ。憧れるのはアイツの魔法と剣の腕前だけでいいと、我が息子ながら全力で同意する。リノウ王子殿下の覚えめでたいこの純粋な子に、あのような不良騎士を見本にさせるのは止めたほうがいいのではと、改めて思ったくらいだ」

「不良騎士！　アイツにピッタリなあだ名だ！」

ツボに刺さったらしいリュシアンは、お腹を抱えて笑っている。この人、本当にダレスティアと似てないな。ラシュドはオウカにそっくりなのに。

でもこの二組の親子の違い、ちょっと面白い。ロイも父親には似ていないって言ってたな。

そんなことを考えながら、笑いが収まらないリュシアンと相変わらず真顔なダレスティアを交互にちら見していると、クーロもラシュドの顔をちらちらと見ていることに気が付いた。

「あの、ラシュド様は、オウカさんのお父さん……なんですか？」

そっくり、と呟いたクーロは、ラシュドさんを耳の先から尻尾《しっぽ》の先まで眺めている。

うん。確かにそっくりだもんな。騎士団の制服を着たら、多分間違える人もいると思う。

「そっくりか！　オウカは俺の息子だ。俺は息子と違って真面目だがな！　しかし、アイツにこんな可愛い弟子がいるなんて羨ましいな。貰っちまいたいくらいだぜ」

ラシュドはクーロを手招きすると、その頭を撫でくり回した。その手つきもオウカに似ている。いや、オウカがラシュドに似ているのか。クーロも手は違えど撫でられる感覚が慣れているものだったからか、尻尾《しっぽ》を振って嬉しそうだ。

「ふむ。いいんじゃないか？　貰ってしまっても」

「あん？」

また変なことを言い出したとばかりにラシュドが胡乱《うろん》げにリュシアンを見る。ラシュドだけじゃなく、クーロ以外の全員がリュシアンの真意を測りかねていた。

「養子に取ればいい。このくらいの歳の子が騎士団で保護されているとなると、おそらく孤児なのだろう？」

「え、ええ。クーロの両親は既に他界しております。けれど両親も貴族の血筋ではありません」

「オウカとリノウ王子殿下が目をかける程に魔力量が多く、魔法の素質も剣の素質もあるのなら、問題はない。能力が高い平民を養子に取ることは何も珍しくはないだろう？　それに、カーネリアン家は狼獣人の一族。種族が違うとはいえ狼と犬。人間や他の種族が大きく違う家よりは慣れやすいだろう」

「まぁ、確かに……」

ラシュドはリュシアンの提案に考え込んでいるのか、クーロの顔をじっと見つめている。クーロは自分のことを言われていることは分かっているのか、緊張気味だ。

「クー」

クーロはすぐにおれのところにやってきた。その不安そうな表情の顔を、両頬を手で揉み込むように崩してやると、くふくふ笑いだした。

「やめてよ〜」

「ふふっ。……ラシュドさん、この子自身に決めさせてあげていただけませんか？」

「……ああ。もちろんだ」

ラシュドはちゃんとクーロのことを考えてくれる良い人だ。相手が子どもだからと勝手に決めたりしない。考え込んでいたのも、クーロがカーネリアン家でやっていけるかを考えてくれていたんだろう。

おれはクーロに視線を戻して、優しく話しかけた。

「クーは、竜騎士になりたいんだよね？」

「う？　うん！」

――オウカさんみたいに、魔法も剣も強くて、竜に乗って遠くの人も助けられる人になりたい。

クーロはいつかと同じことを語る。カーネリアン家の養子になる、というのはその夢に近付く大きな一歩だ。けれど、大きな一歩とはいえゴールがすぐそこになるわけではない。

「ラシュドさんがね、クーを家族に迎えたいんだって」

「家族？」

「うん。ラシュドさんの息子になって、オウカの弟になるってこと。ラシュドさんとオウカのお家は貴族だから、クーの夢にも近付きやすくなると思う。だけど、貴族の養子だからこそ大変なこともある。おれはそれがちょっと心配」

養子だからこそ貴族社会で何を言われるか分からない。

カーネリアン家の本家の養子。その珍しい肩書きを憧れの眼差しで見られるか、それとも実力はあっても所詮養子だと侮られるか。それはクーロにかかっている。

「僕……」

「もちろん、返事はすぐじゃなくてもいい。クーの人生なんだ。ちゃんと考えて、好きに選んだらいいんだよ」

クーロはおれに頭を撫でられるまま、考え込んでいた。

あまりにも突然で大きな話だ。混乱してもおかしくはない。だから返事もあとでいいとラシュドの了承なく言ってしまったのだけど……おれはすっかり忘れていた。

クーロはおれと初めて会ったときから、思い切りがめちゃくちゃいいってことを。

「僕、オウカさんの弟になる!!」

あまりの思い切りの良さに、その場にいる誰もが口を開けなかった。

「……も、もう少し考えてもいいんだぞ？」

少しの沈黙ののち、ラシュドが困ったように笑いながらクーロに話しかけるが、後ろに見えている立派な尻尾《しっぽ》がふりふりと振られているため、その感情は丸分かりだ。

ほぼ即決だから、嬉しい気持ちは分かるけど、素直すぎませんかね。

「僕、決めたの！　僕のお父さんとお母さんはずっと変わらないけど、ラシュド様に僕のこれからのお父さんになってほしいの。だから、僕と家族になってください！」

おかしいな。養子の話を持ち掛けたのはラシュドなのに、立場が逆転している。たじたじになっていたラシュドは、それでも何とか「お、おう」と答えていた。

「まるで、プロポーズみたいですね」

「嫁にやるにはまだ早いよぉ……」

思ったことを言われて、おれは喜んでいるクーロをぎゅっと抱きしめた。急に抱きしめられたクーロはぽかんとしている。

「んぅ？」

「クー、ラシュドさんのお家に行っても、騎士団に時々顔を出してね！　いや、時々じゃなくて毎日来て！」

おれはクーロ依存症だったかもしれない。クーロがこの宿舎にいないと思うと、涙が出そうになる。だけど、クーロの夢のためだ。我慢しなくては……！

でも、悲しいぃ～！

「タカト、すぐにカーネリアン家に行くわけではないから落ち着け」

「そうですよ。最短でも竜王の儀のあとです」

「ぐすっ……そうなの？」

「はい。急な話ですし、ラシュド様のほうでも準備が必要になります。もちろんクーロの準備も。ですからそれまでに、タカトも準備をしましょう」

おれの準備……つまりクーロ離れする準備ってことか。

「手続きは私が手伝おう」

「助かるぜ、リュシアン。うちの家門が余所《よそ》から養子を貰うことなんてしばらくなかったことだからな。サファリファス家にも話を通さなければならないし、国王陛下にも通しておく必要があるな」

「国王陛下にも、ですか？」

なんだか大きな話になってきて、思わず涙が引っ込んだ。

「一応カーネリアン家は高位貴族だからな。それに親族から養子を取ることはよくある話だが、平民を取るとなると社交界でも噂の恰好の的になる。コイツをそんなくだらないことで煩わせることがないように、国王陛下も認められたという事実が必要なのさ。まぁ既に、あのリノウ王子殿下の目に留まっているのだから、特に問題はないと思うがな」

「いざとなったらアイル王子殿下にも盾になっていただきましょう」

「あのひねくれ者のアイル王子殿下もか？　これは良い子を貰ったな、ラシュド。幸せにしなさい」

「だから結婚じゃねぇんだよ……」

完全にプロポーズネタでしばらく遊ぶ気のリュシアンに、ラシュドはがっくりと肩を落とした。

「今後については、ラシュドの奥方とも話し合う必要があるだろう。クーロ、また今度改めて話し合おう」

「はい！」

今にもスキップしそうな足取りで退室していったクーロを見送る。

朗らかな雰囲気が残る中、やがてガラガラと勢いよく遠ざかっていくワゴンの音が聞こえなくなると、リュシアンはお茶を飲みながら、なんてことない世間話のように、おれが恐れていた言葉をついに口にした。

「それで、いつになったら彼をちゃんと紹介してくれるんだい？」

空気がピりついた。あくまでにこやかな表情を崩さないリュシアンだけれど、それが本心とは限らない。

おれは室内に突然発生した緊張感に心臓がドキドキしている。ロイの表情も心なしか強張《こわば》っているように見える。そんな中でもいつもと変わらない冷静さのダレスティアが口を開いた。

「やはりその話でしたか」

「当たり前だろう。なんのために私達が王都に戻ってきたと思っていたんだい？　もちろん、竜王の儀のために国王陛下に召集されたということもあるが、トラブルがあって今日王都に入ったラシュドはともかく、私と妻は少し前から王都に入っている。儀式の日程が決まる前からだ」

「その理由は、お前達が一番よく知っているだろう」

リュシアン達が言っているのは、ゼナード伯爵が流した噂話のことだろう。

社交界ではリュシアン夫妻に迂闊《うかつ》に話した人が一笑に付されたことで、話題にすることすら卑しい噂となった、ダレスティア達とおれのスキャンダル。

「あの噂が真実だとは思っていないが、火のない所に煙は立たないと言う。だから少し調べさせてもらった。お前は私達が戻っていると聞いても屋敷に帰ってこないのだし、仕方ないだろう？」

「つい先日までミレニア地方にて任務を行っていたのです。まだ処理しなければならない事が多くあります。母上には申し訳ございませんが、私は父上に似て仕事人間ですので」

ダレスティアの真顔とリュシアンの微笑みの間にあるのは、冷たい空気。

ロイも流石《さすが》に口を挟むことができないのか、珍しくオロオロとしている。

このピリピリとした雰囲気……胃が痛くなりそう。

一人だけお誕生日席にいるせいで間に挟まれて萎縮してしまう。まさか、ダレスティア親子の喧嘩になったりしないよな……？

「確かに、昔のリュシアンは国王陛下に窘《たしな》められ、奥方に愛想をつかされそうになって初めて家庭のことに目を向けるほどの仕事バカだった。それについては否定させないが、それとこれとは話が違う。それは分かるだろ？」

「一言多いぞ、ラシュド。それにダレスティアは分かっていて昔の私を引き合いに出したんだ」

「屋敷に帰らなかったことに関してはお前が言うなってことか。口喧嘩の才能は奥方譲りだな。それならやはり直球で聞いたほうが良さそうだ」

おれに向けられたラシュドの視線に、ロックオンされたことを悟った。

と、同時におれは覚悟を決めた。

「そういえば、俺はまだちゃんと名乗ってなかったな。改めて、ラシュド・レイ・カーネリアンだ」

てっきり問い詰められると思ったのに、急にあっさりとした自己紹介をされて毒気を抜かれる。ついでに身体の強張《こわば》りまで抜けていった。

「おれは、鷹人と言います。ファミリーネームは、四ノ宮です。神子《みこ》の、兄です」

「神子《みこ》様の兄さんか。妹と一緒に召喚されるなんて、仲が良いんだな」

おれが貴音と一緒にこの世界に召喚されたのには色々と複雑な事情があるのだけど、その原因がおれのシスコンっぷりであることに間違いはないから、仲が良いという言葉に頷いた。

「そういえば、神子《みこ》様の兄は髪が真っ白で眼の色は真っ黒だって聞いたが、本当か？　国王陛下に召集された際に見た奴らが、すごく神秘的だって語ってたから気になっていたんだが」

「あ、はい。本当です。今日は市場に出ていたから魔法で色を変えているだけで……」

そうだった。まだ変装魔法を解いてもらっていない。

ロイに目で合図を送ると、すぐに察して魔法を解いてくれた。

おれ自身は自分の瞳の色も髪の色も見えないから分からないけど、ラシュドとリュシアンの視線を痛いくらい感じるから、元の色に戻ったんだろう。

「確かに白髪だ……。正直なところ、銀色ではないかと思っていたこともある。実際は白銀で、髪質で白に見えるだけではないかと。だが、ここまで疑いようのない純白だとは」

ダレスティアに辛辣に言い返されてからご機嫌斜めといった雰囲気だったリュシアンも、おれの髪色を見て興味が勝ったようだ。おれのこの髪もたまには役に立つな。

「髪も見事だが、眼の色も綺麗だぞ。奴らも近くでは見ていないと言っていたくせに、やけに綺麗だと言うものだから不思議に思っていたが……確かにとても神秘的で印象深い。近くで見れば見るほど、観賞したくなるような眼だな」

「か、観賞ですか……」

いやいや！　ラシュドだけじゃなく、リュシアンもダレスティアもロイも、みんな頷かないで！　頼むからマニアックな方向に行かないで⁉

「あ、あの。これでおれが神子《みこ》の兄だと分かっていただけたかと思いますが……」

「確か君は、召喚によって変わったその見た目の珍しさもあって、召喚されてすぐに奴隷狩りに捕まったんだったね」

「えっと、そうです。その時に助けてくれたのが、ダレスティアとロイ……竜の牙だったんです」

「オウカもその時に出会ったのかい？」

「オウカは謹慎中でしたので、留守番させていました」

「また謹慎……」

ダレスティアのばっさりとした言葉に遠い目をしているラシュドに構うことなく、リュシアンの質問責めは続く。

「謹慎常習犯のオウカはともかく、彼らのことは助けてもらったことがきっかけで一目惚れしたのかい？」

「えっと」

「しかし二人同時交際とは、どんなきっかけで至ったのかな？」

「あの」

「オウカとはどんなきっかけで？」

「その」

「もちろん、あの噂は端《はな》から信じていないとも。これでも親子だ。ダレスティアが肉欲に溺れるような男ではないと分かっている。ロイもオウカも、騎士として不誠実なことはしない」

だからこそと、リュシアンはおれを見つめて続けた。その眼はおれを責めるものではなく、ただ息子を心配していることだけが伝わってきた。

「けれど、調べて正解だった。噂通りではなくとも、噂になるような関係性にはなっていたと知って驚いたよ。この騎士団内ではそれが公然の秘密状態になっていることもね」

「俺達みたいに王都を離れていた貴族にもタカトの存在は知らされていた。竜の牙が保護していることも、その経緯の詳細もな。召喚早々奴隷狩りに捕まったタカトがまた同じ目に遭わないように心配して、国王陛下があえてその存在を貴族には晒した、その意味も理解している。だからこれまで、お前達が一緒に行動していることを深く考える者はいなかった。保護された者と、保護している者だからな。変な噂を話すほうがおかしいと思われて終わりのはずだったんだ」

「しかし、あの噂を流すよう指示したのはゼナードだというのなら話は別となる。ゼナードは事実を大袈裟に膨らませて話すことで、嘘ではないと言い逃れすることが多い。つまり、真実がアイツの作る噂の材料だ。だからお嬢さん方も真に受けてしまい、奴の手のひらの上で転がされてしまった」

「お前達の失態は、ゼナードに隙を与えてしまったことだ。王宮内の侍女や騎士達のおしゃべりを利用して、王宮に出入りする貴族達に噂を浸透させていく姑息な手口を使われたことも、奴の自信の表れだ」

「……何故、お二人はそこまでこの件の事情に詳しいのですか」

訝《いぶか》しげにダレスティアが尋ねる。

ゼナードのことは、おれ達が王宮に戻ってから貴音達に詳細を聞いたばかりだ。それなのに、王都を離れていた二人もこの件に詳しいことを不思議に思うのは当然だった。

リュシアンは真面目な表情を少しだけ崩し、苦笑した。

「私達が気を揉んでいるというのに、当事者のお前達が軒並み揃って便りがないものだから、陛下にお前達の様子をお尋ねしたのだ。我々にはそれぞれ立場というものがあるが、昔からの旧友。呆れながらも教えてくださったよ」

「そのときに、タカトのことも聞いた。陛下から見た印象とかな。息子達とスキャンダルになるような人間のことを気にならないわけがないだろ？　まぁ、身体で篭絡《ろうらく》するような真似ができる男ではないと叱責を受けたし、広場で絡まれている様子からもそんな人間には見えなかったから、あの時助けに入ったんだけどな」

王様に感謝しないと。王様の口添えがなかったら、おれは今こうやって話もさせてもらえなかったかもしれない。そう思うと、少しチクリと胸が痛んだ。

「しかし、あまりにもタカトについて聞き出そうとしたものだから、陛下に怒られてしまってね。これから謁見するのだけど、少々気まずい」

「『そんなに気になるのなら直接話せばいいだろう！』ってな。通信で話していてよかったよ。もしこれが王宮内だったなら、確実に不仲の噂が出回るところだった」

「他人の評価を当てにしようとしたからです。あれこれと言い訳をして聞き出そうとしたことが気に障られたのでしょう。素直に謝罪なさってください。私にお二人への小言を聞かせるおつもりですか？」

ロイは苦笑しているが、ダレスティアは顔に『迷惑』と書いてあるように見えるほど素直に感情を表している。それほど、王様から小言を言われるのが嫌なのかもしれない。

「陛下の仰るとおり、最初から直接お会いになればよろしかったのです」

「元はお前たちが報告の一つもしないからこうなったんだがな……。しかし、確かに直接会わねば分からないことが多かった。他人の目から見たものとは、別のことも見える」

「そうだな。タカトが良い人間だということはよく分かった。私達にも人を見る目があると自負している。警戒心や人の悪意を察することに長《た》けた獣人の子どもがあれほど懐いていることからも、彼の人間性の良さの裏付けは取れたも同然だ」

クーロにも感謝だな。お茶を持ってきてくれてありがとう……！

「お二人の懸念は理解できます。しかし、私達にも人を見る目はあると自負しております」

ロイの迷いの感じ取れない言葉に、頬が緩んだ。しかし、ため息を吐いた人がいた。

「分かっているとも。だからこそ、この話を今するべきかずっと迷っていた。しかし、どちらにせよ、いつかはしなければならない話だ」

「父上、はっきりと仰ってください」

気が重いという雰囲気を纏っていたリュシアンは、それでも息を一つ吐いて吸った次の瞬間に、当主の顔になっていた。

「彼の人間性の良さと、お前達との関係性については別問題ということだ。彼の身分、地位は保証されているが、神子《みこ》ではない。これが神子《みこ》であれば私たちは静観しただろう。しかし、相手は『男』であるならそうはいかない。なにせ、我々もタカトも竜ではないからね。いくら彼が神子《みこ》同様に古代の竜と繋がっていたとしても、身体的な特性まで体現できるはずはないのだから」

やっぱり、王様から神竜のことを聞いていたか。

信頼を寄せているのだから、そうだろうと思っていた。

王様も情報を話す相手を間違える人ではないから、そこは安心している。実際、人選は間違っていない。

そして、おれ達のことを話した背景には、王様もこの事実を一つの問題として考えていたということもあったんだろう。

「端的に言えば、跡継ぎのことを考えているのかってことだ」

跡継ぎ。後継者。貴族の家に生まれた者が背負う宿命。家門の血筋を繋げていく義務。

おれは、膝に置いていた両手を強く握った。

「今、社交界では王子達の婚約者候補の話題で持ちきりだ。神子《みこ》と恋仲にならない可能性も考え、水面下では蹴落とし合いがずっと続いているのだよ」

これまでの神子《みこ》が王族と恋人になることが多く、それが理由で婚約を解消される不憫な令嬢を作らないために設けられたという決まり。

それによって、神子《みこ》が召喚される世代の王子は時が来るまで婚約しない。つまるところ王子達は結婚適齢期を過ぎても婚約者がいない状況だ。

しかし、結婚適齢期をとうに過ぎているからこそ、神子《みこ》の恋人にならなかった場合はすぐにうちの娘と婚約できるようにと、ずっと派閥争いがあるのだろう。

「これは王子達だけの話ではない。ダレスティア。お前にも、多くの家から婚約の打診が来ている」

「全てお断りしてください」

「お前も良い歳だ。これまでは王子達と同様にお前の婚約も白紙のままとなっていたが、ご令嬢にとってはお前も優良物件だ。半端な言い訳で逃げられるわけがないだろう」

「では公表します。私の愛する人はタカトだけです」

ダレスティアの何の躊躇《ためら》いもない言葉に安心感を抱いてしまった。自分でも気付かないうちに不安になっていたようだ。

けれど、リュシアンはため息を一つ吐いた。彼の代わりというように、ラシュドが口を開く。

「タカトがお前の恋人だとしても、お前だけの恋人ではないんだろ？　なぁ、ロイ。もしダレスティアの恋人がタカトだと公表すれば、お前はもう公《おおやけ》にタカトの恋人になることはできない。お前まで恋人だと主張すれば、また社交界の噂好き達に餌を与えることになるからな」

「……申し訳ございません、団長。タカトの恋人であることをやめるつもりはありません」

「謝るな。分かっている」

ロイに分かっているとは言ったものの、ダレスティアの表情は苦々しいものだった。

「俺達の話も分かってくれるとありがたいんだがなぁ」

「確かに、神子《みこ》の兄ともなれば、この国のどの貴族よりも上の立場だ。神子《みこ》が召喚された今、国の序列の頂点は神子《みこ》。次が王族。これまで神子《みこ》の身内が一緒に召喚された前例はないが、召喚されたのであればそれは竜王の意志となり、王族と並ぶ身分となることは間違いない。彼が誰と恋人になろうとも、批判されることはないんだよ、通常ならね」

「しかしだ。お前達は一度不名誉な噂の的となっている。あの噂で一番被害を受けるのはタカトだ。タカトは社交界に出ないから、その人となりを知らない者がほとんどだろう。だから人々は噂を押しつけてしまう。いくら噂を潰したとはいえ、多くの者達は未だタカトのことを身体を使って誘惑するような者だと思っているだろうさ」

脳裏に蘇ったのは、ラーニャが王宮の騎士達が口にしていたと聞いた言葉。魔力供給とはいえダレスティア達と何回も身体を重ねてるのだから、自分もヤらせてもらえるかもしれない、と笑っていたということ。

「しかし、父上が否定したのでは」

「私が否定したのは、お前達のことだけだ。決して肉欲に負けるような者達ではないと」

「だから、タカトがお前達の恋人だと公表したとしたら、やはりあの噂通りの人物だったのかとなってしまう。リュシアンが半端に噂を否定したことで、タカトの持つ魅了のスキルでお前達を誘惑したのだと、まったく逆の思い込みをされる可能性が高い」

「だから彼のことを思うのなら、彼を恋人として公表する事実は諦めるといい。そして、この件の一番の解決方法は、結婚することだ」

この『結婚』は、おれとのことだと思うほど能天気にはなれなかった。

リュシアンは流石《さすが》ダレスティアの父親だ。跡継ぎが必要だから結婚しろと言っても、ダレスティアが聞かないことは分かっていたはず。だから、おれを守るために結婚しろと、結婚の目的をすり替えた。息子の扱い方をよく分かっている。

「ダレスティア、ロイ。これは私達の最大限の譲歩なのだよ。私達が、いくら神子《みこ》の兄だからとはいえ、どうして男の恋人がいること自体を非難しなかったと思う？　それは貴族社会ではよくあることだから。我々は政略結婚がほとんど。相性が良ければ何も憂いはないが、相性が悪くとも、結局は結婚しなければならない。だから外に恋人を作る男は多い。女もそれを分かっている」

「恋人を作ることへの制約を求める妻も多い。外で恋人を作る代わりに、夫としての責務は果たすこと。恋人は男であること……って感じのな。妻の最も重要な役割は跡継ぎを産むことだと考える家も多い。相性の悪い夫を外の恋人に押しつけつつ、跡継ぎのことで揉めないようにするんだ」

リュシアン達が言いたいことは、つまり、そういうことだよな……

「……つまり、仮初《かりそめ》の妻を迎えろと仰りたいのですか。そしてタカトを愛人にしろと」

「父上。母上がそれを嫌っていることをご存知でしょう。そして私も嫌いです。愛を与えられないのに妻を迎えることも、タカトを愛人などという不名誉な立場にすることも、私はお断りいたします」

「だから最大限の譲歩だと言っているだろう」

「父上に認めていただかなくても結構です。ガレイダス家から除籍されようとも構いません」

流石《さすが》に除籍とまでは考えていなかったのか、リュシアンとラシュドが揃ってぽかんと口を開けている。いや、確かに家に執着はないと言ってはいたけれど、本当に本気だったとはこの時になるまでおれも思わなかったよ……！

「い、いや……除籍は無理があるだろう。まず国王陛下がそのようなことをお認めになるわけがない。流石《さすが》にそれはお前も分かっているだろう？」

あまりにも予想外の言葉だったからかドン引きしているリュシアンは、なんとか返答したという感じだ。「分かっているだろう？」に若干の不安が滲んでいる。

確かに、ダレスティアがまさかそんなことを言うとは思わないもんな。

「それほどの覚悟だということです」

「分かった！　分かったからもうその話は止めろ。考えただけでもゾッとする」

「では私にも先ほどのような話はしないでください。考えることすらしたくありません」

言葉通り冷や汗をかきながら止めるラシュドを皮肉るように、ダレスティアは容赦なく言葉で攻撃している。ダレスティアの言葉が本心であることは、その表情を見れば分かる。不愉快という感情を全面に出して、怒りのオーラすら見えそうなほどだ。

彼が纏う怖さを感じるその冷たい雰囲気に、思わず身体が震えた。

「団長。お気持ちは私も同じですが、殺気を抑えてください」

「っ！」

何やらロイが小声で囁《ささや》いて、ハッとした顔でおれを見たダレスティアからは、もう身が震えるような恐ろしい気配は感じなくなっていた。

その事実にひっそりと安堵の息を吐いて、ダレスティアに目を向けると、すごく落ち込んでいた。

「えっ⁉ どうしたの⁉」

表情はいつも通りなのに、周りの空気が重い。ズーン……という効果音が見えそうだ。このほんの少しの間に何があった⁉

「タカトを怖がらせたことを落ち込んでいるんだろ」

面白そうにダレスティアを見ているラシュドの言葉から、さっきの怖いオーラは殺気だったことを知る。でも、あの殺気を向けられた張本人達は普通なのに、守られているはずのおれはビビっていて、なんだか巻き添え感がすごい。

あ、だからダレスティアがすごく申し訳なさそうな目で見てるのか！ 悪戯《いたずら》がバレて怒られた犬みたいで可愛いとか思ってました、ごめんなさい。

「しかし、あの殺気は流石《さすが》だと思ったのに、タカトが絡むとただの男だな。そういうところはリュシアンに似たか」

「……初めて知ったことだけどね。私と似たのは、頑固なところだけだと思っていたから」

「それなら、お前はもう結論が出たんだろう？」

「私は自分の頑固さをよく知っているからね。そういう君はどうなんだい」

「俺のとこは元々放任主義だしな。一応元騎士団長の縁で口出しをしただけだ。アイツが決めたなら、最後まで貫いてこそ男。それが狼の血だ」

「なんだ。それじゃあ、私だけが子離れできていなくて意地悪したみたいじゃないか」

「ハハッ！　間違ってはいないだろう？」

「まったく……」

「あの、お二人とも？」

思わず声をかけてしまった。さっきまでのやり取りがなかったかのように普通に談笑する彼らに呆けてしまったけれど、その内容は聞き流すことができなかった。

「おれ達のことを、認めてくださるのですか？」

自分でも喜びが滲んでいることが分かる声だった。

だって、あの会話ってそういうことだろ!?

「認めるというか、まぁ、サファリファス家に仕えることはカーネリアン家の宿命だが、それ以外は自分の好きな奴と好きに生きればいいって主義だからな。しかし、建前は必要だろ？　一応貴族なんだから」

「私は真面目に話をしていたのだけどね。お前達は社交界に出ないから私の苦労が分からないんだ。あれこれ探りを入れられてはにこやかに受け流す、それがどれだけ大変だと思っているんだい」

「神子《みこ》のためとはいえ、婚約者がいないからそんな噂を立てられるんだと娘を紹介されたりな。おしとやかなお嬢様が目の色を変えて両親と一緒に迫ってくるのは恐ろしいものだぜ」

遠い目をしているラシュドはその時のことを思い返しているのか、しみじみと呟いた。それに憮然として噛みついたのはダレスティアだった。

「では、やはりタカトを婚約者として紹介すれば良いのでは？」

「だーかーらぁ！　それはまだ無理だって言っただろうが！　お前達三人は全員優良物件なんだよ！　ずっと前から色んな家のお嬢様方が狙ってたのに、ぽっと出の男に取られてみろ！　国中の貴族の家から抗議文が届くことになるに決まってるんだよ！」

「ぽっと出の男でも、神子《みこ》の兄ですよ？　肩書きは十分ではありませんか」

ロイ、おれがぽっと出の男だってことは認めるんだ……。合ってはいるけどね……うん。

「では、男であることが問題なのですか」

「正直なところ、男か女かは関係ないと思うのだよ、ダレスティア。つまりは仮に相手が神子《みこ》であったとしても問題にはなっていたということだ。彼を社交界に出さなくて正解だった。神子《みこ》はあの闊達《かったつ》な性格で社交界のリードを握っているし、男に媚びを売るタイプではないと判断されたから受け入れられたが……」

意味ありげなところで言葉を止めたリュシアンが、更に意味ありげな視線でおれを見てくる。そしてこれまた意味ありげに、にやっと片方の口角を上げた。

「もし、タカトくんが社交界に出ていたら、今頃モテモテだっただろうね。色んな家の次男やら三男やらから求婚を受けていたかもしれないよ？　これだけ綺麗な子なんだからね」

「父上っ!!」

「リュシアン様！　悪い冗談はお止めください！」

神竜の魅了の効果を知ってか知らずか、リュシアンの発言はおれ達にとっては冗談には聞こえないものだった。だからダレスティアとロイがらしくなく声を荒らげるのも仕方がないけれど、それよりもおれはリュシアンがそれに驚きもしないことのほうが気になっていた。

余裕の笑みすら浮かべている彼に意識が向かっていたおれは、突然耳元で聞こえた声に文字通り飛びあがりそうになった。

「なるほどなぁ。このフェロモンは獣人にしか効かないのかと思っていたが……その反応は人間にも効くってことか」

「ひぇっ！」

いつのまにか後ろに回っていたラシュドに、ぽんっと両肩を掴まれ頭の上に顎を置かれた。まるで、肉食獣が食べる前に獲物を愛玩している様って感じがする。

つまり、おれは獲物ってことかぁ……

後ろのなんだかご機嫌なラシュドに向かってダレスティアとロイが彼を睨みつけるせいで、こっちまで睨まれているように思えて、おれは存在しない尻尾《しっぽ》を股の間に隠して震えていた。

「さて、お前達。私達に話すことがたくさんあるだろう？　久々の再会だ。これまでにあったお前達の話を聞かせてくれるかい？」

にっこりと微笑んだリュシアンを見たおれは、流石《さすが》ダレスティアの父親だなぁって他人事《ひとごと》のように思っていた。

しかし彼の目がおれも捉えたことで、むしろ関係者なのだということに気付かされた。そんな中でおれにできるのは、一瞬の現実逃避だけ。

……ダレスティアの流し目のえっちさは父親譲りでしたかぁ……!!

「神竜ハクロ様、ねぇ……。タカトの髪色が変わったのも、厄介なフェロモンが出てるのも、その神竜が原因でなったのなら、その卵に魂を移すってのはチャンスなんじゃないか？　そもそも意識を乗っ取るほどの力がある存在の魂を身体に留めておくことは、人間の身体に耐えられることじゃない。タカトが無事なのは、異世界人かつ相性が良かったからだ。竜王も異世界人としか魔力が馴《な》染《じ》まなかったようだが、流石《さすが》に魂まで癒着させたりはしない」

「お前はサファリファス家の当主から神竜について聞いてなかったのか？　竜王に番《つがい》がいた、なんて話も初めて聞いたぞ」

「聞いたことがないな。あそこの奴らは自分の興味があることしか研究しないし興味も持たない。ちゃんとした結果が出るまで研究の内容を話すこともそうそうないんだ。当主とはいえアイツもわざわざ坊ちゃんから聞いたりはしていないと思うぞ」

「あの一族は本当に特殊だな……」

確かに全員自己中心的な性格なのに一族として成り立ってるのは、貴族社会としては異端すぎる話だろう。理解できないとばかりに頭に手を当てているリュシアンの言いたいことはよく分かる。そんな彼にロイは同情するような顔をしながらも、口を開いた。

「卵への魂移しについては、そもそも我々の判断でどうこうできるものではありません」

ダレスティアが淡々と言葉を引き継ぐ。

「神竜が決定し、竜王がその支えとなる環境作りをしている。彼らが決めることに、私達人間の意見は最初から存在していないものとされています」

「じゃあ、もう魂移しは始まってるってことか」

「はい。おれも王都に戻って竜王から説明を受けたて、やっと知ったことなんです。神竜はいつも勝手ですから」

「流石《さすが》、竜王の番《つがい》だな。大昔から神として扱われてきただろう偉大な竜にとって、君は都合の良い宿主なのか。もし、その魂移しに宿主の協力の必要がなければ、説明も君への負担の保証もなく、さっさと卵に魂を移していたんだろう」

少々辛辣な言葉に、おれは何とも言えなくて曖昧な笑顔を返すしかなかった。

目に見えて不機嫌になっているリュシアンは、おれがこの世界に召喚された理由を聞いてからずっと機嫌の下降が続いている。おれの説明の仕方が悪かったかなとビクビクしていると、ダレスティアは「父は神という存在が嫌いなんだ」と教えてくれた。

この国では至る所で竜王という存在が神として崇拝されている。そんな国の貴族の当主をしていたリュシアンが神を嫌っているというのは意外な事実だ。

しかしさっきの言葉から察するに、そうとう嫌いらしい。

「そもそも、神子《みこ》の召喚も私は止めるべきだと常々思っているんだ。過去に当時の王に『元の世界へ帰りたい』と縋《すが》った神子《みこ》がいたというのに、当然の願いすら叶えてやることができなかったうえ、それからも召喚を続けて彼女と同じ苦しみをこれまでの神子《みこ》達全員に与えてきた。その歴史から何故目を背けられるのか、私には想像すらできない」

リュシアンの言葉は記憶にある話だった。

この世界に来て、王様と謁見した時に聞いた。帰りたいと願った神子《みこ》の願いは、ついぞ叶えられなかったと。

だからおれも、帰れないと聞いた時の絶望感の欠片《かけら》がまだ胸に刺さっている気がして、胸にそっと手を当てた。でも大丈夫。あの時とは違っておれはもう、貴音と再会している。貴音を一人にしていない。

「陛下はちゃんと贖罪の意識を常に持っていただろ？　懺悔《ざんげ》の度に何度も神父役をさせられたのは俺なんだぞ。どれだけ悩んでいたと」

「そのことで悩み苦しむのは王として当然の責務だ。そうした挙句に、今度は神子《みこ》の身内まで連れてきてしまっては、私ならもう顔を合わせることもできないね。王家も神殿も、神という存在に頼りすぎだ。だから良いように使われたのさ」

「分かった分かった！　それ以上は不敬罪になりかねないぞ。お前がこの状況に至るまでの全部が気に食わないのは分かっているから落ち着け！」

落ち着けと言われてすぐに落ち着けないほどには興奮していたリュシアンは、ふんっと息を吐いてダレスティアを睨みつけた。

「陛下と神殿に抗議するためにわざわざ王都から出たというのに、お前が残っていては意味がなかったではないか！」

まさかの召喚の前段階から気に入らなかったらしい。全部とはそういうことか。過去の神子《みこ》のことを知ってから罪悪感を抱いてきた人なら、それもそう、なのかもしれない。

しかし、このいちゃもんにも近い理不尽な怒りをぶつけられても、ダレスティアは冷静だった。

「私達だけが反発したところで、召喚の儀式は止められるものではなかったでしょう。それに私は団長としての仕事がありました。それを途中で投げ出すわけにはいかないでしょう。それこそ、ガレイダス家の当主として」

「当主と言うのなら、家督を譲ったときに騎士団など次代に委《ゆだ》ねれば良かったのだ。それなら母さんの心労の種だってとっくの昔に一つなくなっていたというのに」

「リュシアン、話の筋が変わってるぞ。親子喧嘩は今度にしろ。過去のことをどれだけ言ってもしょうがないだろ？　お前がいくら神を嫌っていようとも、神だって時間を戻せやしないんだ。それと、お前が神子《みこ》召喚の時に王都にいなかったのは領地で問題が起きたってことにしてるんだから、その建前はちゃんと守れよ」

不貞腐《ふてくさ》れるリュシアンと、宥《なだ》めるラシュド。この二人の関係性って、息子達とは似てるようで、実は全然似てないんだな。

ロイがちょっと信じられないようなものを見たような目でリュシアンを見ているのがちょっと面白い。

「ダレスティア……私は、お前が『神の愛し子』と言われた時から神が嫌いだ。確かにお前の魔力の質は、竜との親和性が異常に高かった。竜王の加護があると言われても仕方ないくらいには。だが、お前が得た実力は全てお前が自分の手で掴み取ったものなのに、周囲の者達は神に与えられた祝福だと言うのが気に食わない」

「周りの言葉など、最初から聞いておりません。父上は気にしすぎなのです。当事者の私が気にしていないというのに」

「分かっている。分かっているとも。しかしだ！　神の愛し子と呼ばれるのだけは我慢し難い！『神の』ではなく、『私達夫婦の愛し子』だ!!」

その叫びは本心なのだろう。

しかし、あまりにも外面に似合ってなさすぎる親バカ発言だった。

力説するあまり若干涙目になっているリュシアンと、「あーあ」といったように彼を止めるのを諦めてチベットスナギツネのような表情になってしまったラシュド。

加えて、聞こえた言葉が信じられなかったのか背景に宇宙が見えるほど混乱して固まっているロイ、というだけでも笑いそうなのを必死に堪えているのに、衝撃発言を言われた当事者のダレスティアがずっと真顔なのが、この場のカオスの頂点だった。

「確かに、私は父上と母上の子です。当たり前のことではないですか。それよりも父上。発言には気を付けてください。外ではガレイダス家の人間らしく、私にも厳しくするべしと母上に言われているでしょう」

「……っ！」

限界だった。ダレスティアの天然とも思える冷静な返しに、ショックを受けたように分かりやすく落ち込んだリュシアンを見て、おれは笑いを堪えることができなかった。

せめてもの抵抗で、手を口に当てて大きく笑うことは控えたが、代わりに肩どころか全身が笑いの余波で震えてしまう。しかし、そんなおれの努力を気にもしない笑い声が降ってきた。

「くっ……ははははッ!!」

「ふふふっ……」

隠すことすらしないラシュドの笑い声に触発されたのか、ロイまでもが控えめながら笑っている。

「……ふふっ」

気が付けば、おれも声を出して笑っていた。

突然笑い出したおれ達に、ダレスティアは不思議そうな顔で首を傾げ、リュシアンは笑われている自覚があるのか涙目で不愉快をアピールしてきた。それすらも余計に笑えてきてしまう。

この部屋で五人で顔を揃えてから初めて、完全に穏やかな空気が溢《あふ》れた。

「はー、笑った笑った。この親バカは一生治らんだろうよ。いや、もうこの話は終わりにしよう。本題は別だしな」

　一番笑っていたラシュドがわざとらしく咳払いをした。

　散々笑われて不貞腐《ふてくさ》れたようにそっぽを向いていたリュシアンも、ラシュドに肩を叩かれて居住まいを正した。どうやら落ち着いたようだ。

「しかしだ。オウカは何にそんなに反対しているんだ？　アイツの性格は俺にそっくりだからよく分かるが、始まってしまうものは仕方がないとなるはずだ」

「と、いうことは、オウカだけが容認できない何かがあるわけだな。そしてそれは、タカトくんに関係することだろう」

「俺もそう思う。だが、ダレスティアとロイは大丈夫そうなのに、オウカが駄目だと言っている理由が分からない」

「つまり、まだ何か私達に言っていないことがあるのではないか？」

　じーっと、リュシアンに見つめられて、おれは思わず目を逸らしてしまった。

　ラシュドに「さっさと全部吐いちまえ」と言われるけれど、流石《さすが》におれの口からは言いづらい……

「えーっと……」

　……何て言えばいい？

　リュシアンとラシュドはあの噂の真偽を確かめるために、おれ達について色々と確認したと思う。

おれ達とよく接している竜の牙の騎士達に、宿舎で働く人達。彼らは口が堅いことを前提に選ばれているけれど、どこかで緩んでしまうこともあるだろう。

そういったところなどから情報を得た上で、彼らはおれとダレスティア、ロイ、オウカが恋人関係にあるということに行き着いたのだ。

けれど、それはほんの少し違っている。

「……これは、私達の個人的な問題に関わるので、追究は慎んでいただきたいのですが、それでもよろしいですか？」

「ん？　ああ、いいぞ」

おれが困っているのを見かねてか、ダレスティアが助け船を出してくれた。しかし彼もあまり言いたくないのだろう。目が泳いでいる。

そもそもダレスティアの場合、親が目の前にいるのだ。言いにくさで言えば、おれと同じくらいには気まずいだろう。

ダレスティアにそんな恥をかかせたくないと、おれは慌てて口を開いた。

「えっと、実は――」

「実は、神竜の魂を卵に移動させるには、膨大な魔力が必要なのです」

しかしおれの言葉にロイの声が被さった。驚いて彼を見ると、ロイはおれを安心させるかのように目元を緩めた。

「タカトの身体は魔力がほとんどありません。異世界人であることも理由ですが、自然に得た魔力を自身の身体に溜めようとしても、その前に神竜に持っていかれてしまうためです。ですから、これまでも団長と私でタカトに魔力供給を行ってきました」

「魔力供給？　それは確か……あ」

「ええ。ラシュド様が思われた通りの方法で、です。一応名誉のために申しておきますと、タカトの魔力不足を補うにはそれが最適な方法だったのです」

「あぁ……うん。分かった。婚前交渉については、まぁ、お前達は男だし婚約者もいないし……聞かなかったことにする。お前もいいな？　リュシアン」

「……ああ」

口元を手で押さえるリュシアンも、くぐもった声で返事をした。

ダレスティアのような清廉な騎士が婚前交渉などとは思ってもいなかったんだろう。だけど、本題はそこではないんだよなぁ。

「今回の魂移しでも魔力が必要だからってことも、もう分かった。そういう事情なら俺達は何も言うまい。確かに気軽に言えることではないな」

「……待て、ラシュド。ロイ、その魔力供給、オウカはしてこなかったのか？　これまでダレスティアとロイで行ってきたと言っていた。そこにオウカがいないのはおかしいだろう。魔力が多いロイとオウカが同時に魔力供給を行うとすれば、魔力酔いを起こしてしまう可能性もある。それを案じてオウカが反対したということなら分かるが、これまでの定期的な魔力供給も行っていないのはおかしい。全員平等な恋人ならなおさらだ」

……気付いてしまった。

ロイのことだから、二人が気付かなければそのまま何も言わない予定だったんだろう。しかし、リュシアンは矛盾点に気が付いてしまった。

おれは、ぐっとお腹に力を込めて事実を告げた。

「……実はオウカとは、まだ正式な恋人関係になったわけじゃないんです」

SIDE　オウカ

「まったく……俺は使い走りじゃないんだぞ」

俺の手元にあるのは、リノウから受け取った極秘資料。

副団長に昇進したロイは、これまで一応あった上官への配慮をなくして、俺をあちこちに使い走らせるようになった。

文句を言おうにも、代案でダレスティアの仕事の補佐ばかり出してきやがる。俺がアイツと一緒に書類作業なんかしたら何を言われるか分かったもんじゃない。

結局はロイの思惑通りに使われている始末だ。

加えて、行ったら行ったで誰も彼もが余計なことを言いやがる。

『オウカ。素直に言葉で伝えることが一番大切です。逃げてばかりの負け犬が幼馴染《おさななじみ》だなんて私はお断りですからね』

つい先ほど、資料を受け取りに行った先でリノウに言われたことを思い出して舌打ちをしたくなる。しかもリノウだけじゃない。

『君もカイウス兄上も、なんで無駄にもだもだしちゃうのさ』

『お兄ちゃんは放っておくと変な方向に考えちゃうから、早く心決めたほうがいいかと～』

『カーネリアン、お互い頑張ろう』

アイル王子も神子《みこ》さんもカイウス王子も、揃いも揃って訳知り顔で一言何かを言ってくる。

ロイに向かわされる先々で言われるのはやはり、アイツのしわざに違いない。俺の顔を見るなり突っかかってくるあのウィリアムですら、俺を見たあと顔を赤くしてぎこちない動きで去って行った。

ロイの奴、一体何人に何を話したんだ。

……いや、分かってる。タカトのことについて、俺が一人で駄々こねてるって言い回ってるんだろ。

確かに神竜の魂移しは、行われること自体反対という立場だ。でもそれは、タカトにかかる負担が大きすぎることを考えてのことだ。

寿命が短くなるかもしれないなんて、考えるだけでも恐ろしいことだろ。本当ならひと月以上は議論したいくらいなのだが、神というのは自分勝手だ。

だがそれと、魔力供給を目的とした性行為に忌避感を持ったのは別の話だ。

（……告白、か）

――キスは既にしているが、告白はまだ。

どう考えても順序がおかしい。だから気まずかった。こういう順序は大切だと聞いていたから。

だが、迷っている間にダレスティアとロイが告白した。そしてタカトはそれを受け入れた。

アイツらだって身体から関係が始まっている。そういうことには厳しいはずのアイツらが。だから、正直告白していなかった事実にまず驚いた。あれほど魔力供給も兼ねて性行為をしていたのに、まだ恋人じゃなかったのだ。

いや、順序が違うだろ？

思い浮かんだのは、チェシルお嬢様の姿。

幼いながらに抱いていたのだろう淡い恋心は、『淫らな性欲』というやつに砕かれた。それがタカト本来の性質ではないにしろ、タカトにチェシルお嬢様が重なって見えたのだ。

それから俺は『臆病』になってしまった。

（タカトが欲しいのは本当だ。だが、既に恋人が二人もいるのになんて告白すればいいんだよ）

ダレスティアは誰もが認める天才で、容姿も才能も地位も完璧人間。

ロイはとにかく有能で、誰かの足りない部分を補える稀有《けう》な人間。最近はとうとう副団長の地位まで手にした努力家。

それに比べて俺は……魔法の才能はある方だが、それも坊ちゃんには負ける。完璧彼氏二人に勝てる要素が、タカトの好きな耳と尻尾《しっぽ》しか思いつかない、謹慎しまくりの問題児。

「どう考えても、あの中に俺はいらないだろ……」

もういっそ、この自慢の尻尾《しっぽ》を使って落とすか？　俺と恋人になってくれたら毎日もふり放題！

……獣人としての誇りすら失いそうだな。

こんな時に相談に乗ってくれそうな母さんは不在。チェシルお嬢様に会いに行ったサファリファス夫妻に誘われ、親父と一緒にお嬢様のもとに行ってしまっている。

いや、でもそろそろ帰ってくるって言ってた気がするな……。帰ってきたら相談に乗ってもらおう。じゃないといつまでたっても俺はタカトと……できない。できなくはない……が、俺のポリシーが許してくれない。

「あ！　オウカさん!!」

落ち込んでいた俺の耳に、元気な声が突き刺さった。

ついで耳に入ってきたのは、ゴロゴロとワゴンのタイヤが回る音とそれを押す人物の軽い足音。

「子犬。厨房の手伝いか？」

「うん！　昇降機を使って、団長室にお茶を届けてきたんだ！」

髪に隠れそうな犬耳は、彼が嬉しそうに動く度にぴょんぴょんと上下に揺れる。

大きな尻尾《しっぽ》は左右に振られ、その姿はまさしくワンコだ。

身体は年相応に近くなってきても、精神はまだ子どもの域を出ない。けれどその純粋さが俺達の心を癒しまくっている。そんな竜の牙の騎士見習い兼癒し担当の子犬は、得意げに胸を張った。

「ワゴンを使うほどの客が来てるのか？　そんな予定聞いてないぞ」

いくら問題児の俺でも騎士団への来客予定は把握している。確かダレスティアは、ロイの昇進祝いのために買い物に行くと言っていたから、今日はそもそも来客の予定はないはずだ。何かあったのか？

「えっとね、ダレスティアさんと、ロイさんと、タカトと、ダレスティアさんのお父さんと、オウカさんのお父さんがいたよ」

「はぁ!?　親父が!?」

思ってもいなかった人物の出現に、脳がパニックに陥る。

もう帰ってきてたのか？

なんで宿舎に来てるんだ？

なんでリュシアンさんと一緒にいるんだ？

なんで、タカトもその中にいるんだ!?

色々な疑問が瞬時に頭を駆け巡る。しかし次の瞬間、そのすべてが吹っ飛んだ。

「あ、僕、オウカさんの弟になるんだ！　オウカさんのこと、お兄ちゃんって呼んでもいい？」

「……は」

おにいちゃん……？

目の前も脳内も真っ白になった俺は、気が付くといつの間にか団長室の前にいて、扉を蹴破っていた。

◇◇◇◇

「おい親父!!　俺がお兄ちゃんってどういうことだ!?」

「うわあっ!?」

頑丈な団長室の扉を文字通り蹴破って現れたオウカに驚いて、思わず悲鳴を上げてしまった。

言い訳をさせてもらえるなら、部屋の空気が重苦しすぎて緊張がピークに達していたときに、いきなり扉が蹴破られたのだから、悲鳴を上げても仕方がないのだ。

おれが扉の正面の位置にいたこともあり、飛び込んできたオウカと必然的に目が合ってしまう。

そういえば口論になってから顔を合わせてなかったな。

すぐに気まずそうに目を逸らしたオウカに、胸がちくりと痛む。

「オウカ。また扉を壊したら給料から差し引くぞ」

またってことは、前にも団長室の扉を壊したことがあるのか……

ダレスティアの言葉に返事をすることもなく、オウカはラシュドに向かって声を荒らげた。

「クーロを養子にするってことかよ、親父!!　俺は何も聞いてないぞ!?」

「つい先ほど決まったので、知らなくて当然かと」

「さっき!?　急すぎるだろうが！」

「クーロが即断即決でしたから」

「はぁ!?」

うん。クーロが思ったよりだいぶ早く養子の話を受け入れたから、随分と急な展開になったのは間違っていない。だからオウカが知らなくて当然で、むしろその話を知るのが早すぎるくらいだ。

お兄ちゃんと言って入ってきたから、クーロに会ったのかな。

オウカが混乱するのも分かる。

けれど、興奮するあまり問い詰めているはずのラシュドからの反応がないことに気が付いていなかったオウカは、ゆらりと立ち上がった父親の形相に思わず後退った。

もっとも、オウカの言い分としては狼の野性的な本能だと言いたいだろう。けれどつまりは、ラシュドが発していた威圧に屈したのである。

「オウカ……」

「な、なんだよ……」

「俺はお前を、そんなヘタレな男に育てた覚えはないぞ！」

肩を怒《いか》らせながらオウカの前に立ったラシュドは、オウカに頭突きを食らわせた。石がぶつかり合うような重い音が部屋に響く。

「いってぇ!!」

ラシュドの怒りのオーラに勢いを削がれ、防御が間に合わないまま頭突きを受けたオウカは床に崩れ落ち悶絶している。

ラシュドはふんっと荒らげた息を吐きながら、あまりの痛みに悶える息子を仁王立ちして見下ろしている。

「久々に見ました、ラシュド様の頭突き。ラシュド様が竜の尾の団長だった頃、よく躾と言って生意気な新人に行っていましたね」

「私は幼い頃、カーネリアン家に行った際によく見た。あの時とまったく同じ光景だ」

「懐かしいね。ちなみに奥方はよくオウカに拳骨を落としていた」

なんだか和《なご》やかな雰囲気になっているけれど、おれの正面ではまだ修羅場が続いていた。

「お前、男ならさっさとケジメつけろ！　番《つがい》を見つけたらなりふり構わず己のものにするのが俺達狼だろうが！」

「だぁぁぁッ！　自分勝手に番《つがい》にするほうがただの獣《けだもの》じゃねぇか！　だから年々母さんに頭が上がらなくなるんだよ、この古狼《ころう》‼」

「なんだと⁉　俺と母さんは恋愛結婚だ‼」

「周りがドン引くくらい親父が母さんに求愛したもんだから、呆れた母さんが受け入れてくれたって知ってるんだぞ！」

口論が激しくなるほどラシュドの過去が晒されていくのは何故だろうか。

「カーネリアン家は恋愛結婚だったのか政略結婚だったのか、で話題になることが騎士団内でも定期的にありましたが、ラシュド様の仰る通り恋愛結婚なのですか？」

「恋愛結婚だよ。だけどオウカの言うことも間違ってはいない。先に惚れたのはラシュドだ。夫人があまりのしつこさに根負けしたのは私達の世代では有名な話さ。けれど時折社交界で話題になるのは、夫人がラシュドに落ちたことが認められなかった周りの負け犬共の負け惜しみというやつだ」

「夫人はとてもお美しいですからね」

ギャンギャンと喚《わめ》き合う二人の狼を余所《よそ》に、優雅にお茶をたしなんでいる三人の神経は太すぎると思う。おれは親子喧嘩が気になって仕方がないというのに。

どちらにも入ることのできないおれは、三人に倣《なら》って静かにお茶を啜る。

「この色ボケじじい！　いつまで母さんに負担かけさせるつもりだ！」

「まさかチェシルお嬢様の屋敷で強制発情させられるとは思わないだろ！　けれど母さんだって喜んでたんだぞ！　子どもはお前しかできなくて色々言われてずっと悩んできたんだからな！」

しかし、殊更《ことさら》大きいその声におれは思わずお茶を噴き出しそうになった。

団長室でどんな内容の親子喧嘩してるんだと思ったのも束の間、ラシュドの口にした言葉はオウカだけじゃなく、おれ達の時も止めた。

必死に目を泳がせるラシュドの様子から見るに、まだ話すつもりはなかったようだ。けれど、口から出た言葉は戻らない。

「………つまり」

脳がショートしたのか尻尾《しっぽ》の先まで固まってしまったオウカに変わり、ダレスティアがこの場で唯一ティータイムを続行していたリュシアンに目を向けた。

「そう。つまり、オウカはクーロ以外にも弟か妹ができるということだ。良かったな、オウカ。その歳で弟妹《ていまい》ができるなんてなかなかない幸運だぞ」

ああ、事が事だからまだ内密にな。

そう付け加えたリュシアンは好々爺《こうこうや》のような微笑みを見せ、オウカは尻尾《しっぽ》を力なく垂らした。

ラシュドが呟くように話した内容によれば、隣国にいるサファリファスの姉であるチェシルのもとに、彼らの両親であるサファリファス夫妻と一緒にカーネリアン夫妻も行ったのだとか。

そもそもとしてどうしてチェシルが隣国に留学しているのかというと、昨今、獣人の種族の間では血の薄れによって発情しにくい体質の者が増え、女性に至っては子どもができにくい体質の者も多くなったことが関係する。

獣人族には待ちに待った研究ではあるが、とても資金が必要な研究なのだ。

そこで研究の資金源を得るためにも、チェシルは人間にも獣人にも効く発情薬という名の媚薬を試作し、その成果と実証結果を魔術塔の所長でもある父親に見せ、カーネリアン夫妻には獣人に触れ込むためのアドバイスを求めるために呼び寄せたらしい。

しかし、その話し合いの最中に魔法薬が誰かの魔力に反応して軽く爆発するというハプニングが発生。突然の事態だったが、サファリファス夫妻は研究中の事故には慣れているのか咄嗟《とっさ》に防御壁を展開し、二人の周囲にシールドを張って空気中に散った薬からも身を防護した。

しかしカーネリアン夫妻は間に合わず。

結果として、魔法薬の効果を身を以《もっ》て確かめることになったのだとか。

ちなみにチェシルは「ちょうどそろそろ魔力供給しようかと思っていた」とか言って防御するこ

ともなかったそうだ。

「魔法薬の効果は絶大でな……発情していた時間自体は長くなかったんだが、獣人は発情期中は妊娠確率が跳ね上がるから、検査のために向こうに留まっていたんだ。結果は……まぁ、そういうことだ」

「……おめでとう、ございます？」

「……ありがとう」

何と言えばいいか分からなくて、結局出たのはありきたりな言葉だった。

それだけでも少し照れたように笑うラシュドに、おれは胸が温かくなった。

「獣人だから年齢による出産のリスクは人間よりは少ないが、それでも慎重になる必要がある。人間獣人問わず、無条件に出産は命がけだ。オウカ、戸惑っているだろうが、そう深く考える必要はない。家族が増えるというだけだ。……まぁ、君との年齢差があれば君の次の当主になる可能性もあるだろうね」

リュシアンの言葉で、温かくなった胸がすっと冷めていく。

ふと考えてしまった。

神子《みこ》のことがなければ、既にラシュドもリュシアンも孫を抱えていてもいい年齢。そして、おれとのことがなければ、すぐにでも子ども達の縁談を結びたいところだろう。

おれ達を認めると言ったのは嘘ではないと思う。だけど、それでも心の深いところではやっぱりダレスティアの子を望んでいるんじゃないか。

ラシュドだって、跡継ぎがいればいいという話ではないだろう。

好きに生きればいいと言っても、オウカの子を望む気持ちはすぐには消えない。ロイの両親だって、本音は分からない。

そう考えてしまうと、頭の中で思考が堂々巡りになってしまう。

ダレスティアやロイ、オウカはまだリュシアン達と話していたが、おれの耳にその会話はほとんど入ってこなかった。

リュシアン達が帰ったあとも、おれは暗雲が立ち込める胸中を抱えて日々を過ごした。

第四章

「タカト、おはようございます」

「ん……ロイ？」

明るい日差しが部屋へ射し込む。その明るさに促され目を開けた。

「ロイ、今日もかっこいいね……」

「ふふっ。寝ぼけているタカトも可愛いですよ」

寝起きの寝ぼけ眼に超絶イケメンは眩しすぎる。

「んー……っ、おはよう、ロイ。起きた時におれも起こしてくれたら良かったのに」

今しがた起きたおれと違って、ロイは既に騎士団の制服に着替えて身だしなみもばっちりだ。とっくに朝を迎えていることも相まって、自分がいかに自堕落な生活をしているのか実感して、なんだか少し恥ずかしい。

「タカトは身体を休めないといけないでしょう。この一週間は連日が多かったですし」

「神竜が魔力を大量消費しちゃうんだ。大きな容器に水をいっぱい入れておいても、一日経ったらほとんど残ってないって感じ」

少し前まで寝てばかりいた神竜だが、ここ数日は活動を活発化させている。夢の中に現れる彼は、魔力を食べては何かをしているのだけど、忙しいのかあまり話してくれない。

ただ、魔力をもっとちょうだいと言われるだけだ。

神竜にねだられるせいで、ダレスティアとロイにも負担をかけてしまっている。

時間がある時は魔力を取られすぎないように二人一緒に魔力供給をしてくれるが、最近は竜王の儀も近付いていることもあってかなり忙しそうで、片方ずつとしかできていない。

「ダレスティア団長と一緒なら、もっとタカトを可愛がることもできるのですが……」

「そ、そっちは一人でも十分だよ……はは」

ダレスティアもロイも、そっちのスキルも高すぎておれはよがりまくりなのだ。正直相手がどっちか一人でも激しい。なのに、二人一緒だと余裕ができるのかおれを焦らしたりしてきて、おれはもう魔力供給どころか快楽に溺れまくって、気が付いたら朝ということも少なくない。

昨日なんか、夢で会った神竜と久しぶりに話したかと思えば「気持ち良さそうでなによりだね」ってニマニマしながら言われて……恥ずかしすぎて気絶するかと思ったよ。

「多分、そろそろ魂移しが近いんだと思う。貴音に会った時に竜王も出てきてくれたんだけど、卵を気を付けて見ておけって言われた」

「見る限りは変わりがないように思えますが、サファリファス殿によれば魔力が高まってきているんでしたね」

「うん。だから竜王は卵を肌身離さず持ってろって言いたいんだと思うけど……」

「少し、大きいですね」

神竜の卵は持ち歩くにはちょっと大きい。あと、単純に落としたりぶつけたりとかのリスクを考えると、そもそも持ち歩くのが怖い。

ロイも同じことを思ったのか、顔を見合わせて苦笑した。

先日卵を見に来たサファリファスは、卵の中に高魔力の塊のようなものを感じると言っていた。それが魂と関係あるのかもしれない。なんにせよ、おそらく確実に、魂を移す時は近い。

「そういえば、竜王の儀の準備は順調なの？」

「ええ。王都と王宮、国境の警備の配備は整っています。ゼナード伯爵についても、竜の眼に極秘に協力を依頼していて、最新の動向を逐一報告していただいています」

「そっか。ただでさえ忙しいのに、おれのことでごめん」

「タカトが謝ることではありません。伯爵のことも、これまで対処のしようがないと放置していたツケが回ってきたのです。それに意外と今が良い時期なのです」

こんな忙しい時がゼナード伯爵を捕まえるのに良い時期？

おれは相当疑問に思っている顔をしていたんだろう。ロイはクスっと笑うと、まずは身支度を整えましょうかと、おれの頭を撫でた。

「良い時期というのは、他の騎士団との会議が多い時期ということです。ゼナード伯爵ほどの人物となると、その罪を暴くことも逃走を阻むことも難しくなります。加えて、王命でもない限り騎士団総出で一つの案件に取りかかることは不可能と言えるでしょう。私達は遠征任務がほとんどですが、王都や王宮の巡回も行っていますから」

「書類仕事もあるし、訓練もあるしね」

「はい。そうなると他の騎士団とも協力する必要があるのですが、我々はあまり他の騎士団と関わることがありません。竜の眼は諜報活動が担当なので例外ですが、竜の尾とはアルシャのような特別な理由がない限り協力を要請しません。大抵自分達でどうにかなることが多いので」

「竜の尾は獣人の騎士団だよね」

獣人だけの騎士団。つまり、もふもふがいっぱい？

おれが想像したことが分かったのか、ロイはおれの頬を軽く摘まんだ。

「もふもふが大好きなタカトには残念な事実ですが、あそこはもふもふというよりもムキムキです」

「ムキムキ……」

「はい。ですからあの騎士団の団員にはもふもふを期待しないでくださいね」

ムキムキかぁ……

ひっそりとおれのもふもふパラダイスの夢が遠ざかっていった。

「普段他の騎士団と協力することがない私達が急に他の騎士団に協力を要請すれば、ゼナード伯爵の耳に入る可能性が高くなります。彼はかなり警戒心が高く、慎重です。普段と違う行動をすれば、たとえ自分に関係がなくとも雲隠れするでしょう。今回は関わりが皆無とも言える近衛騎士団にも協力を仰ぐ必要がありましたから、竜王の儀の警備体制の会議がなければ、今頃伯爵に感付かれて逃げられていたでしょうね」

「そっか。アルシャに対竜用の武器を送っていたことがおれ達にバレてることを前提にして、もっと警戒心が高まってるだろうし」

「そうです。ですから、今が伯爵の罪を暴く良い機会なのです」

なかなか尻尾《しっぽ》を出さない蛇が尻尾《しっぽ》を出したのだ。もしかしたら二度とこんな機会はないかもしれない。そう思うとこれほどのチャンスを使わない手はないだろう。なにしろ、王族まで関わっているのだから。

打倒、悪徳貴族だ。

「さてタカト、朝食を食べに行きましょうか」

まさに手取り足取り、ロイにされるがままお貴族様のように身なりを整えてもらったおれのお腹が、朝食と聞いてくぅと鳴いた。

恥ずかしさを誤魔化すために、咳払いをしてロイを見上げる。

……笑うな！

熱くなった顔をそのままに、ロイに卵を抱えてもらって、食堂へ向かう。

フェロモンのことを考えれば人が多く集まる食堂じゃなくて部屋で食べたほうがいいんだけど、アルシャではずっと部屋でご飯を食べていたから、一人のご飯に飽きてしまったのだ。久々に食堂で食べたい。

そうお願いしてロイに連れてきてもらった食堂は、卵のために他の人と食事の時間をずらしてもらったから広々として貸し切り状態で……あれ？

「オウカ？」

「……よう」

オウカが食事をするでもなく、所在なさげに椅子に座っていた。

オウカに会うのはラシュドとリュシアンが来た日以来だ。あれからすぐ、オウカは一度家に帰ったらしい。

クーロのこと、新しい弟妹《ていまい》のこと。

そしておれのこと。

アイツはきちんと話をするべきだと思ったのだろうとダレスティアは言っていたが、そんな彼も、昨日は家に帰っていた。

あれほど帰る気配がなかったというのに今になって帰ったのは、オウカに触発されたからだろうか。

本人は「そろそろ顔を出さないと父上と会う以上に面倒なことが起きるかもしれないな。少し母上に顔を見せてくる」なんて言っていたけれど。

「なんか、久しぶりだね……」

「そう、だな。家で色々話してきたんだ。……息子としてじゃなく、いい歳した大人の男だと思って話をしてくれってな。まぁ、そのお陰でまとまった話し合いができた」

「そっか」

その話し合いで、何が決まったのかは分からない。だけど、話すオウカの顔は穏やかだから、多分彼の納得のいく結果を得たのだろう。

「貴族って面倒くさいですね」

おれと自身の分の食事を受け取りに行ってくれていたロイが、そんなことを言いながら戻ってきた。珍しく、歯に衣着せぬ言い方だ。

「お前だって一応貴族だろ」

「父親の爵位は私とは関係ありませんので、姓を家族として得ている以外は庶民と変わりません。もし国王陛下から私個人に爵位をいただいたとしても、血筋は庶民ですから。でも正直、そんな煩わしいものがなくて良かったと思いました」

「……その話題、ダレスティアにも喧嘩売ってることになるぞ」

「単なる事実ですから」

「お前、ほんと精神が図太くなったな……」

「ありがとうございます」

「褒めてねぇよ」

元々オウカへの当たりが強かったロイだけど、最近は何やら思うところがあるらしく、更に当たりがきつくなっている。オウカ、こんなにロイを不機嫌にさせるなんて、一体何をやらかしたんだろう。思わず問い詰めるような目で見てしまった。

「………」

しかし、目を逸らされた。

「タカト、食事を終えたら護衛はオウカ副団長に引き継ぎます。私は竜の眼との会議がありますので」

「あ、うん、分かった。でも、ちゃんと休憩はしないとダメだよ」

「はい。分かってます。オウカ副団長、最近神竜は魔力の消費が激しいようです。もし緊急で魔力供給が必要な場合は、竜舎の横の倉庫を使えるようにしてあります。……分かってますよね？」

「ああ。もうそのことは俺の中で答えが出てる。心配かけたな」

「心配だったのはタカトです。貴方にはむしろ、怒りしか感じていませんでした。貴方の事情も分かっていましたが、素直に納得できるかどうかは違う話でしたので」

一体何の話だろ。魔力供給の話かと思ったけど、違うのかな。

「それでは、私は先に失礼します。タカト、何かありましたら呼んでください。オウカ副団長も」

「うん」

「分かってるよ。ロイ副団長」

「貴方からそう呼ばれるなんて、なんだかくすぐったいですね……」

オウカにロイ副団長と呼ばれて照れてしまったことが不覚だったのか、ロイは足早に食堂を出て行ってしまった。

その後ろ姿を微笑ましく思いながら見送っていると、ちょいちょいと頬を突《つつ》かれた。

「ん？」

顔の向きを戻すと、オウカがおれをじっと見ている。

「な、なに？」

「いや……その、この前の」

「この前？」

「親父が来た時の話だ。跡継ぎとかそういうの」

「あぁ……」

――跡継ぎ。

あの日から、考えない日はない。

ロイはガレイダス家やカーネリアン家の跡継ぎについて、おれが悩んでいることに気が付いたようで、子どもを持つも持たないも個人の選択ですからと言ってよく慰めてくれていた。

さっきの貴族が面倒くさいという話も、ロイとしては本心なんだろう。

いつだか、跡継ぎやら血筋やらばかりを気にする貴族はあんまり好きにはなれません、と言っていたことがある。

もちろん、それが貴族に対する理解はあれど、完全には理解し難いものだとも。

庶民にそんな煩わしいものがなくて良かったと呟いたときの表情は、しがらみに囚われる貴族を憐れむような、そんな顔だった。

「親父とも、母さんとも話した。二人とも、俺の好きにしたらいいと言ってくれた。もちろん、俺は元からそのつもりだ。選んだ番《つがい》が誰であろうとも、自分の懐に入れるつもりで生きてきたからな。だけど、親族がうるさかった。ロイが言った貴族の面倒なところだな」

そう苦笑するオウカは、本当に跡継ぎについては解決したようだ。だけど、おれの悩みはそれだけじゃない。

「好きにって言うけど、やっぱりラシュドさんもオウカの子どもは見たいと思うんだ」

「それこそ、俺の自由だ」

「っ！」

はっきりと断言されたその言葉は、オウカが得た答えなのかもしれない。

「元々、俺は相手が女だろうと子どもは期待してなかった。獣人の繁殖力が落ちている今、人間よりも子どもを授かることが難しい。これは相手が人間であっても当てはまる」

どうやら獣人の間では、この問題はかなり厳しいものらしい。男は生殖能力が落ち、女は妊娠能力が落ちている。そして妊娠確率は、相手が獣人だろうと人間だろうとかなり低い。

「俺も発情期なんか身体が大人になった時の一回しか経験したことがない。だからそもそも、俺の子どもが生まれる可能性は低いのは、親父も母さんも分かっている。母さんが同じなんだが、そのせいで色々と親族に言われていた。だから親父も母さんも、俺が幸せならそれでいいと言っていた」

――そんで、俺もそう思った。

オウカの手が、テーブルに置かれていた俺の手を握った。

「俺も、俺が望む幸せを手に入れることが何より大切だと気が付いた。だからタカト、言わせてくれ」

最近はずっと逸らされていたオウカの視線が、おれを真っ直ぐ見つめて離さない。捕まってしまうと、逃れることができなかった。

「お前が好きだ。ダレスティアには魔法以外では負けるし、ロイにはおちょくられる始末だ。だけど、お前の側にいさせてほしい。俺の番《つがい》になってほしい」

精一杯の言葉で伝えてきていることが分かる。自分を下げる言葉に、やっぱりヘタレだなぁと思うけれど、それすらも愛しい。

「おれの恋人になってくれ」

ぎゅっと握られたままのおれの手に、熱い体温が伝わってくる。

ヘタレ狼にとっては、一世一代の告白だったんだろう。そしてその告白は、ちゃんとおれの胸に刺さっていた。

「オウカ」

「お、おう！」

「おれも、オウカが好き。おれの恋人になってください」

「っ！」

ピンっと立った耳と背中の後ろに見える揺れる尻尾《しっぽ》が可愛すぎて、おれは思わずオウカの頭を撫でていた。

「なっ!?　や、やめろ！　恥ずかしいだろ！」

「えー？　でも食堂で食事中にいきなり告白するほうが恥ずかしくない？」

「あ……」

オウカは本気で忘れていたらしい。

ここが食堂で、おれは食事中。告白するにはあまりないシチュエーションだ。

厨房の人が近くにいなかったことが救いだな。

「貴音ならやり直しさせられるね」

「……自主的にやり直すのはありか？」

「だめ。もう告白されちゃったもん」

「〜〜〜〜っ!!」

オウカは耐えきれないと言うようにテーブルに突っ伏した。おれはとうとう堪えきれなくなって、しばらく笑いに身体を震わせていた。

「あー……こんな告白したなんて知られたら、またダレスティアとロイに睨まれるか笑われる。絶対に言うなよ？　特にロイには！」

「ははっ。分かったよ」

どうしてもロイには知られたくないらしい。それにしてもオウカは、まるでロイに弱みでも握られているかのようだ。……もしかしたら、本当に握られていたりして。

「そういや、ロイに聞いたがもうすぐってことか？」

オウカは一つ咳払いをして、机の置かれている神竜の卵を見ながら話題をずらした。オウカは魔力が多いから、サファリファスと同じように卵の中にある魔力の塊が見えているのかもしれない。

「うん。多分そうなんだと思う」

「体調に変化はあるか？」

「今のところはないかな」

大量の魔力が必要となるからには、おれの身体にも魔力不足の症状が出てもおかしくないと心配していた。だけど、今のところ危惧していたような体調不良はない。

おれが倒れたら元も子もないから、神竜が上手く調整してるんだと思う。

「そろそろ行くか？」

「うん」

食器を片付ける時に厨房の人達に食事のお礼を伝えると、みんな笑顔で応えてくれた。この宿舎にいる人達はみんな優しい。

「あ、クーは今カーネリアン家にいるんだっけ」

「ああ。昨日ダレスティアが連れてきた。緊張してたが、持ち前の子犬らしさで母さんだけじゃなく家の連中にすぐ可愛がられてたぞ」

「流石《さすが》だなぁ。でもよかったよ。オウカの家族だってこともあるけど、カーネリアン家の養子になるって話はあの子の夢のためになると思ったんだ」

「夢？」

「うん。オウカみたいな魔法も剣もできる竜騎士になるって言ったんだよ。獣人で竜騎士はあまりいないんでしょ？　カーネリアン家だったら魔法も剣も学べるし、貴族だから騎士への道も近付きやすい。獣人家系なのも、クーが馴染《なじ》みやすくていい。もちろんクーの気持ち次第だけどね」

でも正直なところ、クーロは悩みはするけど断らないだろうなとは思っていた。

カーネリアン家がどんな貴族かは知らなかっただろうけど、オウカの家族になれるというのは、クーロにとって嬉しいことだったんだと思う。

だから即断即決だったのかもしれない。

「これからは師匠だけじゃなくてお兄ちゃんにもなるんだから、問題児は卒業しなきゃだよ」

「う……俺だって好きで謹慎処分ばっか受けてるわけじゃないんだぞ」

「そのうち副団長から降格させられるかもよ？　ロイも副団長になったんだし」

「アイツの部下とかぜってぇやだ」

想像したのか全力で嫌がるオウカの顔に、しばらく笑いが止まらなかった。笑いが収まらないまま仏頂面のオウカを連れて竜舎の入口に着くと、中が何やら騒がしい。

「何かあったのかな」

「俺が開けるから、お前は卵をしっかり抱えておけよ」

「うん」

慎重にオウカが扉を開ける。がやがやとした雑音がそれぞれ竜達の言葉だと理解したとき、おれは思わず固まった。

「竜達が騒いでるのか？　珍しいな。おい、どうしたんだ？」

「そ、それが、私達にもよく分からないんです。早朝の餌の時間からそわそわしていたんですが、ついさっき急に全頭騒ぎ始めて……」

竜舎の飼育担当達も何が起きたか分かっていないらしい。専門家を呼びに行っているという言葉にオウカも彼らを待ったほうがいいと判断したようだ。

おれを振り返ったオウカは、突然ぎょっとした表情でおれの両肩を掴んだ。

「おい、どうした⁉　顔が真っ赤だぞ！」

「え？」

「竜達に影響されたのか？　魔力不足か？　とりあえず部屋に……」

「や、大丈夫！　大丈夫だから！」

「大丈夫じゃないほど顔が赤いんだよ！」

確かにおれは真っ赤になっている自覚がある。だけどそれは体調のせいじゃない。竜達に影響されたのは間違いないけど。

「これはその……と、とりあえず竜の専門家の人達が来てくれれば分かることだから！」

「は？」

「うう……頭に直接聞こえるせいで、耳を塞いでも意味がないじゃん……」

戸惑うオウカを放って、おれはただこの状況が理解できるだろう専門家の到着をこの場の誰よりも切実に待っていた。

「さっきからずっとこんな様子で……」

気を紛らわすために卵をぎゅっと抱きしめて座っていたおれの耳は、到着したらしい専門家に状況を説明する飼育係の声に顔を上げた。

救世主とばかりに詰め寄られてる彼は、先ほどよりも更に落ち着きがなくなっている竜達を観察していた。ぐるっと竜舎を見渡したあと、座り込んでいるおれと、おれに手を握られて動けなくなっているオウカを見つけると目を見開き、駆け寄ってきた。

「タカト様、どうされました⁉」

「竜舎に入った途端に顔を赤くして座り込んじまったんだ。部屋に戻そうとしても大丈夫だの一点張りで、お前が来るまで待つと言って聞かない」

「そうですか……。タカト様のお身体にも、卵にも影響はありませんか？」

「うん。これは体調じゃなくて、その……」

思わず言葉を濁すおれを、二対の目が心配そうに見ている。これ以上心配をかけさせるのも申し訳ないと思ったおれは、諦めて口を開いた。

「その、ガロンさん。おれ、竜の言葉が分かるんです。それで、えっと……」

「竜の言葉が分かる……⁉」

神竜の卵のために呼んだ竜の専門家、ガロン。彼は神竜のこともおれの体質のことも、秘密を守ることを魔法で契約したうえで知らされている。だから、竜の言葉が分かることを伝えても大丈夫な人だ。

そして、それを聞いておれの状況を詳しく言葉にしなくても分かる人。彼は、気まずそうにと言うか、憐れむような目でおれを見た。分かってくれたか……

「えっと、それはお気の毒、ですね……」

「うっ……」

「ちなみになんですが、彼らは今なんと？」

おれは言いたくなかったが、それを聞かれれば竜達のためにも伝えるしかなかった。

「……番《つが》いたいと。番《つが》いたい相手のことを呼んで、あれやこれや言っています」

あれやこれやとは、まぁ、プロポーズみたいなものだ。だいぶ求愛表現が過激だけど。

モブおじみたいなこと言ってる奴もいるし、やたら甘い言葉を叫んでる奴もいる。

そんなパリピの合コン会場みたいになっている竜舎でずっとそんな言葉を聞き続けて参っていたおれは、オウカに肩にポンっと慰めるように手を置かれて、思わず抱えた卵に顔をうずめた。精神的に辛い……！

「オウカ副団長。この竜舎の近くでここにいる竜達を放せる場所はありますか？」

「は？　放すって一体何をするつもりなんだ」

「竜達は発情しています。一斉になっていることを考えると、発情期です。竜王陛下が仰っていた環境作りが整ったのでしょう」

最後の台詞はおれとオウカにだけ聞こえるように言ったため、他の人達は発情期という言葉にだけ騒《ざわ》めいていた。どうやらこの竜舎での発情期というのは前代未聞らしい。

「この鳴き声は求愛の声です。まだ発情が始まったばかりですが、このままですと檻を破壊しかねません。すぐに彼らを広い場所に放す必要がありますが、こんな急となると場所が見つかるのかどうか……」

「ここらでコイツらを放せる場所となると、訓練所しかないな……。誰か、ロイに知らせてきてくれ。俺の名前を出せば会議中だとしても対応してくれる」

「わ、分かりました！」

一人が宿舎に駆け出していった。その間にも、オウカは指示を出していく。

「竜達を檻から出せる準備をしておけ。ただし、まだ開けるなよ」

「は、はい！」

「竜は雌雄を決める時に争う可能性がありますからね。しかし、彼らの生殖行為自体はそこまで激しくはありませんよ」

「え、そうなんですか？」

「はい。雌側が卵を産むために交尾をする必要があるだけで、彼らにとっての生殖行為は主に番《つがい》の契約と魔力の交換を目的としています。その際にマウンティングが発生し争うので、よく家屋が被害に遭うのです」

ガロンは一つため息を吐いた。

「竜が発情期になると大半は相性が良い者同士で番《つがい》になります。本来であれば発情の兆候が出たら変な場所で行為を行わないようにすぐに準備をするのですが、今回は事前の兆候もなかったので準備ができていません。一斉に外に出してしまえばそこらへんで致してしまう可能性があります」

「予定では、兆候が出たら俺達が竜に乗って移動させることになっていた。だが、興奮している状態では乗るのは危険だ。どうやって移動させる？　竜専用の馬車はこれだけの数は用意できないぞ」

ガロンに竜の生態について聞いたとき、繁殖期の話になった。

だから発情の兆候が出たらと事前に対応を決めていたのに、まさか急に発情期になるとは誰も思わなかった。

もしかしたら、この状態に持ち込んだ竜王だけは分かっていたのかもしれないが、今から文句を言いに行くわけにもいかない。

おれは立ち上がってオウカの服の袖を引っ張った。

「オウカ。おれが竜にお願いするよ。訓練場に移動してくれって」

おれの提案に驚いた表情をしたオウカは、竜達を一瞥すると顔を顰《しか》めた。

「いくらお前でも今のアイツらに声が届くとは思えないぞ。興奮状態だから聞く耳を持たないだろ」

「流石《さすが》にこれだけの竜達にお願いするのが無謀だってことは分かってるよ。おれがお願いするのはルースだけ」

「ルースって……」

実はこの発情パリピ軍団みたいになっている竜達の中で一頭だけ無の境地に至っている竜がいるのだ。ダレスティアの相棒で、竜の牙の竜達のリーダー。

「ルース。おれの声聞こえる？」

『うむ？　主の番《つがい》か。聞こえているぞ』

目を瞑って座っていたルースは、おれが檻に近付いて声をかけるとのっそりと頭をもたげた。その姿はこの状況では不思議なくらいにいつも通りだ。

「ルースは発情してないの？」

『番《つが》いたいと思う相手がいないのでな。それに、任務の際に発情しては主に迷惑がかかってしまうではないか。長として、この程度の発情など鎮められなければならない』

「タカト様。彼はなんと？」

その名の通り竜達の王と言える竜王によって引き起こされたとされる発情を、精神力で抑え込むとは……流石《さすが》はダレスティアの竜。

おれはあっけに取られてしまう。

そんな動物として本来は抑えることが不可能な本能を抑え込んでしまった規格外の竜の言葉を、キラキラとした目でおれを見るガロンにどう伝えようかと少しだけ悩んだ。

ただ、今さらぼかしたところで意味はないと、そのまま伝えることにした。

「発情を精神力で抑え込んでいる？　まさかそんな……」

「でも、本当みたいです。ルースは嘘をつくような性格ではありません」

そんな荒業におれ達が困惑しているのを余所《よそ》に、ルースはどこまでもマイペースだった。

『腹が減った』

「え？　あ、オウカ、竜達の食事ってどうなってる？」

「食事？　朝の餌を食べてからそう時間は経ってないと思うが」

「でもルースはお腹空いたって言ってる」

「こんな時でも食欲かよ」

「食欲……それです!!」

「うおっ!?」

呆れたように呟いたオウカの言葉に食いついたのはガロンだった。

「この竜は、性欲を食欲に変換しているんです!!」

「へ、変換？」

「はい！　動物の三大欲求は食欲・性欲・睡眠欲。性欲に負けたくないこの竜は、湧き上がる性欲を自己暗示で食欲だと身体に思い込ませているんです！」

おれとオウカは目を見合わせた。ガロンの言う通りであれば、ルースはもはや竜という枠では収まらないほどの知力と精神力を持っていることになる。

「そして食欲が満たされれば、次は睡眠欲へと変換するのだと思います！」

「え、寝られたら困る！」

頼みたいことはルースにしかできないことなのに！

おれは慌ててルースを仰ぎ見た。

「ルース！　頼みがあるんだ！」

『腹が減ったのだ。食事のあとで頼む』

「今じゃないと駄目なの！　いつもより食事の量多くしてもらうからさぁ！」

『ふむ……頼みとは？』

交渉成立！

おれはオウカに目配せする。オウカは頷いて、ルースの餌を持ってくるように指示を出してくれた。ちゃんと、量多めで。

「この竜舎にいる竜達はルース以外みんな発情期に入っちゃってるんだけど、ここだと場所が悪いんだ」

『……確かに、ここでは難しいだろうな』

「彼らに訓練場まで移動してもらいたいんだよ。おれ達じゃ、今の彼らに指示を出しても聞いてくれない。だけど、群れの長であるルースなら彼らを誘導できるだろ？」

訓練場の使用許可はロイがすぐに取ってくれたみたい。彼はそのまま訓練場で竜達を見守るとのこと。一応事前に訓練場の管理者と話し合いはしていたけれど、何かあったら大変だもんな。

『……そうさなぁ』

ルースは発情期真っ最中の仲間達を見渡すと、その目を閉じた。

『……良いだろう。このままでは盛ったこやつらがここを破壊しかねない。そうなれば主にも迷惑がかかってしまう。それは皆、本意ではないだろう。獣のように盛って己の住処を破壊したとなれば、こやつらの矜持《きょうじ》も多少は傷つくかもしれぬしな』

そう呟いたルースは、目を開きおれを見るとにんまりと目を細めた。

『何より、これ以上手を煩わせるわけにもいかないようだ。応援しているぞ』

「な、何を？」

おれの疑問に答えることはなく、ルースはその大きな身体を起こした。

『食事はこやつらを移動させてからゆっくりといただこう』

息を吸い込む音がこの騒がしい中でもよく聞こえてくる。おれは慌ててみんなに耳を塞ぐように言った。その瞬間、身体全体を震わせるほどの咆哮が響き渡った。

「うっ……」

しんっ……と音が消えたような錯覚を起こすほど静まり返った竜舎で、ルースの鼻息だけが響いていた。

「す、すごっ……あれ？」

呟いた声がおかしな風に聞こえる。どうやら耳が負けてしまったらしい。まるでプールに入ったあとみたいだ。

どうにもならないけどとりあえず耳を弄っていると、大きな手が耳を包んできた。

「オウカ？」

「じっとしてろ。耳がやられたんだろ？　治してやる」

オウカの手から温かい何かがおれの耳の中に入ってきた。奥がじんわりと熱くなってなんだか気持ちがいいなと思ったら、手をすんなりと外されてしまった。

「どうだ？」

「えーっと……大丈夫っぽい！」

「ならいい。アイツらも興奮が収まったようだ」

オウカの視線の先にあるのは、ルースの咆哮によってまるで夢から醒めたかのような様子で戸惑っている竜達の姿。戸惑いながらも、全員ルースを窺《うかが》うように見ている。

やはりルースは彼らのヒエラルキーの頂点に君臨しているだけある。

「あれだけの一喝を受ければ、興奮も冷めるか」

「まさか言うことを聞かせる方法があんなだとは思わなかったよ。近所迷惑どころじゃないよね……苦情来たらどうしよう」

「それは問題ない。ダレスティアとロイと話し合って、俺が家に帰る前に防音魔法を事前に竜舎にかけておいたんだ。もしかしたら発情期が起きると騒がしくなるかもしれないと思ってな。外には一切聞こえていないはずだ」

「いつのまにそんな話を……でも助かったぁ！　ありがと……っ！」

油断してたところに、さっきほどじゃないけど大きめの咆哮がまた一発入った。

竜達はみんな萎縮している。おれ以外は竜の言葉が分からないから、ただルースが怒っているだけに見えるだろうけど、実はなかなかに煽っているのだ。

矜持《きょうじ》が高いだろう竜達に、言葉の刃が刺さっていくのが見えるようだ。羞恥心のあまり意識が遠のいていているような竜もいる。これはキツイ……。ちょっと可哀想に思えてきた。

『主ぃ……』

「ダイ」

オウカ立っていた場所のすぐ近くに、オウカの竜であるダイがいたらしい。彼はグルゥ……と弱々しく喉を鳴らしている。どうやらルースの一喝はかなり効いたらしい。

「ごめんねって言ってるんだ」

「あぁ……ま、仕方ないわな」

オウカは苦笑しながら、檻の隙間から突き出されていたダイの鼻を撫でた。

『まったく……さて、分かったら訓練場に着くまで理性を保つのだ。もしそれすらも我慢できず性欲に負けようものなら、腹の足しにしてくれよう』

ふしゅーっと鼻息荒く説教を終えたルースが、おれを見下ろした。その目に頷きを返す。

ルース様様《さまさま》だ。

「もう大丈夫。訓練場まで自分達で飛んで行ってくれるよ。外に出して」

「え、ですが騎士が乗っていないのに外に出すわけには……」

普通はそうだよね。オウカとガロン以外には、おれが単にルースに話しかけていたようにしか見えなかったんだから。ルースの叫びも、騒がしさに怒ってのことだと思っているかもしれない。

「心配するな。ロイも向こうで待機してる。責任は俺達にあるから、開けてくれ」

「わ、分かりました！」

オウカに促され、竜舎の人達は慌てて外に出て行った。

少しして外側から竜達の檻の扉が開けられていく。落ち着きを取り戻した竜達は、それぞれ竜の牙の所属を示す胴輪を付けられると、外へと飛び出していった。

力強く空を羽ばたく音が聞こえる。

「ここから訓練場まですぐだ。ロイも監視しているし、もう大丈夫だろう」

「うん」

『タカト』

「あ、メイア」

おれの名前を呼ぶ声に振り返ると、メイアがおれを見ていた。いつも気が強い子なのに、今はダイと同じようにしょぼくれていた。

『私、ちゃんとみんなが訓練場に入るまで見張ってる。だから任せて！』

名誉挽回とばかりに決意に満ちた目でそう力強く宣言するメイアに、おれは笑顔で頷いた。

「ありがとう。心強いよ。ロイも誇らしいと思う」

『当然よ！　じゃあね、タカト！　タカトも頑張ってね！』

元気に外に飛び出していったメイアは、ルースと同じことを口にして飛び立ってしまった。嫌な予感しかしない言葉を残して。

「だから、何を頑張るんだ？」

その言葉の真意を聞こうとルースを見上げた瞬間、ドクン……っと心臓が大きく高鳴った。そして、急激に熱が上がるような感覚に襲われる。

視界が歪み、足元がふらつく。誰かがおれの肩を掴んで支えてくれた。

「タカト？　どうした⁉」

「オウカ……」

抱えた卵が転げ落ちないように支えてくれた手から伝わる熱にさえも、身体が反応している。だいぶ、久しぶりだ。

「タカト様、大丈夫ですか⁉」

「だ、大丈夫です……」

ガロンさんには大丈夫と返したけれど、本当は大丈夫じゃない。

おれは、顔の横にあったオウカの耳に口を寄せた。

「おれも、発情しちゃった、みたい……」

オウカのぽかんとした顔が一気に赤く染まっていく。それがなんだか面白いと、ぼんやり思った一瞬の間に、おれの身体は抱えられていた。

「俺達は倉庫に行く。しばらく誰も近付くな。報告も指示も、通信機器でロイに繋げ！」

早口で指示をすると、彼らの返事も聞かずにオウカはおれを抱えたまま外に飛び出した。

駆けているのに、身体に振動がそんなに来ない。卵もしっかりと持ってくれている。

大切に、されている……のぼせた頭でそんなことを思っては、自分で自分の熱を上げていた。

「タカト、聞こえるか？」

「ん……」

荒々しく蹴破られた扉とは対照的に、ゆっくりと丁寧にベッドに横たえられる。目を開けると、オウカが何やらゴソゴソとベッド脇の棚を漁っていた。

「オウカ？」

「ちょっと待ってろ。先に水を用意してくる。すぐに戻るから」

声をかけると、不自然なほど早口で言って部屋を出ていってしまった。

すぐ側に井戸があるのは知っている。この前「突然発情した時用に作りました」と言われて倉庫を部屋に改良したここをロイと見に来た時に、井戸があるのを見たから。

使わなかったらそのまま仮眠室になるだけだからと言っていたロイだけど、まさか本当にここをこんなに早く使うことになるとは思わなかっただろうな。

「タカト。大丈夫か？」

「うん……大丈夫だけど、熱い……」

気が付いたらオウカが心配そうにおれを見ていた。身体の熱さで意識が朦朧《もうろう》としていたようだ。服もいつの間にか、はだけられていた。

ベッドの横に膝をついておれの頬を恐る恐る撫でているオウカは、眉尻を下げながら耳をぺしょっと伏せていて、なんだか飼い主が寝込んでいるときの犬のようだ。

その姿を可愛いと思うと同時に、頬に触れる手の大きさに男を意識して、身体の奥が濡れる感覚がした。

「ね、オウカ……欲しいよ」

「っ！　ほ、欲しいって」

「オウカの、それ……」

それ、と視線を向けた先には、ズボンの上からでも分かる硬くいきり立った男根。おれの発情に引きずられたのか、オウカも興奮しているようだ。

けれどなんだか怖気付いている。手を出すか出さないか。手を伸ばしてはひっこめている。

……こんのヘタレ狼め。

「オウカ、ちょうだい……？」

「ぐっ……！　でも」

「もう恋人同士なんだから、さ」

「ついさっき告白したばっか――」

「おれがいいって言ってるの！」

何にビビっているのか分からないけれど、身体は熱いし、欲しいものがそこにあるのにくれないことでイラっとくるしで、おれも我慢の限界だった。

「うわっ！」

「おれはもう、オウカのものなんだよ！」

オウカの腕を引っ張っておれの上に圧《の》し掛《か》からせた。そして近付いた唇にキスをして、驚いて開いた口に舌を潜り込ませる。

必死に犬歯を舐めて、大きな舌に甘えるように自分の舌を擦りつける。

いつもキスはダレスティアとロイ任せだから、彼らの動きを真似てみたけれど稚拙なキスだということは分かる。その羞恥も気付かないふりをして、おれは必死にオウカの唇に食らいついた。

「んッ！」

されるがままになっていたオウカが動いたのは、突然だった。

好き勝手に動かしていたおれの舌を捕まえると、おれの口の中に舌を入れてきた。舌で舌を扱くように動かされて、まるで感覚が繋がっているかのようにおれのモノがズボンの中でビクついた。

その様子を見ていたオウカはキスをしたまま目を細めて、おれのズボンを荒々しくパンツと一緒にはぎ取った。そしてとろとろと蜜を零《こぼ》して濡れそぼる陰茎を、その大きな手で握ってくる。けれど握るだけで、扱きもしない。ただ、力を込めては緩めてといった刺激を与えてくる。

「んんー！　ふ、は、ぁ、んぐッ」

舌は相変わらずおれの舌を疑似性器として扱いてくるのに、実際のおれの陰茎は柔く握るだけ。

その倒錯的な快感はおれをふにゃふにゃに蕩《とろ》けさせた。

「んはぁっ……はぁ、はぁ」

「はっ……お前は俺のものだが、俺だけのものじゃないだろ」

「んウ……やっぱり、いやだ？」

狼の番《つがい》の絆は強い。雄は伴侶と決めた雌に対して深すぎる愛情を捧げる。

だから、他の雄のものでもあるおれは、やっぱり駄目だっただろうか。

目が涙で潤む。それが快楽によるものなのか、悲しみによるものなのか分からなかった。

「いや……むしろ燃える」

「え……あッ！」

「アイツらよりも良い雄だって分からせてやる」

何がオウカを吹っ切れさせたのかは分からない。だけど、おれを組み敷く今のオウカはまさしく狼そのものだった。おれはそんなオウカに笑みを浮かべて腕を伸ばした。

ようやく、おれのオウカになった。

零《こぼ》れた涙は嬉し涙で、頬を伝ってシーツに一滴の染みを作った。

「ああッ……！　ひ、っあ、ん、あァ!!」

「グ……なんだ、この中ッ、熱くてヌルついてて、腰が止まらねぇ……！」

「う、あッ、は、はげしッ、ああ……！」

丹念に解《ほぐ》された後ろに突き立てられたソレは、太くて大きくて荒々しい。だけどその雄々しさに似合わない丁寧さでおれの中に入ってきた男根は、今は雄の本能に従って柔らかい肉壁を犯している。

「ぅ……もう、出るッ……ヤバすぎだろ、お前の中……！」

「んぁッ、ハ、う、おれの、なかッ、だけ……？」

「全部に決まってんだろ！」

「ああッ!!」

怒ったように犬歯を剥き出しにして腰の動きを更に激しくしたオウカは、唐突に中から引き抜くとおれの身体をひっくり返した。そしてまた奥まで突き刺してきた。

後ろからの挿入で当たる位置が変わり、さらに快楽に溺れていく。

おれの腰を後ろから痛いほど掴んでピストンを繰り返すオウカと、快楽に溺れるままに腰を自ら持ち上げて彼の腰に押しつけるおれ。まるで獣の交尾のようだ。

「うッ、タカトっ！」

「ひ、っあ、あッ、いッ、ん、アアッーー!!」

背中から抱きしめられるようにオウカの身体が圧《の》し掛《か》かり、全身でオウカを感じさせられる。そして中にある雄が跳ね、イクと思った瞬間に肩に痛みが走った。

噛まれている。雌の抵抗を抑えるかのように、溢《あふ》れ出る征服欲を見せつけるかのように。

その痛みを知覚した瞬間、おれは全身が震えるほどの快感を得て、絶頂した。

お腹の奥の奥に吐き出されるそれはとても熱くて、敏感な中とおれの脳を蕩《とろ》けさせていく。まるで雌を孕ませるようにぐいぐいと奥に押しつけられて、だけどおれを掻き抱く腕は優しくて……

おれは幸せな気分で絶頂後の余韻の中を揺蕩《たゆた》っていた。


『タカト……タカト!!』

「ん……あれ」

『やっと意識がはっきりした？』

「……ハクロ？」

『うん。狼くんとのラブラブセックスは楽しかったかな？』

「うわぁぁぁぁ!!」

おれの慌てように、今更なのにとか言われてもそういうことじゃない。普通に恥ずかしい！

『狼くんの魔力、やっぱりお気に入りだなぁ。お陰でタカトとちゃんと話せるし』

そういえばこうやってちゃんと話すのは久々だ。魔力がカツカツだったのかな……あんなに魔力供給という名のセックスをしてるのに。

『タカトのお陰で、魂の引き離しは上手くいってるよ』

「本当!?」

『うん。これがボクの魂。君達が言うところの宝玉』

そう言って神竜が指さしたのは、ふわふわと宙に浮かんでいるように見える丸い水晶のようなもの。キラキラしていて、内側から光が零《こぼ》れてくるかのような不思議な玉だった。

「綺麗だな……」

『そうでしょ？　あと少しで完全に切り離せる。そしたら、卵への魂移しも上手くいきやすくなる』

「ちょっとでも繋がりがあったら危ないんだっけ」

『そう。例えば、糸の一本でも繋がってたら引っ張られちゃうから、全部綺麗に離す必要があるってわけ』

だからさ、と神竜は笑顔でこう言いやがった。

『もっとセックスして魔力ちょうだい！』

「言い方!!」

もうちょっと言い方をどうにかしろ！　そんなおれの怒りも空しく、おれは神竜の世界から追い出された。


「ん……」

「タカト？」

重たい瞼を上げると、心配そうにおれを覗き込むダレスティアの顔があった。う、寝起きの美形は眩しすぎる……

「あれ……オウカは？」

確かおれは竜達の発情期にあてられて発情して、オウカと……

身体を起こして見渡すと、あの倉庫じゃなくておれの部屋だった。いつの間に移動したんだろう。

「オウカは今外に出ている。タカトは丸一日寝ていた」

「え、丸一日!?」

まさか数時間どころかまるっと一日寝ていたなんて。慌ててベッドから起き上がろうとしたおれの肩をダレスティアが抑えた。

「落ち着け。まだゆっくり寝ているといい。それだけ疲労が大きかったのだろう」

「でも」

「それに、サファリファスが言うには神竜の卵の魔力が更に高まったらしい。いつ魂移しが始まってもおかしくはないのではと言っていた。その時にタカトの体調に不調があってはいけないだろう？」

「う……そういえば、夢でも神竜がそんなことを言ってたような気がする」

夢の中に現れた神竜が見せてくれた、彼の魂の塊である宝玉。もうちょっとでおれの魂から引き離せると言っていた。今のところは順調だとも。

ダレスティアに神竜の言葉を伝えると、彼はほっとしたように息を吐いた。

「それならやはり今日は安静にしておくべきだ。今日は私が護衛につこう」

「え、でもダレスティア忙しいだろ？」

突然の休みのあとは誰だって忙しい。ダレスティアはただでさえ普段から忙しい身だ。今は竜王の儀のこともあって、更に忙しいはず。

そんな彼の貴重な時間をおれが奪うわけにはいかない。

「ここでも書類作業はできる。それに、忙しい中でも休息は必要だと言ったのはタカトだ。タカトの側にいることは、私にとって何よりの癒しなのだが……知っていたか？」

「し、知りませんでした……」

突然のデレにドキドキが止まらない。おれの側にいることが癒しって、最上級のデレじゃんか！

「仕事もできて癒しもとれる。一石二鳥だろう？」

「ソウデスネ」

満足そうに頷いたダレスティアは、おれの頭を撫でるとそのままおれの顎をすくい上げて上を向かせた。その流れるような動作におれが反応できないでいた一瞬の隙に、ダレスティアの顔が近付いて……キスをした。

突然のキスに固まっているおれの唇を割って舌が差し入れられる。ようやく状況を理解した身体が震えると、口内を甘く愛撫していた舌が上顎を悪戯《いたずら》に舌先で弄って出て行った。

おれは涙目でダレスティアを睨む。おれが上顎弱いってこと知ってて苛めるなんて卑怯だ。

「……ひどい」

憎まれ口を叩くも、まるで不貞腐《ふてくさ》れた子どもを宥《なだ》めるような笑みを浮かべながら「すまない」と言われてしまえば、おれは負けるしかない。おれはいつまで経っても推しに弱いのだ。

コンコンっと扉がノックされる。同時に「ターカートー」という声も聞こえる。

「クーロか」

「私もいますよ」

「そこで会ったの！」

扉を開けたのはロイ。その横をトテトテと小走りで入ってきたクーロの手には、美味しそうなミルク粥。

「そろそろ起きるかなぁって思って、作ってきた！」

「クーロの言った通りでしたね」

「なんか、ピンっと来たんだよ！」

ピンっと！　と繰り返したクーロの耳が言葉に合わせるように跳ねて可愛い。垂れ耳だから立たないけど、本人としてはオウカの耳のように立っているつもりなのかもしれない。可愛い。

「ありがとう、クー」

「どういたしまして！　あ、この服、オウカさんのお家で貰ったの！　オウカさんが昔着てた服なんだって～」

確かに、初めて見る服を着ているとは思っていたけど、オウカのお古だとは。

ヨーロッパの昔の貴族が着ていた宮廷服みたいな感じのきちっとした服。

オウカが大人しくちゃんと着ていたとは思えないけれど、ちゃんと着ているクーロをくるくる回してみて見ると、上等な生地だということが分かる。

このボタンもなんだか高級な新品に見えるんだけど、それにしては物持ちが良すぎない？

「僕のために仕立て直してくれたんだって！」

どうやら、オウカの家族はクーロを快く迎えてくれているようだ。

「カーネリアン夫人はクーロをとても気に入ってくださったようです。デレデレだったと、宿舎に送ってくださったラシュド様が仰っていました」

デレデレ……。流石《さすが》クーロ。たった数日で虜《とりこ》にしてきたか。

「それでは私は例の件で外出します。書類はとりあえずこれだけです」

ロイが持っていた書類の束をベッドの脇にある机の上に置いた。事前にロイに書類を頼んでたのか。ダレスティア、おれが何を言ってもここで仕事する気しかなかったってことじゃん。

「少ないな。私が家に戻る前に確認したときは、これより多かったと思うが」

「こちらで処理できるものは処理しておきました。団長も連日働き詰めですから、今日はゆっくり過ごしてください」

「おやすみ大事！」

ロイとクーロに言われればダレスティアも言い返せないのか、分かったと頷いていた。

傍から見れば部下に気遣われている上司だが、その実「のんびり過ごしてくださいね」とやんわり圧をかけているロイに、真顔で対抗しているダレスティアという図になっている。

暗に手を出すなと攻防しているのだ。

そんな大人の事情は露知らず、クーロはおれが食べ終わったお皿を回収すると「美味しかった？」と目をキラキラさせて見つめてくる。

「美味しかったよ。ありがとうクー」

「良かったぁ！」

期待に応えて頭を撫でると、尻尾《しっぽ》がぱたぱたと左右に振られる。

愛しさが爆発しそうだ。カーネリアン夫人もこの可愛さに落ちたのかもしれない。

「ロイさん！　行こ！」

「あ、はい」

まだバチバチと無言の攻防を繰り広げていたロイだったが、クーロに促される形で退出していった。

もしかしたらこの宿舎で最強はクーロかもしれない。

ロイとクーロがいなくなると、ダレスティアはおれをベッドに横たえて、自分はさっそく書類作業を始めた。ダレスティアは元々言葉数が多くはない。

おれもあまり視線を向けて仕事の邪魔をしてはいけないと、ただ窓から見える空を眺めていた。

紙をめくる音と外から聞こえる鳥の声、そして時々聞こえる騎士達の声以外は何もない。

そんな静かな時間を、ただ穏やかだなと思った。でもそんな時だからこそ、考え事は発生しやすくなるのだ。

「ねぇ、ダレスティア」

「どうした？」

「ダレスティアは、ご両親と話はできた？」

「ああ。既に二人とも知っていたから、事実とこれからのことを話した。もちろん、私はタカトのことを本気だということも伝えた」

「もしかして、また除籍の話を？」

「話したが、むしろ愛した者を簡単に手放せばそれこそ除籍だと母上に言われた」

「……え？」

なんか想像していたよりも斜め上の展開なんだけど⁉

「元々、母上はガレイダス家の跡継ぎは傍系から養子を取るつもりでいたらしい。理由は私の魔力量の少なさだ。他者よりも私の保有魔力量が少ないことは以前にも話していたと思うが、これは父上からの遺伝だ。表向きは剣術に力を注ぎすぎたからだと言っているが、ガレイダス家は別に剣術に優れた家というわけではない。父上は剣が苦手であったようだ」

「じゃあ、どうして魔力量が？」

「何代か前の当主が魔力量が減少する病にかかった。それからその病が発症はしなくとも子孫に継承され、そもそも生まれ持つ魔力量を減退させるようになったらしい。代わりにその病を抑えられるほどの清らかな魔力を持つようになったが、魔力量は代を経るごとに減る」

そういえば前、神竜が言っていた気がする。

ダレスティアの魔力量は少ないけど清らかすぎるって。

「そしてとうとう、傍系よりもかなり魔力量が少ない直系が生まれてしまったわけだ。母上は魔力量がどちらかと言えば多いほうだが、私は父上の特性を引き継いでしまった」

「あ、それで養子を……？」

「ああ。母上は私の子が更に魔力量が少なく生まれるのではないかと危惧していたようだ。魔力量が少ないと不便というわけではない。だがダレイダス家は高位貴族だ。もし仮に、私のように他に才を見出すことができなければ、その子どもは苦労することになると」

ダレスティアのお母さんは、ダレスティアのことだけでなくその先も考えていたようだ。慧眼を持っている。先の先、子孫のことまで考えていたなんて。

「父上にも私には言えない思いがあったのだと思う。けれど母上の考えを聞いて、その上で私の話も改めて聞き、私の望むままにしろと。もちろん、ガレイダス家の者としてこれまで通り何事にも邁進しなさいとも言われたが」

「そっかぁ」

「だから、タカトは何も気にする必要はない。父上も母上も納得している。私はタカトが側にいてくれるのなら、それだけで幸せなのだから」

「……うん」

どうやら、おれの悩み事はバレバレだったようだ。

どれだけ悩んだところでおれは子どもを産めないし、かと言ってダレスティア達の手を離すつもりもない。悩み続けたところで、彼らを心配させるだけだ。

おれは、ダレスティアに手招きして近くに寄らせると、その手を掴んで引いた。

「……ロイから、釘を刺されているのだが」

「キスなら大丈夫だよ」

「私は忍耐力を試されているのか？」

「ははっ！　ルースは発情を克服したんだから、ダレスティアも負けてられないね」

「残念ながら、お前の前では私はただの男だ」

ベッドの上で、時折キスをしながら誰もいないのに小声で会話をする。そんな甘すぎるいちゃつきは、少なくともおれを心の底から満たしたのだった。

◇◇◇◇

ダレスティアとのんびり過ごした日から数日後。

竜王の儀が一週間後に迫った今日、おれの本日の護衛となったオウカと部屋で過ごしていると、ロイがある知らせを持ってきた。

「え、もう卵が産まれたの⁉」

「ええ。今日、番《つがい》になった竜達がそれぞれ卵を持っていることが確認できました。私は竜の繁殖には詳しくないので初めて知りましたが、これが普通のようです」

あの突然の発情期は、その日の夜には終わりを迎えたらしい。一日中監視のためにその様子を見ていたロイは、おれにあの時のことを語りながら思い出したのか、遠い目をしていた。

「珍しい光景を見ているとは思いましたが、メイアが……いえ、なんでもないです」と口を濁したロイは、メイアがダイと番《つが》った姿を見て動揺したそうだ。

みんなメイアとダイの相性は悪いと思っていたから、驚くのも無理はない。

でも本当に相性が悪いのはメイアとオウカであって、ダイではないんだよなぁ。

「竜達の卵って、やっぱりこんな感じ？」

おれは清潔な布で磨いていた卵を指さした。ちなみに何故磨いているのかというと、神竜に優しく綺麗に磨けと言われたからだ。おれの手でゆっくり触ることで、魔力がより馴染《なじ》みやすくなるらしいのだけど、いいように使われてる感じしかしない。

「普通の竜の卵は深い青色をしています。光の加減では緑にも見える、不思議な色です。確かに綺麗ですが神竜の卵ほどではありませんね。それと、もう少し小さいです」

「へぇ……見てみたいな」

一体どんな感じなんだろう。この卵はダチョウの卵サイズだけど、それよりも小さくて綺麗な青色かぁ。

「竜舎に行くか？」

「いいの？」

「もう発情期は終わっているので、引っ張られることもないと思います。今日はガロンさんもいますし」

磨いていた卵は、暇なこともあってずっと磨いていただけあり、艶々《つやつや》のピカピカだ。これなら神竜も文句はないだろう。

「行く！」

卵をもともとしまってあった容器に入れてしっかり抱える。この容器に入れておけば、多少の刺激からは卵を守ってくれる。万が一何かあったら大変だもんね。

「私はまたダレスティア団長のところに戻りますが、オウカ副団長から離れないようにしてくださいね」

「うん。忙しいのに教えてくれてありがとう」

「いえ、私がタカトの顔を見たかっただけですから」

そういうことをさらっと言っちゃうイケメンに惚れないわけがない。とっくに惚れてるおれは、更に好きになってしまうのだ。

「アイツ、いつもあんな甘ったるいこと言ってんのか？」

オウカが蜂蜜を口に一杯詰め込んだかのような表情でロイが去った扉を見ていた。

「甘いマスクのイケメンから甘い言葉を言われるのは、女の子は好きだよ。あと、おれはロイに言われたら喜んじゃう」

「へえ？　よく分かんねぇけど、俺も言ってやろうか？」

「オウカはそういうタイプじゃないでしょ。オウカはいつものままのオウカで良いんだよ。おれはそんなオウカが好きなんだからさ」

そして小さく「それで、甘い言葉を囁《ささや》くロイが好き」と言うと「そこは俺が好きだけでいいんだよ！」とデコピンされた。

尻尾《しっぽ》の動きで照れ隠しだって分かるんだけどね？

恋人になったことで独占欲が芽生えたらしいこの狼さんは、時々本音が零《こぼ》れていることに気が付いているのだろうか。

竜舎に着き、扉を開けるとこの前とは違う内装に変わっていた。一頭ずつ区切られた檻だったのが、一つの檻が広くなり二頭ずつ入っている。彼らが番《つがい》となったペアなのだろう。

「タカト様、オウカ副団長」

「ガロンさん。卵が産まれたって聞いたんですけど」

「はい、こちらをご覧ください」

ガロンが目の前の檻を指さした。そこにあったのは、コロンとした深い青の卵。番《つがい》の竜達が、揃って卵に頬ずりをしたり舐めたりしている。

「綺麗だなぁ。でもやっぱりこれよりは小さいね」

「神竜様の卵は古代竜の卵かと思われるので、その違いでしょう。昔の竜は、今の竜より大柄で魔力も多く、魔法を使えたと聞いたことがあります。当時の人間からすれば、まさしく『神』のような存在だったのでしょう」

「魂だけ残った竜王ですら神と同等の立場なのだから、大昔の竜達がどれほど強大な存在だったかがよく分かる。その卵が無事に孵《かえ》る時、一体どうなるのか。俺は少し怖いぜ」

確かに。神竜の魂移しが成功してこの卵が孵《かえ》ったら、古代竜が復活することになる。この世界で唯一の存在が、どんな影響をもたらすのか。おれにもまだ想像すらできないことだった。

『タカト！　タカト！』

『主～』

そんなことを考えていると、竜舎の奥からメイアとダイの声が聞こえてきた。呼ばれるままに近付くと、メイアが得意げに胸を張っていた。

「メイア！　この前はありがとう。ロイから聞いたよ。ちゃんとみんなが訓練場に入るまで見ててくれたんだね」

『当然！　竜は約束を破らないもの！』

『タカト〜！　メイアが卵産んでくれたんだぁ！　可愛いでしょ？』

『ちょっと！　まだ話してる最中でしょ！』

『イタッ！』

怒ったメイアにダイが頭を甘噛みされている。ガジガジされてるけど、大丈夫かな。

「タカト、なんでダイがメイアに噛まれてるんだ？」

「メイアが喋ってる最中にダイが邪魔したんだ」

「それだけで噛まれるのか？　これから大丈夫かよ……」

「この子達の相性は決して悪いわけではありませんから、大丈夫ですよ」

流石《さすが》、竜の専門家。メイアとダイの相性をちゃんと見極めている。

「タカト様。今の機会に竜の子育てについて聞いてみてはいかがでしょう。卵の状態から、子竜が生まれるまでのお世話の方法です。私は専門家ではありますが、竜ではないので手探りで得た情報しか持っていません。やはり、竜の子育ては竜に聞くべきかと」

「でも、まだ卵は孵《かえ》ってないし……」

「動物とは本能で子育ての方法を知っているものです。それに、事前に知っておけば突然神竜様の卵が孵《かえ》ったとしても対応が可能になります。彼らはタカト様との交流も深いようですし、教えてくださるのではないでしょうか」

ガロンの言う通りだ。何事も事前に知っておいたほうがいい。ここの竜達の卵が孵《かえ》れば、彼らに聞くタイミングがなくなってしまうかも。

「ねぇ、メイア。竜の子育てってどんな感じなの？」

『子育て？　卵に魔力を注ぐこと？』

「えっと、それもだけど卵が孵《かえ》ったあとのことも知りたいなって」

『子育てって言われても、ひたすら魔力を与えることくらいしかしないかなぁ。自分で食べられるようになるまでは食事の手伝いもするし、飛べるようになるまで飛び方を教えたりはするけど、親のやることって体内の魔力が安定してコントロールできるようになるまで、魔力不足にならないようにすることしかないよ？』

「え、それだけ？」

『うん。僕らの心臓は魔力の塊みたいなものだから、魔力が大事なんだよ』

……それって、サファリファスが言っていた卵の中にある高魔力の塊が、実は心臓だったってこと!?

『卵の時に、親の魔力で心臓の核になる塊を作るんだ。それが卵の中の心臓を動かすんだ。そして卵が孵《かえ》るとき、その核に魂が宿る』

『だから魔力がなくなったら、私達は死んじゃうの。そういうところは、魔獣と似てるかもね。あれも魔力がなくなれば自然と死んでしまうし、逆に普通の動物が魔力を溜め込みすぎれば魔獣になるでしょ？』

そう言いつつもメイアは『でも、私達は誇りある竜だもんね！』と卵に頬ずりをした。あれも魔力を注いでるのかな。

おれからメイアとダイが言ったことを聞いたガロンは、思い出すように呟いた。

「そういえば竜は子どもに対して過保護だったり放任主義だったりすることがあるのです。野生の竜は子育ての時期は攻撃的になるのでなかなか近付けないのですが、私達が育てている竜達を観察していると、卵から孵《かえ》ってある程度大きくなるまでは決して親の側から離しません」

「それは魔力を与えているからだろうな」

「ええ。ですが、自分で餌を食べ始めるようになれば態度が変わります。個体差もありますが、ほぼ放任になるのです。竜騎士の竜になるために私達が養育するのはその頃からになります。それまでは私達は近付けませんから」

「……接触によって魔力を与えているとすれば、子どもが魔力を自分で生成するようになれば過剰に魔力を与えてしまうことになる。それを防ぐために接触を減らしているんじゃないか？」

オウカの推測は当たっていた。

『そうそう！　エイヨウカタってやつ？』

どこで覚えたんだろう、そんな言葉。でも、なんとなく分かった。

つまり、卵が孵《かえ》ってもしばらくは魔力を与えないといけないということ。つまりは魔力供給係はまだまだ終わらない、ということだ
その事実にため息を吐かずにはいられなかった。

「タカト様。オウカ副団長。神子《みこ》様付きの侍女が参りまして、タカト様に神子《みこ》様からの伝言を言付

かりました」

おれが神竜への魔力供給係の任期延長に軽くショックを受けていると、宿舎の立ち入りの管理している団員が来て、侍女からの伝言を教えてくれた。

今は宿舎内に入れるのは許可書を持った騎士団関係者だけだから、代わりに伝えに来てくれたみたい。だがしかし、その伝言におれとオウカは顔を見合わせた。

「今から神子《みこ》の宮に来て欲しいって随分急だな。いつもなら前日には連絡来るだろ」

「うーん、もうすぐ儀式が近いから、貴音も緊張してるのかも？」

「なぁ、その侍女はちゃんと神子《みこ》さんのところの侍女だったのか？」

「はい。儀式の準備がまだあるからと急いで戻って行ってしまいましたので、もうおりませんが、いつもタカト様への伝言を預かってくる子でした。あの子爵家の」

「あの赤茶の髪の子か。身元はハッキリしてるな……」

赤茶色の綺麗な髪の子は、おれもよく知っている子だ。貴音と気が合うようで、まるで姉妹のように仲良くしているし、よく貴音からの伝言を届けに来てくれる。

「じゃあ行こうか。もしかしたらおれに関係することかもしれないし」

ということでおれは今、神子《みこ》の宮に向かっている。この道も久々に通る気がするなぁ。

「あ」

「ん？　あ、サファリファスさん」

久々に通る道で珍しい人に遭遇。こんなところで会うのは珍しい。ここは神子《みこ》の宮にしか繋がっていない道だ。サファリファスも貴音に用があるのだろうか。しかし、なんだかふらついてるように見える。

サファリファスのことだし、まさか過労……？

彼はゼナード伯爵の罪を暴くためにカイウスと一緒に証拠探しをしていた。そのうえで、神竜の卵の経過観察もしていたのだ。卵はサファリファスが自分で見るのだと言って聞かなかったから自業自得ではあるのだが、単純に働きすぎだ。

「寝不足かな。なんかふらふらしてる」

「いや、あれは……」

「おーい！　サファリファスさん！」

おれの声に反応して、こちらを振り向いたサファリファス。その瞬間、何かを堪えるように彼の身体が硬直した。

「え……？」

目の前で、大きく傾いだ身体がくずおれる。その光景はスローモーションのように見え、自分の口から無意識に出た声でさえもゆっくりと聞こえるほどだった。

「坊ちゃん!!」

サファリファスが苦悶の表情で倒れたまま、こちらに手を伸ばす。口端からは血のようなものが垂れていた。

駆け寄りたいのに、脚が硬直したように動かない。ただ抱えた卵をギュッと抱きしめることしかできなかった。

脳裏に蘇ったのは、おれが奴隷狩りから助け出されたときの光景。ダレスティアに殺された奴隷狩りの姿。いや、あれほど酷く血が出ているわけでもない。だけど何故か、倒れているサファリファスに重なって見えた。血の気が引いていく音が聞こえる。

「ア……ッ」

「おいっ！　坊ちゃんッ!!」

声を荒らげてサファリファスに駆け寄るオウカ。彼が離れるのが怖くて、その背中に手を伸ばした。

「オウカっ……え!?」

「ッ!?　タカト!!」

オウカの背に伸ばした手は、おれの背後から現れた誰かの手に握られていた。後ろから抱きしめるように、おれの身体が何者かに拘束されている。

一体、どこから現れていつのまに近付いたのか、まったく分からなかった。

ハッとした表情でおれを振り返るオウカの姿がブレる。この感覚には覚えがあった。おれ達が立っている地面が光を放つ。

「オウカっ!!」

必死に手を伸ばす。オウカもおれに手を伸ばして何かを叫んでいた。

だけどその声も手も、おれに届くことはなかった。

完全に周囲の景色が変わり、どこかの部屋に飛ばされた。掴まれていた腕と腰に回っていた手が外れ、おれは卵を抱えたまま床の上に崩れ落ち、そしてそのまま意識が遠のいていく。

質の荒い転移魔法による魔力の揺れに耐え切れなかったようだ。

視界が完全に暗くなる直前、頭の中で彼らの名前を呼んでいた。

どうか届いてほしかった。

(ダレスティア、ロイ、オウカ……貴音)

床に伝わる振動で誰かが近付いてくる気配を感じながらも、おれはそこで完全に意識を失った。

第五章

SIDE　貴音

竜王の儀の日が迫り、この神子《みこ》の宮だけではなく王宮も神殿も、そして国中が慌ただしく動いている。そしてその慌ただしさの中に悪徳貴族を成敗するための準備を秘密裏に行っているわけなのだけど、私にはまた別でやらなければいけないことがあった。

「うぬぬ……！」

『まだだ』

「ぬぬぬぬ……！」

『あと少し』

「ぬおー……!!」

『よし』

「ふはぁっ！」

私は竜王の宝玉を手に取り、ありったけの魔力を注ぎ込んだ。

竜王の儀では魔力を多く使うので、事前に竜王の宝玉に神子《みこ》が魔力を注いでおく必要があった。

本当は時間をかけてゆっくり行うらしいのだけど、なんせ竜王様が儀式の日程を前例にないほど前倒ししやがったので、私まで予定を前倒ししなければならなくなってしまったのだ。

「あー！　もう魔力すっからかん！」

『魔力はそう簡単にはなくなったりしない。神子《みこ》の魔力ともなれば、すぐに回復もする』

「そういう問題じゃないの！　せっかく溜めてたものが搾り取られた感じ……お兄ちゃんは神竜に魔力持ってかれる度にこんな脱力感を味わってたのかなぁ」

『セフィが悪いかのように言うではないか』

「はいはい！　仕方ないことだとは分かってるよ。これも、私と貴方を物理的に切り離すために必要なことだもん。だけどさぁ、愚痴りたくはなる」

『それであの兄を呼んだのか？』

これでも悩んだのだ。

お兄ちゃん達だって今は警戒する時期。神竜の卵への魂移しに魔力も体力も使っているし、ゼナード伯爵だって何を仕掛けてくるか分からない。

儀式の準備による慌ただしさは、私達にとって有利なのと同じように、伯爵側にとっても絶好の機会なのだ。お互いに悟られないように攻防しているから、ここ最近は直接会うことはなく、手紙でやりとりをしていた。

「でもさぁ、お兄ちゃんも悩んでるって聞いたら力になってあげたいと思うでしょ？」

『私からすれば、どちらの悩みというものもあとは本人の気持ち次第だと思えたがな』

「人に話すことで自分が納得できることもあるの！」

『お前はあの王子の告白の話をしたいだけだろう。それこそ自分で考えることだ。兄のほうは周りが外堀を埋めているのだから、悩むことなく流されてしまえばいい』

「他人事《ひとごと》みたいにぃ……」

『他人事《ひとごと》だ』

しかし竜王――ヴァルシュの言う通りだとは分かっている。お兄ちゃんは迷ってると言いつつも、多分自分の中でも答えが出ている。

そしてそんなお兄ちゃんに私が相談したかっただけ。

いい歳して兄離れできていないことを自覚して、私は机に突っ伏した。

「でも、まさかカイウスルートに入るとは思わなかったんだもんー！」

『はぁ……』

カイウスがまさか私のことを好きだとは思っていなかった。

アイルの夜這い事件で王族ルートに入っていることは分かっていたから、特別な会話やイベントが発生しないようにほとんど神子《みこ》の宮か神殿の行き来だけで過ごしていたのに。

特に最近はゼナード伯爵のことと各国から集まる賓客への対応に忙しくしていて、好感度を上げるどころか接触も減っていたはずなのに……！

「なのになんで……」

衝撃なのは、嫌だと思わなかったことだ。

私はおじ専だ。ラーニャのようなイケてるおじさんが好みだ。

だから正直、カイウスは私の好みにはまったく掠《かす》りもしていない。あと二十歳くらい年上だったら守備範囲内だっただろうけれど。

しかしだ。昨夜、突然何の前触れもなく神子《みこ》の宮にやってきたカイウスは、これまた何の脈絡もなく突然告白してきた。

その照れて真っ赤な顔とひたすら純真な告白に、不覚にも私はときめいてしまったのである。つまり、まんざらでもないということ……

これまで恋愛ゲームはかなりプレイしてきたけれど、実際の恋愛となると私はあまり経験がない。お兄ちゃんほどではないけれど仕事人間で、二次元のイケメンが恋人だったから。

「……よく考えたら、カイウスも二次元のイケメン？」

『現実から目を逸らすな。この世界にいるものはそれぞれ意思を持って生きている』

「そう、だよね。じゃなきゃ、ダレスティアもロイもオウカも、お兄ちゃんと恋するわけがない。彼らが自分の意思を持って生きている証拠を、まさかお兄ちゃんに突き付けられるとはなぁ……」

『兄が来るのはまだ先なのだろう？　ならば落ち込んでいないで自分が今できることをするがいい』

「それってもっと魔力をくれって言ってる？」

人の情緒が分からぬこの神、どうしてくれよう。ムカつきのままに竜王の宝玉を力を込めて握りしめた瞬間、部屋の外が突然騒《ざわ》つき始めた。

「なに？」

慌ただしくノックする音と声に戸惑いながら返事をすると、ウィリアムが血相を変えて飛び込んでくる。そして騒《ざわ》めく後ろの侍女や騎士達は入れずに素早く扉を閉めた。

彼の焦りと行動の意味が分からず、けれど嫌な予感がした。

「神子《みこ》様！」

「一体どうし――」

「タカト様が何者かに攫《さら》われました！」

私は確かに聞いたはずのその言葉をすぐに理解することができなかった。

「お、お兄ちゃんには護衛がついていたはずじゃ！」

「オウカがついておりましたが、この神子《みこ》の宮に向かう途中で見かけたサファリファス殿が目の前で倒れ、彼のもとに向かおうと離れた一瞬に、転移魔法で攫《さら》われたそうです……」

オウカは魔法に優れた騎士だ。そして獣人。人の気配にも魔力の気配にも聡い彼が襲撃者に気が付かなかったということは、何か対策されていたんだろう。

家同士の主従関係にあるサファリファスが目の前で倒れたことで平常心が乱れた瞬間を狙われたということもあり得る。少なくとも分かるのは、計画的な犯行ということだ。

「警備体制が厳重になっている宮殿内で襲撃が行われると思っていなかったとは言わないでしょうが、一瞬でもタカト様から離れたオウカは自分の責任だと分かっています。今はタカト様の捜索が第一であるとし、ダレスティアのもとに遣いを出しました。すぐにこちらに来るはずです」

「……サファリファスさんは、大丈夫なの？」

「毒薬を盛られたようです。お父上にも遣いを出しました。魔術塔の室長でもあるあのお方は薬に長《た》けていらっしゃいますから」

「そう……」

お兄ちゃんを攫《さら》ったのは、確実にゼナード伯爵だ。けれどカイウスやリノウの報告を聞く限り、彼に怪しい動きは特になかった。

一体どうやって間者を王宮内に入れたのだろう。そしてどうやってサファリファスに毒を盛り、どうやってオウカの一瞬の隙を突いて逃げたのか……分からないことだらけだ。

そして最悪なことに、ゼナード伯爵が計画したという証拠がない。このまま彼の邸宅に行ったとしても門前払いを食らうだろう。

そもそも、お兄ちゃんはなんでこんなに早く神子《みこ》の宮に向かっていたのか——

「——おかしい」

「神子《みこ》様？」

「おかしいの。私は確かに、お兄ちゃんに神子《みこ》の宮に来てって侍女を送った。だけどそれは、もう少しあとの予定だったの。久しぶりにティータイムを一緒に過ごそうって思って、その準備が終わったら迎えの侍女を送るからって伝言したのに、どうしてお兄ちゃんはもうこっちに向かってたの？」

SIDE　ダレスティア

「いやまさかさぁ、俺がフラれるとは思わないじゃん。ちょっと傷ついちゃった」

「そのどこから湧いて出るのか分からない自信を完膚なきまでに叩き折ってしまっても良かったというのに、神子《みこ》様はお優しい」

「酷い！」

騎士団上層部から竜王の儀当日の警備体制についての報告を行い、会議室を出た直後からアイルに絡まれている。

神子《みこ》様の部屋に侵入して追い出されたという話をされているのだが、それを話半分で聞き流し、どうやってコイツを引き離そうかと考えていたのだが、腕を掴まれて我慢の限界を迎えた。

「ねぇ～、ダレスティア～」

「いい加減にしろ。そもそも神子《みこ》様、いや、女性の部屋に真夜中に侵入するとは何を考えている。私からすれば、その行為自体からして見損なった」

「だって全然二人で話ができなかったんだもん。結界を破って入ったのは申し訳ないと思ったけど、俺だってもう時間がなかったんだ。兄上が告白しようとしてるって聞いたら、兄上より先に言わなきゃって焦っちゃって」

「……お前は神子《みこ》様に好意を寄せていたのか？」

この女癖の悪い乳兄弟《ちきょうだい》が一人の女性に好意を寄せる。そんな彼を知る誰もが想像もしたことがないことを言い始め、思わず足が止まった。

性格の相性が良いことは件《くだん》の脱走事件で分かっていたことだが、アイルが想いを寄せるまでの進展があったとは思っていなかった。

「そんな素振りは一度も見せなかっただろう」

「そりゃあ、俺は経験豊富だからね。取り繕うのは得意だよ」

「……そのせいで分かってもらえなかったのでは？」

「俺も失敗だったなぁって反省したよ。その件もあったし、もう時間もないしってなって」

「その結局玉砕したのだろう？　なら潔く諦めろ」

「ちょちょっ！　待ってよ！　もう諦めたってば！」

再び歩き出した私の腕に縋《すが》りつくアイルにため息を吐くしかなかった。

「本当に諦めたのか？」

「うん。だって完全に脈がないんだもん。夜に部屋まで行ったのに、頭撫でられて帰されたんだよ？　子ども扱いされて希望があるなんて思えるほど、俺は間抜けじゃないよ」

「ならそれは、まだ恋ではなかったのではないか？」

「え？」

「本当に彼女のことが好きだったのなら、一度断られたくらいでは納得も諦めもできないはずだ。

お前のそれは、お気に入りの女性を兄に取られることを恐れた弟の戯言《ざれごと》にしか思えない」

「……そうなのかな」

考え込むアイルを見て、私がこの男に恋について語るとはな、と笑いが込み上げる。

タカトに出会わなければ、私は一生愛しいという感情を知ることはなかっただろう。そして、散々これまで恋だ愛だと私に言ってきたアイルが、実は一度も本気の恋という感情を抱いたことがないであろうことに気が付いた。

「カイウス王子殿下は本気で神子《みこ》様のことを好いているようだとタカトからは聞いていた。カイウス王子殿下と神子《みこ》様が恋仲となれば、自然と婚約者となられるだろう」

カイウス王子殿下こそ、この国で一番婚約者を自由に決められない方だ。

王族で第一王子となればそういうもの。だからだろうか。これまでの神子《みこ》達の相手に王族が多かったのは。

自由に接することができる唯一の相手。そして、唯一自分が恋することができた相手。

「そうなればアイル、お前のもとには多くの令嬢から婚約の打診が届くはずだ。だが、第三王子となればまだ余裕はある。その間に自身が好いた相手を見つけるか、国王陛下がお決めになった令嬢を運命として愛するか。決めるのはお前だ」

「……ずるいなぁ。ダレスティアは生涯独身じゃないかって言われたのに、自分だけ可愛い可愛い恋人見つけちゃってさ。しかもロイとオウカも。四人一緒に仲良く生きていくんだろうなぁ」

「卑屈になるな。寂しいならそれこそ婚約者を探してこい。亡き王妃様の代わりではない相手をな」

「酷いー」

「どこがだ」

アイルの女癖は亡き王妃様の影を女性に求めてるのだ、と国王陛下も兄王子達も私も知っていた。ウィリアムとオウカもだろう。

女癖とは言っても一線を越えたことはないようだと分かっていたから、皆その行いを見逃していたのだ。だが、そうもいかなくなる。その自覚を持つべきだ。

「あ、そうだ。アイツのことで話があるんだった」

「アイツ？」

「あの蛇だよ。怪しいっていうか、ここ最近の夜会でやたらと絡みに行ってる家があってね。まったく交流がないわけではないから不思議ではないんだけど、ちょっと気になるっていうか……」

「何故そう思ったんだ」

「子爵家なんだよ、アイツが話しかけてるの。プライドが高いから、挨拶はしてもあまり話すことはなかったのになぁって気になってさ」

「子爵家か……その家の名は一体――」

その時、こちらに駆けてくる何者かの気配を感じ、咄嗟《とっさ》にアイルの前に立ち塞がった。

この王宮で武器を持って襲い掛かってくる者はいないとは思うが、慌てたような足音は尋常な様子ではない。

警戒を高めたまま、廊下の先の曲がり角からやってくる者を待っていると、現れたのはロイだった。

「ロイ?」

「団長!」

私の顔を見て安堵したように見えたその顔色はしかし青白い。明らかに異常事態が起こったのだと分かった。

「ダレスティア団長ッ……タカトが、タカトが攫《さら》われました……ッ!」

駆け寄ろうと踏み出していた足が止まる。後ろから息を呑む音が聞こえた。心臓の音が耳の奥でうるさく鳴り響いている。

いや……混乱している場合ではない。状況を把握しなければ。

「オウカはどうした。護衛についていたはずだろう!」

「神子《みこ》様に呼ばれて神子《みこ》の宮に向かう途中、毒を盛られたサファリファス殿を発見し、オウカ副団長が駆け寄ろうとした一瞬の隙を突いてタカトを連れ去ったとのことです!」

オウカのことだ。離れたと言ってもそう遠い距離ではなかったのだろう。

加えて神子《みこ》の宮へと続く道。隠れる場所などないあの道で、潜む間者に気が付かない男ではない。おそらく特殊な手を使われたのだろう。サファリファスに毒を仕込んだ時点で計画的な犯行。そしてこんなことをするのはアイツしかいない。

「オウカ副団長とサファリファス殿は、神子《みこ》の宮にいらっしゃるとのことです。近衛騎士隊とガイヤ卿が見てくださっています。団長、タカトは……」

「落ち着け。焦っては大事なことを見落とす。アイル、カイウス王子殿下とリノウ王子殿下にタカトが攫《さら》われたことを伝えてくれ。私達は神子《みこ》の宮に向かう」

分かったと叫んで踵を返し走り出すアイルを見送り、私達は神子《みこ》の宮へと向かう。ただ思うのは、タカトの無事だけだった。


「ダレスティア。こっちだ」

神子《みこ》の宮では、ウィリアムが私達を待っていた。彼に案内された部屋には、ベッドに横たわるサファリファスと、オウカ。神子《みこ》がいた。

血を吐いたのだろうか。サファリファスの服の胸元が赤黒く汚れていた。

「今、彼のお父上にも人を送っている。今日は魔術塔に来ていると聞いたから、まもなくこちらに到着するだろう」

「容態は？」

「刻々と悪化している。じわじわと蝕むようにな。先ほどまで話せたのだが、少し前に意識を失った。できるだけ毒の進行を抑えるためにオウカと神子《みこ》様が治癒魔法をかけているが、芳《かんば》しくない」

治癒魔法が主に作用するのは怪我だ。通常、病や毒に使うのは魔法薬なので用途が違う。しかし今は治癒魔法に頼るしかない。

「意識があるうちに聞けたことはありますか」

「彼が言うには、突然現れた何者かに液体を吹きかけられたそうだ。防御が間に合わないほどの近距離だったため毒を吸い込んでしまったらしい」

「あの場所にいた理由は？　サファリファスが神子《みこ》の宮に自主的に近付くことはほとんどないはずだ」

「逃げた襲撃者のあとを追って行きついたと。誘導され罠のための餌にされたのだとタカト様とオウカが現れた時に理解したが、身体が限界を迎え警告できなかったと悔やんでいた」

「悪いのは俺だ。坊ちゃんじゃねぇ」

感情を抑えた声で割り込んできたオウカの背中を見下ろす。床に膝をつき、サファリファスを治癒する手から溢《あふ》れる魔力は攻撃魔法並みの勢いがある。

「あそこは普段から人が通らないところだ。人がいれば、その気配が分かりやすい。だから油断した。俺が気が付かないはずがないと驕ったからだ」

「油断も度し難いが、護衛対象から離れたことのほうが問題だ。あのような異常事態では特に、一瞬でも彼から離れるべきではなかった」

近衛騎士団は王族や要人の警護を行うことも多い。そのための特別な訓練を行っている。だからこそ、護衛から離れるという行為は言語道断なのだろう。

オウカがタカトの警護に気を抜いていたとは思わない。だが、彼の無意識の驕りは自分の身にも覚えがあることだった。

先日市場で混乱していた場を収めるためとはいえ、私もタカトから離れた。いくら周囲に騎士達がいたとしても、タカトに危険が迫った。父上とラシュド様がいらっしゃらなければタカトが傷ついていたと後悔したのだ。

(私達は最強という呼ばれる内に、無意識に驕っていたのかもしれないな……)

しかし今は悔やんでいる暇はない。自分を責めるのもあとだ。

「責任はお前一人だけにあるのではない。そして今、もっとも優先すべきはタカトの救助だ。無事に救出するには、オウカ、お前の力が不可欠だ。魔力を無意味に使いすぎるな」

「……ああ」

放出されていた魔力が収まっていく。神子《みこ》がほっと息を吐いた。彼女も魔力にあてられていたのかもしれない。

室内の空気が落ち着いていくなか、扉が荒々しく開かれた。

「アリス!」

現サファリファス家当主、エイベル・マイヤー・サファリファス。飛び込んできた彼は私達に目を向けることもなく、ベッドの上で苦しむ息子に駆け寄った。

「アリス! 目を開けなさい!」

「エイベル様、坊ちゃんの毒を取り除く薬は⁉」

「毒の種類によって使う魔法薬が違うんだ! 下手に飲ませれば症状を悪化させてしまう! この子は症状について何か言っていなかったか⁉」

「突然心臓が掴まれたような衝撃があり、全身に痛みが発症したと。あとは吐血、体温が急激に上がったり下がったりを繰り返しています」

「それと、注いだ治癒魔法の魔力が、穴の開いた桶に注いでいるみたいに入っていかないんだ」

「彼自身の魔力もどんどん身体から流れていってる感じがするんです！」

ウィリアム、オウカ、神子《みこ》が口々に発する言葉から該当する毒を考えているのだろう。そしてサファリファスの力の入っていない腕を取り、脈を測ると眉根を寄せた。

「脈が弱い。内臓の損傷と魔力に干渉する毒……これはもしや……」

エイベル卿は慌てて持ってきていた鞄の中から一つの魔法薬を取り出した。そのとき、扉がノックされ、リノウ王子とアイルが現れた。

「カイウス兄上は父上のもとに報告に行ってるよ。状況は？」

「エイベル卿が治療を開始している。タカトは今のところは無事だが、ゼナード伯爵をつけている部下にロイが鳥を飛ばしている」

私の視線に、神子《みこ》は頷いた。タカトの中にいる神竜と番《つがい》である竜王は、互いの無事が分かる。タカトの無事は確認されていた。しかし、いつまでも身の危険がないという保証はない。

「エイベル卿、ご子息の容態は」

「今、毒に対応した魔法薬を注入したのでまもなく解毒されるはずです。損傷した内臓も修復されていくでしょう」

「あ、魔力もちゃんと入っていってます！」

神子《みこ》の言葉にオウカも頷く。魔力の流出も止まったのだろう。

「この毒は時間との勝負のため、治療の魔法薬も即効性なんです。じきに目を覚ますかと」

「そうですか。貴方が今日、魔術塔にいてくださって助かりました」

「いえ、私の研究と知識が役に立って良かったです。まさか息子を診《み》ることになるとは思いませんでしたが」

血の気が引いていたサファリファスの頬に赤みが戻っている。その頬を撫で、エイベル卿は困ったように微笑んだ。

「しかし、アリスが盛られた毒はこの国では入手困難なものです。『ウトクの木』という木の若芽を煎じたものなのですが、この木は南方にしか生息していません。更に、取り寄せるには王宮の薬院からの許可も必要で、入手した者の情報も管理されています。そのため、この毒を使って襲撃するなんてことは不利益が多すぎるのですが……」

「ウトクの木、ですか。ダレスティア、貴方の推測が当たりましたね」

リノウ王子が私を見てため息をついた。当たっていてほしくはなかった推測が、当たってしまった。

ウトクの木。それはストラス商店を襲った強盗によって盗まれた物だった。

「先日、市場にあるストラス商店が強盗にあった件で、ダレスティアに調査を依頼されていました。盗まれたのはストラス商店が南方から取り寄せたばかりのウトクの木。毒性が強いため毒薬にしか調合できないとされてきましたが、良薬として使えないかと研究のために薬院の許可を得て取り寄せた物だそうです」

「ストラス商店……確かに王族の信用も厚いあの商店であれば、薬院は許可を出すでしょう。薬院が使っている薬草もストラス商店から仕入れた物ばかりですし」

「ええ。ストラス商店はそのことをもちろん公《おおやけ》にはしていませんでした。知っているのは、商店と薬院の者、取り寄せた仕入先だけ。しかし商店を襲った強盗達はその薬草だけを狙うように保管されている金庫の場所まで詳しく指示されていました。加えて、逃走中に薬草が入った金庫をすり替える計画的犯行。盗まれた薬草は未だ回収できていません」

タカトと出くわした強盗事件。ハクに追わせた強盗は全員捕縛されたが、逃走中に侵入した倉庫の中で待ち構えていた仲間と協力して金庫をすり替えたと強盗の一人が証言した。

その仲間も捕縛したが既に盗品は依頼者に渡っており、その依頼者というのも金で雇われたただの若者で、それ以上は辿ることができなかった。だが、大元の犯人はもう分かったも同然だ。しかし証拠が足りない。

「うっ……」

「坊ちゃん！」

「アリス！」

呻き声を上げたサファリファスの手をエイベル卿が握る。目を薄っすらと開けた彼の目がしっかりと自分を見ているのを見て、エイベル卿はほっと微笑んだ。

「アリス……良かった」

「う……人前で、アリスって、呼ぶなよ……」

目を覚まして真っ先に抗議するところがサファリファスらしい。

「坊ちゃん……」

「この、馬鹿犬め……大事な奴から目を離すな」

「ああ……」

「だが、ボクにも責任はある」

私を見上げたその目は、怒りに燃えていた。

「ボクを餌にした報いを受けてもらおうじゃないか」

◇◇◇◇

「う、ここは……」

頭がいたい。脳が揺れるような感覚には覚えがある。

「魔力酔い……」

さっきの転移魔法が随分と荒い発動だったせいだ。

例えるなら、すごいスピードでぐるぐると回るコーヒーカップに乗っている気分だった。あの感覚を思い出すだけでまた気持ち悪くなる。

おれを拉致したのは、おそらくゼナード伯爵だろう。王宮であんな大胆なことをしておれを攫《さら》うような奴は、彼しかいない。

「……どこだ、ここ」

おれが目を覚ましたのは窓のない暗い部屋。壁紙や床には汚れの跡が残っているが、清掃されているのか埃《ほこり》っぽくはない。

足首には鎖が付けられていて横たわっているベッドに繋がれている。手は自由だったから鎖を引っ張ってみたけれど、頑丈で千切れそうになかった。

「はぁ……」

あまりの非力さにため息を吐くしかない。

今は神竜に魔力をあげないといけない時期だから無闇に魔法を使うこともできない。仮に使うことができても、神竜の卵を奪われている。おれに対する人質だ。

膝を抱えて顔を膝頭に押しつける。転移する前に見たオウカの顔が忘れられない。

互いに伸ばした腕が届かない絶望。今頃オウカはおれの側を一瞬でも離れたことを後悔しているかもしれない。でもあの状況では仕方がない。おれだってもし貴音が倒れていたら駆け寄る。

「目が覚めたようだね」

「っ！」

不躾に扉が開かれ入ってきたのは、ゼナード伯爵だった。

予想していた顔だったから混乱はない。彼と顔を合わせるのも言葉を交わすのも、おれが貴音と再会した日の夜以来だ。あの日からずっと、宿舎でも王宮でもいつでもダレスティア達が守ってくれていたし、社交界にはおれは出ていない。

こんなに希薄な関わりなのに、それでもなお、おれを拉致する機会を狙っていたという執着に悪寒が走る。子飼いだった奴隷狩りからおれが救出され、奴隷にし損ねたことがそれほどまでに腹に据えかねたのだろうか。

「お久しぶりですね、白の神子《みこ》様」

「……おれは神子《みこ》ではないですよ。ご存知でしょう、ゼナード伯爵」

「おや、私の名前を覚えていただけていたとは。嬉しいですな」

「人の名前を覚えるのは得意なんです。それよりも、ここはどこですか」

「……ふんっ。貴方が知る必要はない」

嘘ではない。だけどゼナード伯爵はおれに話を躱《かわ》されたと思ったのか、高圧的な態度に変えてきた。元々、こっちが本性なのかもしれない。

「何故おれを攫《さら》ったんですか」

「貴方はこの世界で唯一無二の存在だ。異世界から召喚されたにもかかわらず、竜王の加護がない者。神子《みこ》の身内。その奇跡のように白い髪と黒い眼。貴方を手の内にしたいと願う者は多い」

「……おれは商品ってことですか」

「察しが良くてなにより」

この世界に召喚された時におれを捕まえた奴隷狩りは、悪どい商人の下部組織だった。けれどそれは氷山の一角。王命によって奴隷売買が厳しく捜査されることになり、甘い蜜を吸っていた商人達、そして貴族が捕まった。

ミレニア地方で奴隷狩りと癒着していた貴族達が一斉に捕まり、取り調べられたことで、この男もそれなりにダメージを受けたと思っていたのだが、どうやら思っていた以上にこの国の裏側に巣を張っていたらしい。

奴隷狩りや奴隷商人からも、奴らから奴隷を買っていた貴族達からも、ゼナード伯爵の情報は満足に得られなかったとリノウが悔しそうにしていた。

アルシャの城にあった対竜用の武器についても、まったく情報を得られなかったという。

ラーニャが城にあった資料を余さず確認してくれたが、ゼナード伯爵がアルシャに赴いた記録はあっても、何かを持ち込んだという記録は残されていなかった。

「それにしても貴方の護衛は戦闘においては大変優秀ではありますが、護衛としては不出来でしたな。しかしお陰で貴方を私のものにすることができた」

オウカのことを言っているのだと分かった。この男は、サファリファスさんを襲って負傷した姿をオウカに見せることで動揺させた。あまりに汚い手口だ。

「サファリファスさんに何をしたんですか!!」

「彼は貴方を私のもとに連れてくるための餌になっていただいたまで。安心したまえ。流石《さすが》にサファリファス家の稀代《きたい》の天才魔術師殿を殺すほど私は愚かではない」

血を吐いて倒れたサファリファスの姿が脳裏を過《よぎ》る。彼がサファリファス家の嫡男でなければ殺されていた可能性もあったという事実に背筋がブルリと震えた。

「それにしても、良い品をお持ちだ。これはアルシャから貴方が持ち帰った物だと聞いていますよ。

これほど美しい置物はこの私でも見たことがない。しかも、魔力を溜める魔道具でもあるのでしょう？　妹君に贈るつもりだったのかな？」

ゼナード伯爵がニヤニヤしながら後ろに従えていた男から受け取ったのは、神竜の卵。見た感じは容器にしっかりと収まっている。卵ではなく置物だと思われていることからして、卵だとはバレていないようだ。

少し安心したけれど、心の奥底から怒りと嫌悪感が込み上がってくる。おれが心を許していない人物が無遠慮に卵に触れていることを神竜が怒っているのかもしれない。

「返せ!!」

湧き上がる怒りのままに掴みかかろうとして、足枷に阻まれる。ピンッと張った鎖に引っ張られる形で床に倒れてしまった。足首の痛みと、打ちつけた身体の痛みに視界が滲む。

「おっと、あまりお転婆では困りますな。怪我をされては堪らない。貴方は大事な大事な『白の神子《みこ》様』なのだから」

コイツ、おれのレアリティを上げるために、白の神子《みこ》だなんて呼んで売り出すつもりだな!?

この国の貴族はおれのことを知っている。王様がおれの後見人になってくれているからだ。神子《みこ》の身内だと分かったときに、神子《みこ》と同じ待遇と身を守るために貴族達に示してくれた。おれの後ろには神子《みこ》と同じく王様がついていると。

だけど、この男にはそれは一切関係ない。

自信があるからこそ、おれを捕まえるためだけにあんなに大胆な襲撃をしたのだ。おそらく、この襲撃に関しても身代わりを用意しているはず。

「足枷はやはりコレに変えろ。暴れて傷がついてはいけない。白い肌には傷も映えるが、貴方はいやらしく発情しているほうが似合うだろう」

部下の男が手にしているのは、どこか見覚えのある足枷……

「それは……」

「あの奴隷狩り達には上玉を見つけたら使うように言ってあった。やはりこれを嵌められたか。その顔を見るに魔術式が発動したこともあるようだが、どうだったかね？　強制的に発情させられた気分は。久しぶりに味わってみるか。懐かしいだろう？」

やっぱり、おれが奴隷狩りに付けられたあの足枷だ。提供元はゼナード伯爵だったのか。

あの足枷を付けられた時の屈辱と恐怖が蘇る。それに抗うように思い切り目の前の男を睨みつけたけれど、おれの睨みなんかなんとも思っていないんだろう。

目の前の男はおれを見下ろして嘲笑した。

「貴方には隣国に行ってもらう。貴方が竜の牙に保護されたせいでこの国では我々の身動きが制限されてしまった。その損害は大きい。貴方にはその対価をその身で払っていただきますぞ」

あまりにも身勝手な言い分に言葉も出ない。この男はまだ人間を物として見ている。そして隣国にまでその手を広げていたとは。

ということは、この男はやっぱり隣国だけではなく他の国にも通じているのだろう。貴音を誘拐したあの商人は、隣国に逃げ延びようとしていた。いくら力のある商人だとはいえ、隣国に逃げ延びる伝手は簡単には得られない。

ユダの森を拠点にしていた奴隷狩りと商人。そしてアルシャを治めていたアビアン一族。その後ろには全て、この男がいたのだ。

「国境の警備は厳重だ。おれを隠して運ぶことは不可能ですよ」

「抜け道など簡単に作れるのだよ。ユダの森のようにね。あそこの拠点を失ったのは痛かったが、それでも代わりの道はいくらでもある。それこそ、竜王の儀が終わったあとに隣国の大使の従者として紛れ込ませればいいのだ」

「そんな手で逃れられると？」

「貴方の顔を知るものは、そう多くはない。王宮の裏側で働く者と竜の牙の騎士達を除けば、貴方は幻のような存在だ。社交界にも出ないのだから、貴族達は貴方の顔をもうよく覚えていない。顔見知りの者がいたとしても、魔法で髪と目の色と背丈を変えれば分からないだろう。その特徴と背格好は少し変わればもう別人だ。魔力も上塗りしてしまえば、魔術師にも分からなくなる」

「加えて」と、男は獲物を痛めつけようとする目で嗜虐的に笑んだ。

「足枷など付けなくても、私は貴方の行動を抑えることができる。おかしいと思わなかったかな？貴方達が通るちょうどその時に、あの宮廷魔術師があの場所にいたのか」

言われて、ハッと息を呑んだ。

確かに不自然だ。おれ達は突然貴音に呼ばれて神子《みこ》の宮に向かっていたのに、それに合わせてサファリファスを誘導した。

そんなの、おれ達が貴音のところにあの時に行くと分かっていないと——

「——まさか」

「ふっ……私の目と手足は至るところにいるのだよ。もちろん、神子《みこ》の側にもね」

その瞬間、全身を蛇に締め上げられたかのような感覚に襲われた。この男はどこまで卑劣なんだ。

「あの女の子を脅しているのか」

「脅す？　違うとも。協力していただいているのさ」

おれに貴音からの伝言を持ってきてくれたという侍女。

おれと貴音を見て、仲がよろしいですねと微笑んでいた彼女が、進んでそんな役割を引き受けたとは思えない。やむにやまれぬ事情があるんだろう。

それも、この男のせいで。誰にでも、譲れない大切なものがある。だからあの子のことを咎《とが》めるつもりはない。

「さて、貴方は竜王の儀が終わるまではここで大人しくしてもらおう。なに、暇ではないとも。隣国で貴方の御主人様に可愛がっていただけるように、準備することはたくさんあるからね。ああ、もちろん、仕上げの味見は私がさせていただくとも。功労者にはそれくらいの報酬があってもいいだろう？」

ぞわっという悪寒が全身の血の気を引かせた。舌なめずりをする姿に、おれを犯そうとした奴隷狩りの姿が思い起こされる。本能的な恐怖に従って後退《あとずさ》りするおれをその目で床に縫い付けるように見つめたまま、ゼナードは抱えていた神竜の卵をおれに見せつけるように撫でた。

「まずは一つ、取引でもしようか。貴方が抵抗せずにこの枷を嵌めさせてくれるのであれば、この置物は神子《みこ》様のもとに届けてあげよう。大切なのだろう？　竜王の儀を控えた妹にあげようとしていたのではないのかね。妹思いの兄からの最後のプレゼントだ。どうだ？」

これはもう脅迫だ。おれが自分の意思で決めたかのように決定権を委《ゆだ》ねてはいるが、それは口だけ。お前は受け入れるしかないと絶望させるための演出だ。

おれは怒りを抑えるために静かに息を吐いた。ここで怒りに任せたら、神竜の卵がどうなるか分からない。コイツのことだ。おれが抵抗すれば卵を床に叩きつけるくらいはする。そうなるといくら耐久性がある容器とはいえ、卵を守れるかは保証できない。

それを避けるためにはこの取引を受け入れるしかないが、言った通りに卵を貴音に届けてくれる保証はそれこそない。

「さぁ、どうする？」

この取引の公平性は最初からない。それを理解していても、今は従うしかない……

「……分かった。取引を受け入れる」

「ふっ。貴方が賢くて安心したよ」

ゼナードが顎をしゃくると、従者がおれに近付く。つけられている足枷を外し、あの足枷に付け替えられる。その間も、おれは抵抗することなくじっとしていた。そんなおれを、ゼナードは満足そうに見ていた。

「さて、では早速始めようか。まずは感度を確認させていただこう。あの竜の牙の幹部達を落とした身体だ。さぞ具合が良く、良い声で啼《な》くのだろう。あぁ、楽しみだ」

気持ち悪い……。おれを見て全身を舐めるように眺めながら一体どんな妄想をしているのか、考えたくもない。従者の手が、おれの服にかかる。おれの身体は震えていた。おぞましさと、恐怖、そしてダレスティア達以外に触られることへの罪悪感に。

「っ……ごめん」

聞こえないように口の中で呟いた謝罪に、思わず泣きそうになった。覚悟を決めたはずなのに、やっぱりおれは彼らじゃないと駄目なんだ。

(ダレスティア、ロイ、オウカ……！)

嫌悪感に突き動かされて勝手に動いた手が、服をはだけていた男の手首を掴んでいた。ゼナードは軽く眉を上げただけで面白そうに見遣り、従者は無言でおれの手を振りほどく。おれの抵抗など余興としか思われていないことを痛感させられて、目から涙が零《こぼ》れた。

頬を伝い落ちていく涙が床にぶつかるかどうかのその瞬間、扉を激しく叩く音が部屋に満ちていた悲痛な空気を破壊した。

「旦那様！　旦那様!!」

扉には鍵がかかっているのか、ドアノブをガチャガチャと動かす音が聞こえるものの扉は開かれない。必死に叫んでいるのは、呼び方からして使用人だろうか。ということは、ここはもしかしてゼナードの屋敷か？

「ちっ……いいところで邪魔しおって！　何事だ!!」

「だ、旦那様!!　騎士団が屋敷の強制捜査を行うと言って強引に屋敷に侵入してきました！」

「なに!?」

興を削がれたことで不機嫌に怒鳴りつけたゼナードだったが、返ってきた言葉には流石《さすが》に動揺を隠せなかった。目を見開いておれを振り返る。

「追跡魔法はキャンセリングで解除したのだ。発動するまでの一瞬でここが分かるはずがない！」

「竜の牙の騎士団長が言うには、こ、国王陛下の賓客の方を誘拐した罪だと……」

「竜の牙……ダレスティアか！　まともな証拠などないにもかかわらず、騎士団が強引に屋敷に侵入するなど、愚行でしかない。これは騎士団の信用問題だぞ！　すぐに追い出せ！」

「ち、違うんです！　竜の牙だけではなく、竜の眼、竜の尾、近衛騎士団、そして神殿と魔術塔もそれぞれ違う捜査状を持ってきたんです！　全ての騎士団と魔術塔が旦那様を探し回っています!!」

「い、一体どういうことだ……」

使用人が慌てて話すには、竜の牙は国王陛下の賓客の誘拐、竜の眼は他家の貴族への脅迫、竜の尾はミレニア地方を拠点とした奴隷売買、近衛騎士団は入城許可を持たない者の王宮内への手引き、神殿は神子《みこ》を害そうとした罪、魔術塔は宮廷魔術師を襲撃した罪。

それぞれ王様の捜査許可を得た書状を持ってきたのだという。

「馬鹿な……全て証拠が残らぬように手を打ったのだぞ!?　強制捜査に値する証拠はないはず！　何故許可が下りたのだ!!」

「だ、旦那様!!　我々はどうしたら……ひぃ!!」

震えた声でゼナードに指示を仰いでいた使用人の悲鳴が聞こえたと思った瞬間、爆発が屋敷を揺るがした。

「ちっ……!!　結界が張ってある！」

「オウカ副団長の魔法でも壊れないとは。やはり手練れの魔術師がいますね」

「ゼナード伯爵。そこにいることは分かっている。大人しく投降していただこう」

聞こえてきた声に、おれの心が安堵に震えた。オウカ、ロイ、ダレスティア。来てくれた……助けに来てくれたんだ！

「そちらこそ、大した証拠もないのに無断で私の屋敷に押し入るとはどういうことですかな？」

「我々はきちんとした証拠をもとに、国王陛下より捜査の許可を得たのだ。もう逃れることはできない」

「ありえない……ちっ、せめてコイツだけでも……!!」

「っ!?　は、放せッ!!」

「タカト!?　そこにいるんだな!!」

焦りと怒りで余裕がなくなったゼナードが、おれの腕を掴んで無理矢理立ち上がらせてくる。暴れようとしても、従者に抑えつけられて振りほどけない。

彼らに声を伝えたいのに、口まで塞がれてしまった。

「どこでもいい！　屋敷から離れたところに飛ばせ！」

従者は頷くと、床に魔法陣が現れる。転移魔法だ。コイツ、この期に及んでもおれを連れて逃げるつもりか!?

「くくっ……コイツがいれば、どうとでもなる」

「んんっ……!!」

転移されてしまったら、もうダレスティア達の助けは望めないかもしれない。その危機感から、おれを後ろ手に拘束する従者の顎に頭突きを食らわせた。

「ぐっ!?」

おれの思わぬ反撃と痛みに集中力が途切れたのか、魔法陣が消えた。やっぱり、三人を急いで転移させようとすると魔力を集中させる必要があるみたいだ。すぐには転移魔法を再発動できないだろう。

従者が怯んで腕を掴んでいた手を離した隙に体当たりしてその身体を吹き飛ばし、扉の方に駆け出した。壁にぶつかる音と呻き声が聞こえたが、無視して扉に縋《すが》りつく。

「何をしている！　待て！」

「ダレスティア！　ロイ！　オウカ！」

ゼナードが怒鳴る声を無視して扉を開けようとノブを動かすも、何故か開かない。そういえば、鍵をかけていた……。それにあの爆発で扉だけじゃなく壁も壊れないってことは、もしかして結界って扉だけじゃなくこの部屋全体を覆っているのか!?

「タカト!!　無事か!?」

「ダレスティア！　扉がこっちからでも開かないんだ！　早くしないと、また転移魔法を使われる！」

「無駄だ。その扉は私の鍵がないと開かない。結界も、鍵と連動しているのだ。鍵を開錠するしか、ここから出ることはできないのだよ。そして私は開錠する気は一切ない！」

勝利を確信したように、ゼナードが自信に満ちた声音で外にいるダレスティア達にも聞こえるように話している。絶望を煽るためだろう。追い詰められているのはお互い様だというのに、その事実を認めるのはプライドが許さないのか。どこまでも悪の親玉らしい男だ。

おれをもう一度捕まえようと近付いてくる男を睨みつけながら、どうにもできない悔しさに歯を食いしばって、開かない扉に縋《すが》りつくことしかできない。

「どけ。ボクが開ける」

「え、サファリファス……さん？」

次の瞬間、部屋全体が青い光に包まれていた。目の前には光のドームのようなものが現れ、部屋を覆っている。

そしてその表面に亀裂が走っていく。全体に亀裂が縦横無尽に広がると、ガラスが割れるように光が砕け散った。

「……え？」

「結界が……！」

驚愕しているゼナードの言葉で、おれは今の光のドームがゼナードがかけたであろう結界だったことを知る。そして、それが割れたということは……

「つうわぁ！」

目の前の扉が突然砂のように崩れ落ちた。砂となった扉の向こうにいたのは、おれが会いたくて堪らなかった人達。

「みんな……！」

「タカト！　無事ですか⁉」

無事だと答える前に飛び込んできたロイに抱きしめられる。同時に、温かい何かが全身を包み込む感覚が走った。

「治癒魔法？」

「安心してください。タカトの身体に傷一つ残しません」

抱きしめることで全身に治癒魔法をかけてくれたらしい。

「ああ。お前だよお前。よくもボクに毒をかけてくれたね」

抱きしめ合うおれとロイの横を通り過ぎサファリファスが話しかけたのは、ゼナードの従者。アイツ、サファリファスを襲った奴だったのか。

「おまけに、ボクを餌にするなんて。久々にボクを本気で怒らせてくれたお礼をさせてもらうよ」

「ぐあッ⁉」

サファリファスが小声で何かを唱えると、従者の男が苦悶の声を上げた。よく見ると、全身を這う雷のような光が見える。

「サファリファス殿はかなりの屈辱だったようで、解毒したばかりだというのに怒りのままに魔術塔代表として来たんです」

電撃で拷問染みた攻撃を続けるサファリファスはガチギレしている。自分の手で犯人を処罰したかったようだ。そのお陰でおれは助かったのだから、この拷問は見なかったことにしよう。

「くぅ……ッ、こんな……こんなことがあっていいはずがない!!」

ダレスティアとオウカ、そして数人の騎士に取り囲まれながらも、ゼナードはまだ現実を認められず喚《わめ》いていた。血走った目は、もう常人とは思えない狂気に満ちている。

その目と、図らずしも視線が合ってしまった。

その瞬間、悪魔もかくやという笑みを浮かべ、彼は未だ手に持っていたソレを振りかぶった。

「ッ!?　やめろ!!」

ダレスティア達が強引に取り押さえることができなかった理由。

ゼナードは容器の取っ手部分を無意識に握りしめたままだったのだろう。そしてその存在を、おれを見て思い出してしまった。

おれに一矢報いるため、せめて最後に絶望の表情を見るために、ゼナードは腕を思い切り振り下ろした。

全てがスローモーションのように見える。床に叩きつけられる寸前の卵。そしてその動きを止めようと手を伸ばすダレスティア達。

（いくら容器の中とはいえ、あんなに思い切り叩きつけられたら無事ではすまない）

一瞬の間にそんなことを考えている。脳はやけに冷静なのに、身体は諦めきれないように卵に向かって手を伸ばしていた。

「ぐはッ!!」

しかし聞こえてきたのは、壁に何かが強くぶつかる音と痛みに呻く声。

「え……？」

いつの間にかゼナードが壁にもたれて項垂《うなだ》れている。今のは彼が壁に叩きつけられた音だったのか。

いや、それよりもだ。

「まったく。ボクの卵をこんな汚い人間に渡すなんて、信じられないんだけど？」

突然現れた、全身真っ白の青年。その腕には卵が抱えられていた。

卵が床に叩きつけられる寸前に卵をすくい上げてゼナードを吹き飛ばした彼は、ミレニア地方の古代遺跡で出会った青年。

「その魔力……まさか」

オウカが顔を引きつらせながら指さすと、青年はその指を掴んでぐいっと手の甲側に引っ張った。

「いってぇ!!」

「人に指を向けちゃいけませ～ん。久しぶりだねぇ、狼くん。君の魔力、美味しかったよ」

「やっぱりあんた、神竜だろ!?」

「あったり～」

語尾に星が付きそうなテンションの青年と、耳が伏せられ尻尾《しっぽ》が垂れ下がっているオウカ。絵面の温度差が激しすぎる。

「神竜……？」

「ダレスティアも久しぶりだねぇ。いや～、君の魔力はなんかこう、高級感あって良かったよ」

「本当に、ハクロ様なんですか？」

「そうだよ、ロイ。これがボクの人間体。どう？　綺麗でしょ？」

「え、ええ」

「ロイにもお礼言わなきゃね。魔力たくさんくれてありがとう～。お陰で実体化しても魂移しに問題ないくらいまで魔力を温存できたんだ」

——いや～、間に合って良かった良かった。

のんびりとした喋り方に、突然現れた青年を警戒していた騎士達も毒気を抜かれたのか顔を見合わせている。

ダレスティアは息を吐くと、彼らにゼナードと従者を運び出すように指示を出した。この混沌と化した場から彼らを出すことにしたようだ。

「あ、こいつの取り調べは魔術塔の担当にしておいて」

騎士達はボロボロになった従者の姿に戦慄し、サファリファスの冷たい声にコクコクと頷きながら自らの仕事を果たしに行った。

彼らがいなくなると、神竜はおれを振り返った。

真っ白な髪に、キラキラしたホワイトオパールの瞳。抱えている卵と同じ色の美しい目が、おれをその中に映した。

「この姿で会うのは久しぶりだね、タカト。ちゃんと卵を守ってくれてありがとう……って言いたいところだけど、最後の最後に割られるとかシャレにならないよ！」

「いや、うん……ごめん」

なんでおれが怒られているのか腑に落ちないけど、守りきれなかったのは確かにおれの責任だ。

「でもほんと、間に合って良かったたぁ」

神竜――ハクロが嬉しそうに微笑む姿に、おれも頬が緩む。

「でも、ハクロも実体化できたんだ」

「さっき頑張ってやったの！　最悪、タカトを飛び込ませようと思ったんだからね？」

それっておれの身体を操ってってことだよな……。もしかして途中までそのつもりだったけど、その時にできたってことかな。幽体離脱みたいなイメージしか湧かないけど。

「それで、いつまでも実体化していていいのか？　魔力を使うんだろう」

「うん。でも大丈夫。実体化できたってことは、完全にタカトの魂とボクの魂が分かれることができたってことだから。タカト、手の平に魔力の塊を出すみたいな感覚でやってみて」

「え、うん」

手のひらに魔力の塊……こうかな？　え。

ハクロに言われた通りにやってみると、貴音が竜王の宝玉を出すときと同じように、手の平の上に丸くて白く輝く玉が現れた。

「これって……」

「うん、ボクの魂。ボクそのもの。君達に分かりやすいように言えば、神竜の宝玉かな」

「体外に出せたということは、完全に魂の癒着は解消されたようだな」

「そういうこと」

サファリファスが以前おれの中の神竜の存在を見た時のように、おれの瞳を見つめてくる。これで分かるのだから、やっぱり天才だ。

「そして、魂移しの準備ができたってこと」

ハクロがおれに卵を手渡してくる。落とさないように、しっかりと抱えた。

容器から出された卵はその美しい輝きを増している。これがゼナードに見つからなくて良かったと心の底から思った。

「さてと、もうすぐ来るからちょっと待っててね」

「え？」

意味深な言葉に首を傾げたとき、ダレスティア達が一斉に部屋の外を見た。え、なに？

「私達、連れてきていませんよね？」

「ああ。危険すぎると言い聞かせてきただろう」

「でも来てるぞ」

「こりゃ、絶対あの人の仕業だろ」

訳知り顔でため息を吐いたダレスティア達にどういうことかと聞こうとした時、黒い影がすごいスピードで飛び込んできた。

「お兄ちゃーん!!」

「セフィ!!」

黒い影だと思ったのは、いつかの長髪黒髪美丈夫《びじょうふ》と彼に抱えられた貴音。

「貴音!?」

「ヴァル～！」

驚きすぎて悲鳴みたいな声が出たおれとは対照的に、腕を広げて語尾にハートがありそうな声で出迎えたハクロ。それぞれ飛びつかれたのは同時だった。

「お兄ちゃん～！　私のせいでごめん～！」

「ちょっ、貴音落ち着け！　なんでお前がここにいるの!?　連れてきたの誰！」

「俺だよ～」

「アイル王子!?」

こんな悪の親玉の本拠地に連れてきた奴は一体誰だと思ったら、アイルだった。またお前か！

ダレスティアにやっぱりお前だったかと絶対零度の目で睨まれているアイルは、その睨みを受け流して笑った。

「だって神子《みこ》様と竜王様に頼まれたら断れなくない？」

「いや、そこは断ってくれよ……」

オウカの言葉に全面同意だ。

「セフィ。無事だったか？　卵は？」

「大丈夫だよ。卵もね。もうすぐ肉体が得られるよ」

「やっとだ……私もまもなく肉体を復活させられる。そうしたら、またずっと一緒だ」

「うん。ずっと一緒。そうだ、旅をしようよ。ヴァルもずっとこの国にいたんでしょ？　一緒に、ボク達が守った大陸を見て回ろう？」

「ああ」

真っ白の美青年と真っ黒の美丈夫《びじょうふ》がイチャイチャしている。甘すぎる空気に胸やけしそう。

「ヴァルシュね、ずっと神竜のこと抱きしめたかったんだって。だからもうちょっとだけ待ってあげて」

「……うん」

ずっと会えなかった人に会えた。その喜びはおれ達には想像もできないくらいだと思う。

卵が孵《かえ》るまでの間、また彼らは離れることになるけれど、神竜と竜王の彼らにとっては一瞬のようなものだろう。

おれは、ダレスティア達に目を向けた。サファリファスは観察するように神竜達を眺めていたが、ダレスティアとロイとオウカは、おれを見ていた。

その視線に目元が緩む。意図せず涙が出そうになって、誤魔化すように貴音を抱きしめた。

「わっ!?　お兄ちゃん？」

「なんでもない。ぎゅってしたい気分ってだけ」

「なにそれ可愛いじゃん〜」

神竜と竜王みたいに、おれと貴音も抱きしめ合う。笑い声が聞こえてそちらを見ると、おれの大好きな人達が優しい笑みを浮かべてこちらを見ていた。

それが嬉しくて、おれも彼らに笑みを返した。

「さてと、じゃあ魂移しをしようか！」

なんだか煌《きら》めきが増しているハクロが、おれがちゃんと抱えていた卵に手を当てる。竜王――ヴァルシュも卵に手を当てている。

「私がセフィの魂を誘導する。お前は魔力を卵に流せ。その魔力の流れが道になる」

「わ、分かりました」

「大丈夫。上手くいくよ」

ハクロは余裕だ。自信があるのかな。

「じゃあ、行くよ。タカト、ボクが生まれてこられるように、ちゃーんとお世話してね？」

「うん。今度は絶対おれから離さない」

「おお〜、頼もしいね。じゃあ、ね」

目を閉じたハクロの身体が、どんどん透けていく。でも消えていくんじゃなくて、卵の中に吸い込まれていくようだ。

「魔力を流せ」

「はい」

竜王に促され、魔力を卵に注いでいく。目を閉じて魔力の流れをイメージする。

竜王の手が、卵に当てていたおれの手を上から包み込む。その手から魔力が入ってくるのが分かった。その魔力に導かれるようにして、おれの身体の内側から強い存在感のあるものが移動してくるのも。

おれが作った魔力の道に沿うように移動してきたそれは、竜王の魔力に手招かれるように卵の中に入っていった。その瞬間。無機質な冷たい印象だった卵が、ほわぁっとした柔らかい印象に変わった。

「……成功？」

おれの呟きに、竜王が頷いた。

「ああ。魂移しは成功した。あとは、無事に孵《かえ》るまで丁重に世話をしろ」

「よ、良かったぁ〜！」

竜王の尊大な言葉も気にならないほどの安堵に、一気に身体の力が抜けた。

床に座りこみそうになったところを、ダレスティアに支えられる。ゆっくりと抱きかかえられて、おれはその安心感に一気に意識を持っていかれそうになった。簡単に言えば、気絶だ。

誘拐されたことと襲われそうになったこと、そして突然始まった魂移し。心身ともに限界だった。

もう気絶でもなんでもいいと思った瞬間、身体に熱がともった。

「あ」

ロイの思わず漏れたというような声。おれはくっつきそうだった瞼を無理矢理開けた。みんなの視線の先は、おれの足元にある。そこには――例の足枷がある。

「その足枷は……」

「いつかのやつだな」

ロイとサファリファスの言葉が耳に入り、その意味を理解しようとするも、ドキドキと心臓が高鳴って集中できない。息が上がり、身体の熱が上がっていく。

「……タカト。大丈夫か？」

「ダレスティア……？　なんか、熱い……」

「団長。これはやはり」

「……タカト」

「ん？」

ダレスティアの頭に犬耳が見える……しかもしょんぼりしてる……

「すまない。発動させてしまった」

「え？」

発動？　発動って――

「発情!?　発情イベント!?　きゃ～～!!」

――あ、そういうこと……

貴音の興奮した声で呟いた内容で、おれはようやく理解した。

足枷のペナルティが、発動している。強制発情しているのだと。

そして、おれの恋人達が獲物を見るような目でおれを見ているということにも、気が付いてしまったんだ。

◇◇◇◇

『いいか？　ほどほどにだ。絶対に無茶をさせるなよ』

呆れたようなサファリファスの声を思い出した。

「ああ――――ッ!!」

「また出たな。どうだ、まだ熱いか？」

「ん……あつい……」

ごめん、サファリファス。おれが我慢できないだけだから、彼らを怒らないであげてほしい。

「オウカ、あまりいじめるな」

「いじめてねぇよ。これ以上ないほど甘やかしてる。なぁ？　タカト」

「んぁ……はぁ、ん、ぅ、あ、あんっ！」

乳首をちろちろと舌先で愛撫しながら、亀頭を柔らかく撫でられる。

敏感なところばかりを優しく触られて、下腹部がじんじんと熱く疼いた。身体の奥からとろりと快楽の蜜が蕩《とろ》けて出てくるようだ。

「オウカ副団長がそんなに甘い愛撫をされる方だったとは知りませんでした。実はちょっと心配してたんです」

「余計なお世話だ。お前は、おれが思ってたよりもねちっこい」

「失礼ですね。丁寧だと言ってください」

ロイは抱えていたおれの足を下ろして、尻の間に手を伸ばした。既に何度もイかされたそこは、ロイの指を柔らかく包み込んだ。

「あ、ぅ、んん～～ッ！」

ぐちゅぐちゅと甘やかすように優しく中を撫でられる。

敏感なところを見つけた指先は、捏《こ》ねるように弄ってくる。そこから込み上げてくる快楽は脳まで届いて、快楽の坩堝《るつぼ》におれを優しく沈めていく。

「あーあ。涎垂らしちまって……そんなに気持ちいいのか？」

「ん、ん……！　きもち、いい……は、ぁあ……」

「タカト」

「んぅ……ぁ、ん、んちゅ、ん、は、あ……んぃッ⁉」

ダレスティアに口端から垂れてしまっていた飲み込めない涎を舐め取られ、そのまま口を塞がれる。

舌が入ってきて、くちゅくちゅとおれの口内をかき回すように好き勝手に動いていく。

上顎を舌先で舐め、脱力したおれの舌とこすり合わせる。

唇が離れたと思えば、舌だけ口内に居座っておれの舌を引きずり出し、舌先だけで愛し合う。そのいやらしさに涙が零《こぼ》れると、仕上げとばかりに舌を甘噛みされて解放された。

「あ、ダレスティアに噛まれてイッた」

「えっちですね、タカト」

「ああ、可愛らしい」

「まぁ、確かに可愛いな。お前らが虐めたくなる気持ちも分かるぜ」

「いじめちゃ、だめ、だから……ぁ」

ベッドの上で聞く『虐める』という言葉は、おれの官能の記憶を引きずり出す。ダレスティアとロイの虐めは、思い出しただけで腰が跳ねそうになる。

「お前ら、どれだけタカトに刷り込んだんだよ」

「タカトが喜んでくれるから、その期待に応えたまでです」

「嫌がることはしていない」

ダレスティアの言う通り、おれが嫌だと思うことは一度もない。ちゃんと恋人同士になる前もなった後も、二人ともおれのことだけを考えていた。おれが気持ちいいことしかしない。だけど、気持ちいいは強くなりすぎるとちょっとツラい。

「はぁ、はぁ……ん、だいぶ、治まってきた……」

「そりゃ、これだけ出せばな」

「タカトのことを思うと、この辺りで終わったほうがいいのですが……」

「ああ。そうだな……」

「終われるものなら、なぁ……」

「ん？……うぁッ!?」

なんだか含みのある会話に首を傾げた。次の瞬間、両足の膝裏に手をかけられてぐいっと押され、足の間から天井を見上げる姿勢になる。

ぽかんとしていると、視界に映るのが天井からロイに変わった。

「ロイ？」

「タカト、良い匂いがします」

「匂い……？」

「はい。私達の感情を昂《たかぶ》らせてくるような、挑戦的で甘い香りです」

うっとりとした笑みを浮かべているロイの昂《たかぶ》ったアレがおれの腰に当たっている。その熱さと硬さに、治まりかけていた熱が蘇ってきた。

「おそらく、神竜の魂と融合していた影響だろう」

「魅了のフェロモンか。獣人は大抵のおれの匂いで近寄ってはこないだろうが、問題は人間だな」

「今まで以上に牽制すればいいということか」

「親父たちの許可も出たしな。アイツも捕まえたし、隠しすぎると良くないことも分かった。むしろお前らはよく我慢してたな。おれは見せびらかしたくて堪らないぜ」

「私達は大切なものはしまっておきたいからな。だが、確かに隠しすぎるのは良くなかった」

ロイが入れているかのように腰を動かして、おれの発情を促してくる。段々我慢ができなくなっていたおれの上で話し合いをしないでほしい。発情したおれは、わがままで欲しがりだから。

「ね、ねぇ……」

「どうした？」

「なんだ？」

「二人も、おれをもっと気持ちよくして？」

二人の手を握って言えば、おれを優しく見ていた目が鋭くなり、笑みを浮かべていた顔は真顔になった。

「タカトは悪い子ですね……っ、私だけじゃ、物足りないと？」

「あぅッ、あ、ん、ああっ」

おれの腰に擦りつけているロイの動きに合わせて声が途切れ、おれの口からも嬌声が零《こぼ》れる。

その性行為モドキをダレスティアとオウカに見られているというのも、おれを燃えさせた。

「くそっ、エロイ顔しやがって……！　ロイ、早く代われ！」

「ぐっ……せっかちな男は、嫌われますよ」

「ねちっこい男も嫌われるぞ」

「お前達、いい加減にしろ」

ダレスティアに怒られた二人は、不貞腐《ふてくさ》れた表情をしながらもおれを弄る手を止めない。

ロイはようやくおれの中に硬さを増した陰茎を入れた。待ちわびたものに満たされていく感覚。

ぎゅっと抱きしめて甘やかしたくなって、意図的に下腹部に力を入れた。

「つく……！　タカト……！」

「う、あっ、ああ、ひッ、ああッ！」

耐えるように息を詰めたロイに、容赦なく突き上げられる。

良い所も奥も乱暴に擦り上げられて突かれるも、痛くはない。丁寧にロイが解《ほぐ》したお陰で完全に性感帯に変えられた中を、自分勝手にされるのがいい。

「ひ、っ、ああッ、んんっあ――!!」

「っ、う……」

中に注ぎ込まれる熱い飛沫は、ロイの、精液……

無意識に唇を舐めていたらしい。おれの顔を凝視して唾を飲んだロイが、おれの唇に噛みつく勢いでキスをした。

激しいキスをされているのに、胸がぽかぽかして幸せな気分だ。このまま寝ちゃいたいくらい。

「おい、いつまで独占するつもりだ？」

ロイの肩をグイっと掴んでおれから引き離したオウカは、牙を剥いてロイを威嚇していた。

「次は俺だ。だから、まだ寝るなよ？　タカト」

ま、寝かせねぇけどな。

ロイを押しのけておれの足の間に居座ったオウカは、そう言って尻尾《しっぽ》を大きく揺らした。

「お前、さっきイッたのに出さなかったな。あれがメスイキか？」

「ああッ、だめ、今そこッ、敏感だからぁ……ッ！」

ロイの余韻で緩んだままの後孔に入ってきたソレは、敏感になっているおれの中をずっと同じスピードでピストンを繰り返しながら、手ではおれの陰茎を弄り倒している。

ぐちゅぐちゅと溢《あふ》れてくる蜜を塗り付けるように扱き、もっと蜜を出せとばかりに尿道口に爪を立てる。そして亀頭を磨くように撫でまわす。

ロイがイッたときにおれもイッたはずなのに、おれは射精しなかった。最近射精しなくても快感を得られるようになっていることに危機感を抱いていたのにっ！

こんな風に弄られたら、また変なイキ方しちゃう！

「あっ、あっ、だめ、変なのくるッ！」

「ふーん？　出しちまえよ」

「ッ⁉」

変なのくるって言っているのに、亀頭を弄る手が激しさを増す。なんで止めてくれないんだろう。興奮してるのかな。あまりの快感に腰が跳ねるのが止まらない。陸に打ち上げられた魚のようだ。

「すっげぇ腰跳ねてるな。ほら、こっちも良いところ突いてやる！」

「あぐぅッ！　ああッ、は、やッ、う、ぐ、ッーー!!」

グポグポと音が聞こえそうなほど身体の奥を虐められる。開いちゃいけないところをこじ開けられそうになって、入れちゃいけないって思うのに、歓迎したように開いてきてるのが分かる。

力強く突かれて、時々優しく捏《こ》ねられて、また突かれて……

亀頭をゴシゴシと擦られて、尿道口に爪を突き立てられる……

「も、ムリ、ぅ、きちゃ、ッ、きちゃ、あっ」

「俺も、そろそろ、ッ、くっ……!!」

「い、あ、あああぁーーーー!!」

ぷしゃぁぁ……っ。

「あ、ぁ……」

イッたはずなのに……イケてない……つらいぃ。

「あ？　……なんだ、イってないのか？」

「イってないぃ」

透明な液体でびしょびしょになった陰茎を不思議そうに見るオウカがなんだか純真に見えて、怒りたくても怒れない。でも出せなかった熱がぐるぐるしてて感情が昂《たかぶ》っている。

この前みたいに噛んでたら怒れるのに……！

「なんで、噛まなかったの……？」

「か、噛まねぇよ！」

慌てたようにオウカが腰を引いて、おれの中から出て行く。忙しなく動く耳と尻尾《しっぽ》が焦りを教えてくるけど、なにを焦っているのだろうか。

「オウカ」

「う……」

「噛んだというのは初耳だが」

「……治癒魔法で治した」

「そもそも噛むな」

「ッ、分かってる！」

ダレスティアが静かに苦言を呈すと、オウカはぐっと息を詰まらせながらも了承していた。

どうやらこの前噛んだのは、治癒魔法で治して証拠隠滅していたらしい。そこまで強く噛まれた記憶はないけど、歯型は結構痛々しかったようだ。

「タカト、大丈夫か？」

「ん……お腹の奥がぐるぐるする……」

「ツラくはないか？」

「ツラい、から……欲しい」

「……分かった」

ダレスティアがおれの頬を撫でる。火照《ほて》った身体に、ダレスティアの冷たい手が気持ちいい。すりっと頬を寄せると、ダレスティアはふっと笑っておれの好きにさせてくれた。

「ロイ」

「はい。タカト、水を飲んでください」

「ん……」

ロイに口移しで水を飲まされる。

いつからか、何回かしたあとに最中でも水分補給をさせられるようになった。終わる頃に大体おれは気を失ってそのまま寝ちゃうことが多いから、先に飲ませておこうってことかもしれない。

「水を飲ませると、ちょっと治まりますね」

「ああ。もう大丈夫だろう。オウカは」

「シャワー室です」

「獣人だから余計にフェロモンの影響を受けるのだろうな」

ロイと話しているダレスティアをぼーっと見ていると、視線に気が付いたダレスティアがおれの上に圧《の》し掛《か》かってきた。

「待たせてすまない」

「ん……早くちょうだい？」

「ああ」

両手の指を絡ませて、ぎゅっと握り合う。

そしてぽっかりと開いていた後孔に熱いそれが入り込み、寂しかった中を埋めてくれる。ゆっくりと入ってきた雄が全部収められると、二人して息を吐いた。

それに顔を見合わせて、笑い合う。

おでこに、鼻筋に、瞼。キスが降り注いで、そのくすぐったさにまた笑いが零《こぼ》れる。

「……妬《や》けますね」

「それならお前もシャワーを浴びに行ったらどうだ？」

「私はどんなタカトの顔も見逃したくはないんです。でも、放置されるのは寂しいですね」

三人でする時はおれの負担が大きいから、誰かが入れている時は他の二人は手を出さないってことに決めていた。手を握ったりというスキンシップはいい。だけど、あまり性感帯を触らないこと。

おれも「じっと見られているのは恥ずかしいけど耐えるから」と承諾させたのだけど、やっぱり触りたくなるらしい。

「仕方がないな」

ダレスティアが、繋いでいた片手を解《ほど》いた。解かれた手は、今度はロイに握られる。ダレスティアは片手をロイに譲ることにしたらしい。

譲ってもらったおれの手を握りしめ嬉しそうなロイは、構ってくれて嬉しい子犬のようだ。

「おい、俺を抜きでいちゃつくのはダメだろ？」

全身を濡らし、タオルで髪を拭きながら戻ってきたオウカは、今度はロイと反対側からダレスティアを見上げる。

「……はぁ」

無言で眉根を寄せたダレスティアは、ため息を吐いてもう片方の手も解《ほど》いた。そして、今度はオウカが手を握る。機嫌が良いのか、尻尾《しっぽ》をふりふりしている狼が可愛い。

だけど、せっかく握っていた手を部下に譲ってしまった優しいダレスティアがちょっと可哀想。

「ダレスティア」

おれはダレスティアの目を見つめて腰をクイっと動かした。

「っ！」

「中に、出して？」

耐えるように眉根を寄せたダレスティアは、次の瞬間には壮絶な色気をぶちまけて笑んだ。

「ああ。望みのままに……！」

「ん、はぁッ！　あ、ああッ、ひ、ん、アッ！」

腰を大きな手の平で握りしめられて、腰骨同士がぶつかる音が聞こえそうなほど力強く腰が打ちつけられる。大きなストロークで奥を突かれて、あ、入ると予感した。

「ぐっ……！」

「あッ、ん、ひあッーー!!」

一際強く打ちつけられて、切っ先が入り込んだ。

しちゃいけない音が身体の中から聞こえた時、強い快感を得て、おれの陰茎はようやく白濁を吐き出した。

勢いはなく、ゆっくりと腹の奥で渦巻いていた熱を排出する。そして熱い飛沫が中の奥の奥を濡らす感覚に、断続的に絶頂を迎えた。

ビクビクと絶頂に至るおれを、ダレスティアは目を離すことなく見つめていた。両手はロイとオウカに握りしめられ、絶頂の衝撃で強く握りしめる度に可愛いと愛でられる。

（……幸せだ）

大好きで愛しい人達と愛し合う。この瞬間がとても好きだ。

第六章

「お久しぶりです。リュシアンさん、ラシュドさん」

「やぁ。この前は大変だったね、タカトくん。もう大丈夫かい？」

「オウカが護衛として役に立たなかったせいですまなかった」

竜王の儀も終わり、おれ達の騒がしい日常がようやく穏やかになった頃。おれはリュシアンとラシュドを、「改めての御挨拶として珍しい東方のお茶をご馳走したい」と言って呼び出した。

場所は団長室。部屋の主には無理を言って俺たちだけにしてもらった。

お茶を一口飲んで開口一番に出た話題はやはり、ゼナード伯爵による事件だった。

あの時、おれの居場所がすぐに分かった理由。ゼナード伯爵邸に突入できた理由。捜査許可状を取るための証拠が見つかった理由。王様の許可がすぐに下りた理由。

その全てを聞いたおれは、あまりにも現実味のない奇跡の連続に言葉が出なかった。そんなことがあるのかと思ったほどだ。

「オウカは何も悪くないですよ。全てはゼナード伯爵が悪いんですから。それに、咄嗟《とっさ》に追跡魔法をかけられるだけでもすごいです」

おれが転移させられる直前、オウカはおれに追跡魔法をかけていた。

それはゼナード伯爵邸に着いた時にキャンセリングで解除されてしまったけれど、それでもあの一瞬で魔法をかけられるのはすごい。

「それにしても、本当に奇跡みたいな話だ。アイツの悪事の証拠がまったく見つからなかったのに、アルシャで奴隷売買に関わっていた証言と書類が見つかり、新たに子飼いにした子爵は悪に堕ちるには優しすぎる人だったためにボロが出たとは」

「タカトを手に入れるために焦った結果だろうな。その報いが返ってきたんだ」

リュシアンは皮肉げに嗤《わら》い、ラシュドは蔑むように呟いた。

おれが攫《さら》われる少し前、アルシャから連絡があった。

ラーニャが奴隷売買の疑いで捕まった一族の書類から、ゼナード伯爵が関わっていると分かる書類を見つけ出した。処分し忘れていたのか、いつかのためにわざと処理しなかったのかは分からない。

けれどそのお陰で竜の尾にも捜査権が与えられ、伯爵邸に乗り込むきっかけになった。

おれが攫《さら》われた時にカイウスが王様のところに行ったのは、緊急でこの捜査許可証の承認を貰うためだったのだ。

だけど、竜の尾だけでは捜査するには手が足りない。おれを誘拐したという証拠もない。それを全て解決したのは、貴音だった。

「神子《みこ》も大活躍だったそうじゃないか。社交界で会った時から賢そうだとは思っていたけどね」

「身内に裏切り者がいるって真っ先に気が付いたんだろ？」

おれは、貴音からその詳細を聞いていた。

ゼナード伯爵が言っていた協力者とは、おれに伝言を持ってきた子爵家の令嬢だった。

貴音は確かにおれを呼んだけど、もう少しあとの時間を指定していた。それなのに伝言を受け取ってすぐに神子《みこ》の宮に向かっていたのはおかしいと気が付いた貴音は、伝言を預けた侍女を疑った。

しかし、どれだけ突き詰めても口を閉ざすだけ。あのウィリアムが業を煮やして剣で脅そうとしたとき、貴音は彼女に寄り添ったのだという。

「ああいう子は無理矢理聞き出そうとしても駄目。寄り添うことが心を開かせるの」ってドヤ顔で言っていたけど、それって乙女ゲームで得た知識だとおれだけが知っている。

けれどそのお陰で彼女は心を開いたのだから馬鹿にできない。

「あの侍女の親である子爵は、少し前から伯爵に絡まれていたそうです。人が良い子爵は、悪い噂があるゼナード伯爵の話を断ることができなかった。そして伯爵の目論見《もくろみ》通り弱みを握られた子爵を助けたければ、協力者になれと伯爵は彼女を脅迫した」

それが、竜の眼が捜査権を得た理由。

「そして協力者にさせられた彼女は、伯爵に言われて一人の男を王宮内に招き入れたと。その男が何をするのかまでは知らなかったそうですが」

近衛騎士隊が捜査権を得たのは、入城許可を持たない者の手引きの疑いがあったから。

「おれの誘拐への協力は、警備が手薄になる時を作れと命じられていたそうです」

「焦るあまり、捨て駒を作ることを止めたのだな。これまでの奴なら、自分が命令したと事実を分からないようにするために何人もスケープゴートを置いていた」

「ふっ、あの大悪党でさえ焦りで失敗するのだ。心の余裕というのは大切だな」

「でもそのお陰で、おれの誘拐を指示したのは伯爵だって確証が得られたのです」

「竜の牙だけ捜査権がないなんてことにならずに済んで良かったと思っちまったぜ」

「はは……」

そして貴音に危害を加えようと命じていた件で、神子《みこ》が所属する神殿に捜査権を持たせた。これはできるだけ伯爵の罪を重くしようとした結果らしい。

危害を加えることを命じていたことは事実なのだから、何もおかしくはない。

「確か、魔術塔も加わっていなかったかい？」

「あれはサファリファス殿の私刑を合法化するために強引に許可を取ったとも言える」

「はは……どうしても自分の手で罰したかったそうです」

魔術塔、というよりサファリファスが捜査権を得た理由は、魔術塔に所属する宮廷魔術師を襲撃した疑いが持たれたから。

サファリファスに吹きかけられた毒は、やはりストラス商店から盗まれたウトクの木から作られた毒だった。

強盗を依頼した大元の犯人には逃げられてしまっていたが、ダレスティアとリノウが毒について調査していてくれたお陰で、毒の入手先と種類が分かったのだ。

「薬草は、ストラス商店から盗まれたものだったんですけど、強盗を企《くわだ》てたのは子爵だったんです。それで子爵は、犯人に仕立てられることを恐れて強盗を遣ったそうです。ストラス商店を選んだのは王族ご用達の店なので、強盗があったら詳しく調査が入ることを期待して選んだそうですよ。侍女の子が『父が伯爵に毒の入手を命じられ、ストラス商店から盗ませた猛毒を作り出す薬草で毒を作って渡していた』と証言したことで、サファリファスさんを襲ったのは伯爵だとされて許可証が貰えたそうです」

「サファリファスの件は、まともに証拠がないじゃないか。許可が貰えたのが不思議だよ」

「サファリファスさんは自分を襲った人を捕まえたかっただけなので、犯人はゼナード伯爵邸にいるっていう理由だけで許可をもぎ取ったと聞きました」

場所はオウカの追跡魔法でゼナード伯爵邸付近ってことが分かっていたし、なにより被害者直々に動いていたというのも強い。

顔を見ている本人が探しに行きますって言ってるんだもんな。止められないよね……

「神子《みこ》の人心掌握術は興味深いね。彼女のお陰で多くの情報が得られたし、色んなところから手を借りることができた」

「竜の牙だけではあのゼナードを捕まえるのは一筋縄ではいかなかっただろうからな。それに大元のボスが捕まってから、隣国との国境辺りで奴隷狩りが多く捕まっている。奴も隣国に逃げようとしていたから、あらかじめそう命じられていたのかもな」

「ああ。その可能性が高い。それにしても、タカトくんがこの世界に召喚されて奴隷狩りに捕まった時からから狙っていたとはね。君を我々の問題に巻き込ませてばかりだ。申し訳なく思うよ」

「ああ、いえいえ！　巻き添えは慣れてますから！」

「慣れなくていいよそんなの……」

哀れみの目でおれを見るラシュドに苦笑いを返す。

本当のことを言うと、狙われたのがおれじゃなければ、伯爵を捕まえることは難しかったと思う。奴は、竜王の儀が終われば隣国の賓客と一緒に逃亡するつもりだったみたいだから。それに、誘拐されたのがおれじゃなければ、転移された場所もすぐに特定できなかった。

おれの居場所をすぐに特定できた理由。それは、神竜の番《つがい》が竜王だから。

竜の番《つがい》は、お互いの危機や居場所が分かる。貴音が誘拐された時におれが使った手なのだが、今度は貴音がその方法でおれを探した。

直接行くのは危険だから、地図を使って探したらしい。でも結局アイルに頼んで連れてきてもらってたから、意味なかったってウィリアムが嘆いていた。

「ふぅ……あの大騒動から、もう二か月か。それで、私達をお茶に誘ったのはただ世間話をするためじゃないんだろう？」

リュシアンが優雅にお茶を飲みながら口を開いた。ぎゅっと、膝の上で拳を握る。

そう、今日の本題はそれではない。

別のことを伝えるために、二人には来てもらった。

「はい。お二人に言わなきゃいけないと思って、お呼びしました。これは、ケジメです」

おれは二人を交互に見つめ、頭を下げた。

「息子さん方を、おれにください‼」

シン……とした時間が流れる。あまりにも反応がなくて恐る恐る顔を上げると、二人はポカンとした表情でおれを見ていた。

「えっと……」

「あ、ああ。すまない。思いもよらないことだったから」

動揺を隠すように、リュシアンは咳払いした。

「ダレスティアは私に似て仕事人間で、妻に似て感情表現が苦手だが、愛した人には一途な男だ。あの子が愛したのなら、もう私は反対しないよ」

「俺も、あんな息子で良ければ貰ってやってくれ」

二人とも、それぞれ家族で話し合ったからか、もうこの話題の遺恨はなさそうだ。

「さっきの台詞は一体どんな意味なんだい？」

「えっと、おれの世界では結婚の挨拶で夫が妻の両親に言う常套句です。お義父《とう》さん！ 娘さんを僕にください！ って感じで」

「へぇ。ということは、ダレスティアは君の嫁ってこと？」

「ぶふっ……！ オウカが嫁……！」

「いや、えっと、おれが嫁です……」

◇◇◇◇

『それはおれのごはん！』

『ちがう！　わたしのごはん！』

「こら、喧嘩しないの」

お昼ご飯を巡って争う子竜の声が竜舎に響く。今にも取っ組み合いをしそうな彼らの間に割って入るのも慣れたものだ。

『タカト！　とうさまとかあさま、もうすぐかえってくる？』

『わたしのとうさまとかあさまも？』

「うん。みんなのお父さんとお母さんが帰ってくるよ」

神竜の魂がおれから離れたあとも、竜達の言葉は相変わらず理解できていた。だから今日みたいに騎士団の仕事で親達が出ないといけない日は、おれによる子竜保育園が開かれる。

親竜たちはおれを信頼して預けてくれる。そのお陰で、この竜舎は現役の竜騎士の竜達の宿舎でありながら、子竜もいるというなかなかに例を見ない竜舎になっていた。

ガロンはもっとここの竜達についても知りたかったようだけど、竜王の仕業で国中の竜達が発情期になってしまった事態の状況確認に駆り出されてしまい、泣く泣く去って行った。

あの人に教わったことは多い。竜達の言葉は感覚的というか、抽象的なことが多すぎて理解できない時もあった。その度におれに分かりやすく教えてくれたのだ。

そのお陰で、おれは今日も元気な子竜達のお世話ができる。

「おーにーいーちゃーん！」

「貴音！」

竜舎の扉を開けて顔を覗かせた貴音は、おれの姿を見つけると駆け寄ってきた。

「どうした？　またサボりか？」

「違うよ！　ちゃんと勉強してます〜」

「どうだか。この前はまたアイルと一緒にサボったらしいな」

「げっ、なんで知ってるの⁉」

「カイウスから聞いた」

カイウスという名前に不自然に反応して耳を赤く染める妹に、おれは複雑な気持ちで微笑んだ。

「カイウスのプロポーズを受けたんだろ？　なんで避けるんだ？」

「う……い、いろいろあるの。いろいろ！」

「でも流石《さすが》に可哀想だろ。せっかくプロポーズを受け入れて婚約者になってくれた好きな子が自分を避けて、未遂とはいえ夜這いを仕掛けた自分の弟と仲良く遊んでるとか」

言葉にして、自分が何をしたのかようやく分かったらしい。罪悪感が表情に出ている。

貴音は竜王の儀のあと、カイウスに誠意が籠《こも》りに籠《こも》ったプロポーズを受け、それを了承した。今は竜の神子《みこ》という肩書ではなく、皇太子となったカイウスの婚約者として王宮で教育を受けている。

けれど、見た目は十代でも中身は社会の荒波を知った大人。教育を受ける度に改革したくなるらしく、今や教育係と毎日話し合いをする日々らしい。それがまた、ストレスなのかもしれない。

「カイウスが嫌いになったってわけじゃないの。むしろ逆。どんどん好きになっていくから、なんだか自分が分かんなくなっちゃって」

恥ずかしそうに俯《うつむ》きながら話す内容に、なるほどなぁと相槌を打った。

貴音はおじ専だし、あまりこういう恋って経験したことがないのかもしれない。

「正統派王子キャラだからか、私への態度が甘くて甘くて……。段々恥ずかしくなっちゃったというか」

「なるほど」

「きゅんってなるより、照れが勝つ」

「ナルホド」

もはや惚気《のろけ》だ。

誰が妹と、彼氏を飛び越えて婚約者になった男との惚気《のろけ》を聞きたいと思う？

貴音は大切な妹だし、カイウスはすごく良い人で信頼してるけど、それとこれとは話が別だ。

話半分に聞き流し、子竜達の身体をブラッシングしていると、彼らが一斉に顔を上げた。

『かえってきた！』

『とうさま、かあさま！』

どうやら任務に出ていた騎士達が帰って来たようだ。親を恋しがってキューキュー鳴く子竜達を、それぞれの親竜達の檻に戻していく。

けれど、全員を戻すわけじゃない。

戦闘があった場合、興奮して帰ってくる竜もいる。そうなると子竜が危ないから、よく興奮する個体には、精神状態を確認してから戻すようにしている。

そうこうしているうちに竜達が戻り、竜舎は子が親に甘える鳴き声で溢《あふ》れていた。

「お前はもうちょっと待っててね」

『うん。おとうさん、またおかあさんにおこられてるのかな』

「うーん……どうだろ」

今日は戦闘はなかったようで、竜達はみんな落ち着いていた。

今残っているのは、メイアとダイの子竜だけ。両親が幹部の竜だと、他の竜より戻りが遅くなることも多い。そのため、いつもおれが抱っこして待っている。

「かわいい～。ぬいぐるみみたい」

「違うよ、貴音。かっこいいんだ」

『そう！　ぼくはかっこいいの！』

この子の憧れの竜はルースらしい。いつもキラキラとした目でルースを見ている。

他の子竜は大体ルースの圧にビビッてしまうというのに、そんな図太い精神力はあの二頭の子どもだなと感心していたりする。

「たーかーとー!!」

「うわぁ!!」

そんな時、突然後ろから飛びついてきたのは、真っ白な髪にキラキラ輝く瞳の美少年。

「ハクロ。また来たのか？」

「その言い方は酷いよ、お母さん！」

「お母さんはやめろ！」

そう、この美少年こそ神竜ハクロだ。

あの卵は無事に孵化したのだ。

古代竜の卵は殻が魔力で構成されているらしく、ヒビが入ったところから殻はサラサラと分解されていった。その様子に唖然としている間に、卵の殻と同じく光の加減でラメがかったような美しい鱗を持つ子竜が、卵のあった場所に誕生していた。

それからのハクロの成長は早かった。とてつもなく早かった。

魂移しのために溜めていた魔力を使って成長したため、他の子竜は未だ赤ちゃんと幼児の間くらいの成長度なのに、ハクロはもう少年になって巣立ってしまった。

まぁ、竜王が待ちきれなかったというのもある。

「セフィ、私から離れるな。まだ成長の途中なのだから」

「ヴァルだって、肉体が戻ったばかりなんだからゆっくり来て良かったのに」

現れたのは、肉体を取り戻した竜王。相変わらずハクロを過保護に溺愛しているようだ。

「あ、そういえばヴァルシュ、この国に戻ったら神殿にも時々来てほしいって神殿が言ってたよ」

「行った。あそこは私の魔力を一番安定させる場所だからな。肉体と魂の結びつきを強くするために、そもそも一定数立ち寄る必要がある」

「そっか。身体の具合は？」

「問題ない」

竜王が肉体を取り戻したのは、竜王の儀の時だった。

ゲームと同じように、神子《みこ》が魔力を満たした宝玉を神殿で祭壇に掲げる。すると眩《まばゆ》い光が祭壇から放たれ、大陸中に広がっていく。

ゲームではそこでENDだったのだけど、光が収まった祭壇に突然肉体を復活させた竜王が現れたのだ。

神殿側は大混乱、王族側は賓客達への説明と対応に追われてしまった。その早すぎる復活は絶対にハクロと一緒にいたいからに違いない。

そしてその推測は当たり、神殿が竜王にこのまま神殿に留まってほしいと懇願するのも聞かずに、人型になれるようになったばかりのハクロを連れてヴァルシュは旅に出てしまった。

あまりにも自分勝手な神様共の駆け落ちだった。

しかしハクロの要求なのかその後も頻繁に王宮に戻ってくることもあり、信仰対象に突然家出された神殿側の「時々は神殿に来てほしい」という切実な要求をヴァルシュが呑んだ、というわけ。

「まだまだ小さいねぇ」

「野生の竜もこれくらい？」

「うーん、野生の子達は逞《たくま》しいから、もうちょっと成長が早いかな」

「そっか。ねぇ、ハクロ」

「ん～？」

「今、幸せ？」

おれが抱えていた子竜の頭をうりうりと指で構っていたハクロは、おれの質問に目を瞬いた。

ヴァルシュに連れられたハクロは、今は以前ヴァルシュと約束した通りに大陸中を旅している。各地の竜の様子を見たり、国の様子を見たり。かつて自分達が救った大陸を見て回っている。

「幸せに決まってるじゃん。大好きな人とずっと一緒にいるんだもん」

その笑顔で、おれは肩の荷が下りた。

兄妹揃ってこの世界に召喚された理由もこの竜達のためだったし、おれ達が魔力供給で心身共にツラかったことも事実だけど、それでも長い間離れて孤独に愛し合っていた彼らがこうしてまた一緒にいられることに貢献できたのなら、それもまた良いものだったと思えた。

『彼らのせいで』が『彼らのお陰で』とイコールで繋がっていることも理由だ。

彼らのせいで元の世界には帰れないけど、彼らのお陰でおれは大切な人達と出会えた。

ブラックな会社でただ無意味に社畜をしていた人生とは比べものにならない今の人生。色々あったけど、みんな幸せのハッピーエンド。これ以上の成果はないだろう。

「ねぇ、タカト。タカトは子ども好きなの？」

「え？」

「ここで子竜達のお世話してるじゃん」

子竜と子どもはちょっと違うと思うけど、でも子どもも嫌いじゃない。

「子どもも嫌いじゃないよ。小さい子は可愛いよね」

「じゃあなんで子ども作らないの？」

「……え？」

言われた言葉が理解できず、おれはフリーズしてしまった。

おれは男。子ども、できない。……はず。

「え？」

「だから、なんで彼らと子ども作らないの？」

「いやいやいや！　どういうこと⁉　人間は竜じゃないから同性同士で子どもは作れません！」

おれの至極当然の訴えも、きょとんとしたハクロの言葉に打ち砕かれた。

「あれ、気付いてなかったの？　タカトはおれの魂の依《よ》り代《しろ》になってたから、子ども作れるよ？」

「……なんで？」

「ほら、髪色とか魅了体質とか、ボクが宿ってた名残があるでしょ？　それと一緒。長い間一心同体みたいなものだったから、身体が変化したんだよ。だから、タカトは雌雄同体体質を持つ人間ってこと」

「なんだそりゃ⁉」

「お兄ちゃん、ふたなりだったの⁉」

「違いますけど⁉」

え、おれいつの間にそんな新人類みたいな身体になってたの⁉

「多分ちょっと前まではあの汚い人間のこととか、隣の国のこととかで身体にも心にも負荷がかかってたから、気付かなかったんだと思う」

ストレスってことか？　なんのストレスもなくなったのはつい最近の話だ。

「でも、今はすっごい穏やかでしょ？　タカトが作ろうと思えば作れるって話。魔力を捏《こ》ねてお腹に入れて、セックスする。そしたら命が宿るんだ。竜と違うのは、この段階で命が宿るということ。そして少ししたらボクの卵みたいに魔力の殻みたいなゆりかごを作って、その中で育てるの」

「人間みたいに産もうとするのは流石《さすが》に無理。タカト死んじゃう」とも言われて、ちょっとグロい想像をしてしまった。無理。

「へぇ……タカトとの子どもを作れるなんて、夢みたいですね」

嬉しそうな声が背中にかけられて、ぎくりと身体が跳ねた。

忘れてた……そろそろ戻ってくるのは分かってたのに！

「最初は誰の子にします？」

「俺だろ。今度生まれる俺の弟と乳兄弟《ちきょうだい》になれる」

「それは誰の子でも同じだろう」

おれはギギギ……と錆びたロボットみたいにぎこちなく振り返る。途端、ヒエッと声が出た。

「やはりタカトに決めていただきましょうか」

「そうだな。俺達だと永遠に決まらなそうだ」

「タカト」

――まずは誰の子が欲しい？

牽制し合いながら、おれから目を離さない彼らに背筋がぞくっとした。最高にかっこよくて、最強な恋人達との子ども……。お腹の奥が熱くなって、子竜を抱く腕にぎゅっと力を籠める。

妄想していたらフェロモンが出たのが分かった。彼らにも、おれが発情していることが伝わってしまったらしい。獲物を狙う眼でおれを見ながら近付いてくる彼ら。それを熱く見つめるおれの腕から子竜を取り上げたハクロが、満足そうに笑った。

そんなハクロとおれ達を見て、何も知らない子竜は首を傾げる。

そして不思議そうに、だけどどこか嬉しそうに、きゅいっと鳴いた。

ハッピーエンドのその先へ ―
ファンタジックなボーイズラブ小説レーベル

&arche NOVELS
アンダルシュノベルズ

化身は一途に想い続ける。
たとえその身が壊れようとも――

三十代で再召喚されたが、誰も神子だと気付かない

司馬犬 ／著
高山しのぶ／イラスト

十代の時に神子として異世界に召喚された澤島郁馬は神子の役目を果たして元の世界へ戻ったが、三十代になって再び同じ世界に召喚されてしまった！　だがかつての神子とは気づかれず邪魔モノ扱いされた郁馬は、セルデア・サリダートという人物のもとに預けられることになる。なんとその人物は一度目の召喚時に郁馬を嫌っていた人物で!?　しかしセルデアは友好的に接してくれる。郁馬はセルデアの態度に戸惑っていたが、とある理由から暴走したセルデアと遭遇したことをきっかけに、彼との距離が縮まっていき――

詳しくは公式サイトにてご確認ください。
https://andarche.alphapolis.co.jp

異世界BLサイト“アンダルシュ”
新刊、既刊情報、投稿漫画、ツイッターなど、BL情報が満載!

アンダルシュコミックス
&arche COMICS

毎週
木曜
大好評
連載中!!

秋好

かどをとおる

きむら紫

しもくら

水花-suika-

槻木あめ

戸帳さわ

森永あぐり

環山 …and more

甘くて苦い僕たちは／
きむら紫

巻き添えで異世界召喚されたおれは、
最強騎士団に拾われる／
原作:滝こざかな　漫画:しもくら

半魔の竜騎士は、辺境伯に執着される／
原作:矢城慧兎　漫画:森永あぐり

欲しがりΩは空に啼く／
水花-suika-

異世界で傭兵になった俺ですが／
原作:一戸ミヅ　漫画:槻木あめ

毒を喰らわば皿まで／
原作:十河　漫画:戸帳さわ

取り憑かれるも他生の縁／
秋好

春となりのくゆる恋／
環山

萌ゆるハルに出会う僕ら／
かどをとおる

BLサイト
「アンダルシュ」で読める
選りすぐりのWebコミック!

BL webサイト
アンダルシュ
&arche

無料で読み放題
今すぐアクセス!
アンダルシュ Web漫画

この作品に対する皆様のご意見・ご感想をお待ちしております。
おハガキ・お手紙は以下の宛先にお送りください。

【宛先】
〒150-6008 東京都渋谷区恵比寿 4-20-3 恵比寿ｶﾞｰﾃﾞﾝﾌﾟﾚｲｽﾀﾜｰ 8F
（株）アルファポリス　書籍感想係

メールフォームでのご意見・ご感想は右のＱＲコードから、
あるいは以下のワードで検索をかけてください。

アルファポリス　書籍の感想　検索

ご感想はこちらから

本書は、「アルファポリス」（https://www.alphapolis.co.jp/）に掲載されていたものを、
改稿のうえ、書籍化したものです。

巻《ま》き添《ぞ》えで異世界召喚《いせかいしょうかん》されたおれは、
最強騎士団《さいきょうきしだん》に拾《ひろ》われる３

滝こざかな（たき こざかな）

2023年 8月 20日初版発行

編集－山田伊亮
編集長－倉持真理
発行者－梶本雄介
発行所－株式会社アルファポリス
〒150-6008 東京都渋谷区恵比寿4-20-3 恵比寿ｶﾞｰﾃﾞﾝﾌﾟﾚｲｽﾀﾜｰ8F
TEL 03-6277-1601（営業） 03-6277-1602（編集）
URL https://www.alphapolis.co.jp/
発売元－株式会社星雲社（共同出版社・流通責任出版社）
〒112-0005 東京都文京区水道1-3-30
TEL 03-3868-3275
装丁・本文イラスト－逆月酒乱
装丁デザイン－AFTERGLOW
（レーベルフォーマットデザイン―円と球）
印刷－中央精版印刷株式会社

価格はカバーに表示されてあります。
落丁乱丁の場合はアルファポリスまでご連絡ください。
送料は小社負担でお取り替えします。

ISBN978-4-434-32468-0 C0093